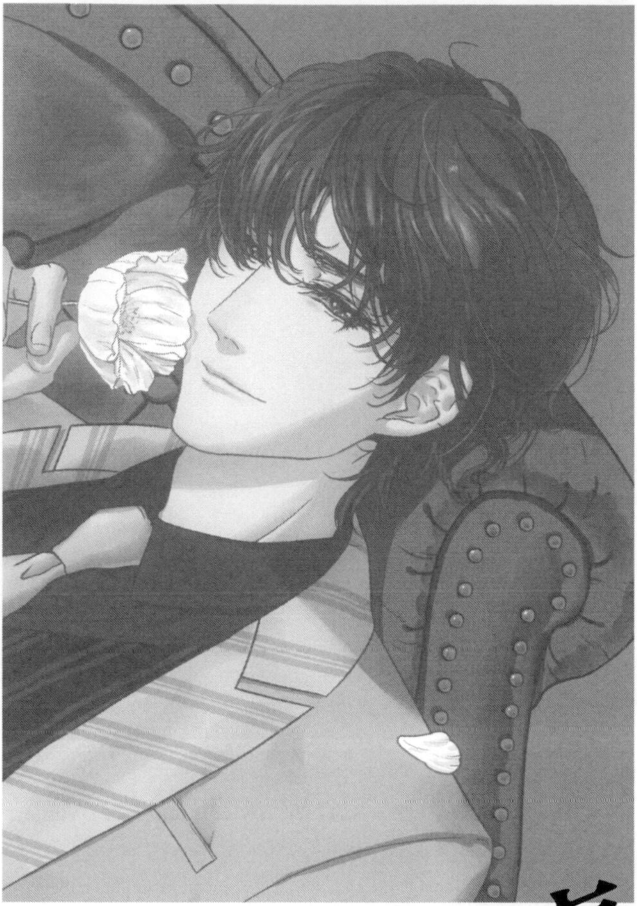

讓我代替他愛你

Love you like He did

Author 藍冬雷
Illust 心河

目次

第一部 林少人
1 大雨的清晨 006
2 男神與酒保 015
3 讓我代替他 025
4 代替遊戲start 037
5 鬼魂般的他 050
6 為你許的願 063
7 今天不回家 072
8 舊屋魅影 081
9 深深愛上你 093
10 驟變的雨夜 102
11 抱我，我就吻你 110

Contents

第二部 林勁

12 吻遍你 120
13 腥風血雨的初戀 129
14 國王圍城 141
15 相遇門司港 151
16 分手的決心 159
17 四人交鋒 172
18 攤牌時刻 184
19 男孩的祕密 192
20 最後一曲 203
21 回到你身邊 214
22 定情這一刻 227
23 交出我的心 234
24 最美的圖案 246

番外（上）幸運蛋糕 259
番外（下）穿上你送的禮物 269
作者的話 284

第一部

林少人

Age: 27

Birthday: 12/13

Height: 181cm

Weight: 75kg

1　大雨的清晨

林少人一個箭步上前，刷下工作證。

逼逼兩聲，打卡機顯示時間「06:58」，他不禁鬆了一大口氣。

昨晚他在酒吧打工到凌晨，今天一早又要拍攝，早餐自然省去了。他從褲袋裡掏出小塊包裝的巧克力，撕開含入嘴裡。今天的工作要拍攝前陣子剛拿下金鐘獎終身成就獎的廖大哥，他身為劇組的特聘攝影師，必須維持血糖正常運作才行。

推開攝影棚大門，深秋的冷風隨著腳步竄進，裡頭卻是炙熱的世界。媒體採訪區前已經人潮洶湧。明明七點不到，電視台攝影大哥已個個短袖吊嘎，千方百計要將自家爭奇鬥豔的女記者拍成仙，不間斷的強光閃得人眼疼。

林少人感到十分疑惑，就算是廖大哥要上戲，這排場未免太過盛情。各色新鮮面孔與七彩服飾在身邊晃悠來去，讓他一時晃了神。

「嘿！」忽然一股大力推動林少人肩膀，他踉蹌一步回過神，發現身後站著場記阿姊。

「不是說要早點到嗎？你再忙也要看一下群組訊息吧！」阿姊一臉責備地說。

「我知道，我沒有遲到啊。」正這麼說時，林少人才意識到大勢不妙，前方整塊媒體採訪區全被機器與人占滿……「糟了、真的糟了，妳有沒有幫我留位置？」他祈禱還有一絲奇蹟。

阿姊撇撇嘴，不屑地說：「算你走運！今大的大人物一到場就說要幫劇組攝影師保留最好的位置，你等下可要把人家拍好一點！」

林少人不禁吁口氣，放下心中大石說：「我拍過廖大哥好幾次，今天一定也會好好拍的。」說完便往人頭攢動的媒體採訪區奔去。

阿姊嘖地一聲，更不悅地喊說：「今天的拍攝對象換人了！我拜託你看個 Line！」

林少人腦中閃過一絲疑惑，卻沒時間多想。他奮力擠過哄鬧的人群，抵達採訪區最前頭時，攝影棚連接休息室的大門打開，黑壓壓一行人背光走了進來。

登時，人群更魚貫往大門的方向擠去，高跟鞋登愣作響，呼喊聲此起彼落：「快點啊！快！」

接著，一個自信的女聲傳來：「看到沒？我贏了，這邊少說有二十家媒體。」

林少人單單聽到聲音就知道，那是這天要拍攝的戲劇導演嚴苡緋。

而她身旁另一個男聲接道：「好吧，」帶著輕笑的聲音散著一股輕鬆的氣息，讓林少人霎時想了起來，那聲音是——

林勁說：「算妳贏了，下次請妳吃飯。」

「拍攝期間禁止拍打餵食，你忘了嗎？沒幫我創下高收視率可饒不了你。」嚴苡緋拍拍林勁肩膀說，狀甚親密。

看到林勁，林少人腦中不禁思緒狂飆：林勁怎麼會在這裡？他就是剛才阿姊說的取代廖大哥的人嗎？

林少人愣著頓了好幾秒才快步上前，擠身吊嘎大哥之中跟著拍攝起來。

「收視要多高？妳別太看得起我。」林勁應道。

「拜託……是誰在螢光幕前消失這麼久還能蟬聯最受歡迎男星前三名？你就算演技退步我也不會怪你，給我收視率就好。」嚴苡緋豪爽地說。

「誰說我退步了？」林勁笑著反駁。

林勁現身的這片刻，偌大的攝影棚立即被激動的人聲縮小，只聽得見喊著林勁名字，高的低的熱情也期待的聲音。就如林少人入行這幾年聽過的傳聞一般，若要說起影劇線記者最愛的藝人排行，林勁肯定是第一名。攝影棚裡甚至響起掌聲，慶典般喜迎林勁的回歸。

兩年多前，林勁因為作家前男友尹懷伊自殺，即刻從螢光幕前消失，不僅拋下當時所有戲約，就連私下一切跟拍及小道消息統統歸零，完全從世上消失一般。演藝圈瞬息驟變本是常態，誰來誰走隔天就成過時花邊，可林勁不一樣，大家始終關心著他，默默祈禱他重新出發的一天能快點到來。

而那天就是今天。

比林少人預期得更早也更晚的一天。

更早是因為，林少人無法想像經歷情人自殺的人需要多少時間復原。兩年足夠嗎？這對當時形同枯槁的林勁來說是否都太快了？然而，這兩年來林少人始終無法忘記那個大雨的清晨，一直追逐著林勁的一絲消息卻遍尋不著。日日懷抱這樣難受的牽掛，兩年就又實在太久了。

因此此刻林少人十分自責，如果昨晚睡前有瞥一眼群組訊息，就會知道今天要改拍林勁。

林少人懊悔地拉近鏡頭，讓助理調整燈光，自己則專注在今天的主角那張無可挑剔的臉蛋上。

林勁有英挺精巧的高鼻梁，據說是因為他有八分之一的愛爾蘭人血統，似乎是來自離異的父親那邊的血緣。脣珠微翹，薄脣稍稍彎起，若有似無的笑讓人看得出神。脣尾上沿是時而羞藏時而顯現的酒窩，脣珠下方是完美的V形下巴，絕對堪稱所有人心中的男神。

林少人更往前靠，拍攝特寫。

林勁在與記者的一問一答之間不時回眸，像在盯著林少人看又彷彿不是。林少人想起攝影前輩們常說林勁最神祕就在那雙眼，瞳孔占據眼睛一半以上的空間，混血的綠褐色眼眸深邃勾人，如月的眼角向上延伸，將觀者的視線自然帶到一副濃眉之上。無論從哪個角度看，那雙眼都像蒙娜麗莎般緊盯著你瞧。此刻，林少人果真體會到了，林勁真像是在朝著他看，面對著親自為他選好的絕佳位置，擺出無懈可擊的表情。

就在林少人仍專注拍攝時，一旁的記者與攝影大哥已開始對林勁聊天連發：

「這兩年你不在，我的鏡頭都生灰了！」

「等下一定要去喝一攤啊！」

「少了你好無趣，現在的年輕小夥子很沒禮貌。」

上戲前的記者訪問時間，加上林勁睽違兩年復出，應該要爭相提問、越辛辣越好，現場卻似乎沒人在意本職，氣氛溫馨熱絡。林勁也毫無架子，全程笑臉回應：

「謝謝。」

「別這麼說，我出道十幾年了，不跟年輕人爭了。」

「飯局我一定去，但拍攝期間禁酒，你們喝，我陪坐。」

嚴苡緋笑著拍拍林勁肩膀說：「好啦，我知道大家都很想念他。我們今天趕快拍，如果傍晚能下戲，晚上就去大吃一攤，聚一聚，盡情敘舊。」

「不是說禁止拍打餵食嗎？」林勁調侃道。

「我請客，大家吃個夠！」嚴苡緋笑道。

林勁的薄脣笑得更開了，帶起深深酒窩與彎彎眉眼，林少人跟著喀擦喀擦地按下快門。

一會兒，採訪時間告終，媒體同仁在攝影棚四周聚起圈圈，開始閒話家常；台前則是道具、照明及演員預備，進入排演時間。林少人捧著相機，專注地檢視剛才拍的照片，沒有注意到嚴苡緋正引著林勁向他走來。

「拍得很好啊。」林勁靠向林少人身旁說。

「那是因為你很好拍。」林少人無意識地說完就驚覺不對，手一陣抖，相機差點落地。

林勁自然地為林少人穩住手上的相機，說：「謝謝你的肯定囉。」

林少人稍微縮回手時，一旁的嚴苡緋笑了出來說：「勁，你別逗人家小弟弟了。來，我給你介紹，這位是我們的攝影新星，林少人。」

林勁從林少人身邊退開幾步，禮貌地伸手問候：「少人，你好啊，我是林勁。」

林少人看著林勁的手愣了愣，遲疑著沒伸出手。

嚴苡緋見狀，趕緊打圓場道：「勁，不好意思，少人他有點潔癖，不跟別人肢體接觸。不過他拍的照片真的很好，等等正式開拍一定會讓你驚豔。」

林勁面露抱歉的神情，收回手轉了話題道：「我好久沒跟新攝影師合作了，少人這麼年輕，應該是第一次拍我吧？」

「算……是第一次。」但我們不是第一次見面。林少人心想，卻沒說出口。

兩年多前的那晚，林少人不可能忘記。

時值春末，他深夜出門時，公寓外牆的月見草正迎月盛放。那是春末只開一晚就會凋謝的美麗小花，他每每工作到凌晨便期待能遇見，但演藝圈的拖延習性總讓他只見凋零的花屍。因此他對那天印象特別深刻。

那天並非假日，接近林少人打工酒吧的打烊時間，他正準備關店時，就接到電視圈友人的電話，說拍攝現場出了點狀況，半夜找不到人幫忙，不得已來向他求救。當時他還只是個平面攝影師，從未正式拍攝過電視劇，好奇心使然便答應了。

集合地點在市中心商業大樓旁的一塊街區，當天拍攝的是當時收視第一的職場愛情劇，裡頭男女主角林勁與 Vivi 的一場夜戲。

由於大型機械故障，必須由數名攝影師協助拍攝，現場工作人員架著器具紛沓來去，場面混亂但安靜，看似停拍了許久，吃了一半的食物與各式垃圾積滿街邊，人人面露倦容。林少人抵達時，徐導及兩位主角正準備重新開拍。

那是林少人第一次見到林勁本人，比預想中消瘦，五官更顯突出，在夜色下陰陽分明。但神色哀傷，令人不敢靠近。

那陣子不諳行規的新媒體爆料林勁與作家尹懷伊交往又分手的新聞，林勁剛開完記者會撫平風波，就接著傳出尹懷伊的新男友遭黑道殺害的驚人消息。

據行裡傳言，林勁推掉一切戲約，每天守在精神崩潰的尹懷伊病床邊，估計這天也是如此。但這齣劇已拍近尾聲，徐導好說歹說把林勁留了下來。

劇組找來臨時工作人員，又費了不少時間準備，轉眼天邊已泛起魚肚白，與深黑的星雲融合成清冷的灰藍色調，一天當中最冷的時刻即將來臨。

攝影總監拿起擴音器，朝徐導的方向大喊，問：「天亮了，要繼續拍嗎？」

徐導一臉肅穆說：「就當是傍晚吧，Action！」

導演的呼聲連同打板聲一下，整個場景即刻風雲變色，猶如進入另一個平行的虛構宇宙。這是林少人第一次參與戲劇拍攝，他訝異於單單跟著男女主角對話的吸吐，手上鏡頭便自動被帶著走，而方才林勁臉上無論有過多麼深切的哀傷都已如隔世，這一刻他就是戲裡那個傲氣逼人的大主管。

電視劇和平面攝影果然很不一樣，林少人心想。拍戲現場有股強大的時空流動感，需要團隊裡每顆將卒牽一髮即動全身的精準布局，讓人強烈感受到渺小的自己正在一同創造著什麼。

如果能進入劇組工作似乎也不錯？林少人正沉醉妄想時，身後忽地傳來「林勁！林勁！」的呼喚聲。閑靜的清晨被應聲劃破，平行宇宙瞬時崩解，回到了現實。

林少人才剛意識到有什麼人不客氣地打破這幻世，就被一個小個子擦撞而過。他定睛一看，是一個短髮俐落的年輕女子；再轉眼，女子已經踏進攝影機的拍攝範圍，一個勁兒地衝過徐導面前，在林勁與 Vivi 身前停了下來，雙手撐著膝蓋大口喘氣。

一切都靜止了。

這情景十分詭異。

從短髮女子唐突地穿越人群、衝進景裡乃至此刻，整個拍攝現場一點人聲也沒有。徐導沒有嗔怒制止，工作人員沒有窸窣議論，好似只有林少人一人看見這女子，為她失禮的行徑大感震驚。

然而，林少人也從眼前的鏡頭裡注意到，林勁的神色起了一絲波動。

女子「呼、呼」的喘息聲像是傳進了所有人耳裡，接著，林少人就感到一滴清潤滴上臉頰。

又一滴。

下雨了。

就在這個念頭進入腦海時，女子開口說：「醫院來電，尹懷伊跳樓自殺了。」

林少人手上的鏡頭前，林勁嘴角微微顫動；鏡頭外，雨滴明快地落了下來。大顆水珠打上清晨泛著白光的世界。

林勁呼口氣，低聲問：「還需要我趕過去嗎？」

女子疲累的五官皺起，雙腳顫抖，失去力氣跌坐在地說：「對不起，真的很對不起……」

雨更大了，嘩啦不成調地打上雨棚，在騎樓的人行道沿積出水攤。片刻，原本靜止的劇組突然清醒過來，叫喊著趕快收拾器材避雨。

場景裡，Vivi 沒走，看似想伸手觸碰林勁，卻被徐導阻止。徐導沉默地搖搖頭，扶起地上擦著眼淚的短髮女子，推著她與 Vivi 快步避雨去了。

徒留林勁一人怔在大雨中。

林少人覺得徐導不是故意的，可他不懂他們怎麼耐得了這場景。

眼前全身溼透的男人，被前男友拋棄又獨留於世。他們怎能再把他一個人留在這裡？

林勁面無表情，彷彿靈魂被抽空，一瞬癱軟就要倒下。

林少人一個箭步上前，扶住了林勁。

他扶住了他，於是那副心血皆空的身軀真的垮了下來。

大雨譁然，世界卻恍若寂靜，林勁流下眼淚，和著喧騰的雨水浸溼林少人胸口。

「用這張、用這張！這個特寫太棒了，你們看看那個側臉的弧線！」嚴苡緋激昂的聲音傳來，將林少人的意識帶回到現在。

「緋姊，我們是要發新聞，不是在拍寫真。正式一點的照片比較合適。」公關 Kate 說。

「可這張拍得很好耶，如果不出寫真書的話就浪費了。」嚴苡緋邊嚷著邊將林勁拉近身邊問：「勁，我們放這張好不好？我跟你保證，明天話題第一名就是你。」

林勁一臉柔和的笑，說：「Kate 都說要正式一點的了，妳就尊重專業吧。」

「欸……你又來這招，根本吃定我。」嚴苡緋無可奈何，「好吧，就聽專業的，Kate，交給你們囉。」

Kate 對林勁吐吐舌，無聲地感謝他的幫忙，雙手合十道謝著離去。

搞定新聞快訊後，接著就要正式上戲，林勁轉向林少人說：「今天就麻煩你了，第一次合作請多指教。」

「……也請你多多指教。」林少人反射般應道，怔怔地看著林勁。

雖說是第一次合作，但還會有第二次機會嗎？林少人無法解釋自己為何會對眼前的男人念念不忘，為了見這第二面，他已經心焦地等了整整兩年。

兩年前全身冰冷的男人，如今笑顏歡快地出現在他面前。然而，透過手上的觀景窗，林少人卻感覺男人比兩年前更加地深沉，也更加更加地孤寂。

2 男神與酒保

黃光自天頂一方方燈片照下，穿透復古的紅銅吊燈，映上酒樓中庭底下的一桌桌菜餚。席間杯光交錯，燈影幢幢，人們呼喊的歡聲似雷鳴喧騰。

林勁身處二樓席間，拿著小玻璃杯，踉蹌一步靠上桌邊，一旁便是或深綠或咖啡的酒瓶近身，再次斟滿他手中的酒杯。

說好不喝酒的，但長達兩年多不見的人們不可能放過林勁。一隻、兩隻，數不清第幾雙手向他伸來，搭過他的肩，握上他的手，而後又是另一個熱情擁抱。深秋的台北夜晚微涼，酒樓裡倒是熱汗涔涔。

林勁感到八分醉意，頂著一絲清醒回以「謝謝」、「好」、「下次約」各種應酬話，穿越人群，往樓梯邊的空椅走去，散架般坐了下來。倦意在他觸及椅子的那刻立即竄上，他倚著扶手緩緩吸吐，盡力維持神智清醒。

接著，一杯水向林勁遞來，嚴苡緋坐到他身旁說：「喝點水吧，你看起來快死了，是不是昨晚又沒睡？」

林勁搖搖晃晃地拿過水杯，啜一小口說：「……真抱歉。」

「抱歉？你還清醒嗎？我不是幫你拿了藥，要你吃點多少睡一下？」嚴苡緋邊說邊往大桌上拿條溼手巾，放到林勁腿上說：「你知不知道我多緊張？你整整一個月沒回我訊息。要不是跟你熟，知道你不可能晃點我，我早就取消你的演出了。」

「對不起，」林勁再次道歉，拿手巾擦臉，冰涼為他帶來短暫的甦醒，「我一想到要再次上戲就好緊張，也很期待。我已經兩年多沒回到螢光幕前了，想著想著怎樣都睡不著，又怕吃了安眠藥會睡過頭，所以就……」

嚴苡緋接過手巾，為林勁擦拭著髮鬢說：「你今天演得很好啊。劇組裡好多工作人員是第一次看你現場，大家都超崇拜你的，更別說那些老戰友了。」

「是嗎？妳不要騙我。」林勁迷濛的眼起了一絲笑意。

「欸，你沒演好的話我會讓你下戲嗎？」嚴苡緋語氣堅定，瞥著身旁的男人心想，只要他開心就好了。

兩年多來，嚴苡緋無數夜半接到不知名電話，要她去又一間酒吧接酒醉發瘋的男人；或者假日一早被助理的來電吵醒，說男人好幾天沒回家，怕他出了什麼意外，她馬上就驅車四處尋人。最後實在不得已，她為男人的手機裝上定位偵測，只要不死、不惹事，其他都隨他去了。好在男人是媒體寵兒，自尹懷伊事件後沒人敢爆他料。

因此，嚴苡緋今天看到男人正常且準時地出現在攝影棚，並能自在地讓記者拍攝、問答如流，簡直要潸然淚下。

「你不知道，看到你再次回到螢光幕前，我真的好感動。」嚴苡緋感慨地說。

「謝謝妳幫了我這麼多，還為我推掉廖大哥。」林勁拍拍嚴苡緋的頭，玩笑道。

「哼！廖大哥說下次要你跟他共演作為補償。」

「是嗎？那我就恭敬不如從命了。」林勁笑道，又突然想起：「今天劇組那位攝影師是誰找的？」

「你指少人的話，當然是我找的。」嚴苡緋得意地說，「他很厲害吧！前幾年徐導從平面把他挖過來，熱門得很。他拍的照片個人風格很強，而且對拍攝很有想法，可以說是現在最紅的平面攝影師了。」

但林勁的關注不在於此，他接著問：「所以他是在我離開後才竄紅的？」

「算是吧，因為他出道也還不久，怎麼了？」嚴苡緋好奇道。

林勁搖搖頭，「沒什麼，只是覺得他很眼熟……」

「他以前有點事，所以比較跟人保持距離。不過私底下是個很可愛的大男孩。合作過的對象都對他讚譽有加，我這次也是千拜託萬拜託才請到他的。」嚴苡緋說。

林少人的照片確實厲害，只要過目一眼就立刻刻上腦海，然而林勁心裡感受到的那份熟悉並非來自照片。他醉意有些深了，想不起來，索性放下，扶著椅子起身說：「我差不多該走了。」

嚴苡緋環顧酒樓裡喧鬧的人群，點頭道：「趁他們還在鬧，你快走吧。回去好好休息，睡不著就吃點藥，接下來肯定有你忙的，不要一復出就累倒啊。」

「知道了，那我走了。」林勁吁口氣，把酒杯與手巾放上桌，穩著腳步暗自離去。

通往一樓的宮殿式階梯鋪著惹眼的紅絨地毯，林勁攙著扶手往下走，越走越感朦朧，太多回憶被酒精激了上來——頒獎典禮上令人緊張的紅絨地毯、結婚喜宴上撒滿碎紙的紅絨地毯，還有這般老式酒樓迎賓送客的紅絨地毯。擦著鞋底的柔軟觸感讓人感受不到磁磚的實感，連同遠方的歡聲與身邊擦肩而過的道別都彷彿隔了層紗。林勁不再應聲，只是淺淺微笑，向各方人聲示以道別。

忽地，什麼撞過肩膀，林勁往前踉蹌一步，差點跌倒的瞬間，一個身影掠過眼前——

「抱歉，你還好嗎？」熟悉的男聲傳來。

和著磅礡的雨聲。

不對，外頭並沒在下雨。

林勁抬起頭，眼前是那個年輕攝影師。

林少人沒有扶住林勁，只是剛巧擋在了他身前，又問：「你沒事吧？」

「沒事，謝謝你。」

分明不在的雨聲越來越大了。林勁感到一股沒來由的溫暖氣息，看向林少人。林少人憂心的神情莫名熟悉，像一根細針刺著他的神經。他更加頭疼起來。

這時，助理 Angel 從後頭匆匆追來，一把扶住林勁說：「林勁哥，你怎麼自己走了？我幫你叫車。」見林少人也在，Angel 便問候道：「少人哥，我先送林勁回去了。」

「你們小心點。」林少人叮囑著。

「好，明天見。」Angel 邊說邊扶著林勁下樓。

風聲、雨聲、冰冷的夜、鑽心般頭疼，林勁強忍著這幻象回望林少人男孩般的背影，想了起來。

■

「少人，馬勒桌要兩杯 Old Fashioned。」

林少人往窗邊的桌位瞥去，正對坐一對年輕男女，神色有些緊張。他一邊注意著，一邊從吧台抽屜取出一副手套戴上。嶄新的白手套，彷彿一戴就會弄髒，可這是身處服務業對自己最低階的保護了。

店長周毅凡從下午剛送到的木桶中拿出新酒，一一掛上寫了顧客名字的紙籤：J、櫻桃、Monday……再小心地將剩餘的酒放上高櫃，沒有看向林少人問：「你拍攝時也戴手套嗎？」

林少人搖搖頭說：「夏天很熱，手會出汗，也常要上山下海，戴手套很不方便。」

「也是啦。」周毅凡理解地點頭道：「抱歉耶，店裡請不起再一個外場，不然你就不必接觸客人，只要備酒就行了。」

「周大哥要我做什麼都可以。」林少人默默應道，從酒櫃裡取出美國經典 Maker's Mark 波本威士忌，倒入矮胖的威士忌杯。再加上糖與苦精，馬勒桌男女今晚的關係調味就告完成。

「這話你還是留著對別人說吧。」周毅凡清點著酒瓶，在存貨清單上塗塗改改。

林少人笑笑沒答，走出吧台，將兩杯襯著金黃橘皮的酒飲送到馬勒桌。酒水在黃燈的照耀下閃著金光，他對著客人說：「Old Fashioned。如果口味不合請隨時跟我說，可以幫你們調整。」

年輕女客人急促地點頭擺擺手，像是在示意林少人快走。林少人這才認出來，女子是店裡常客，今天第一次攜伴來店。正對坐的男子頭戴深得近黑的鴨舌帽，帽簷壓得低低的，看起來不想讓人看清面貌。兩人之間的桌上放著的手機螢幕亮著，上頭是林勁復出的新聞。

林少人識相地送完酒便離去，又巡一圈大桌後回到吧台。片刻，周毅凡已完成清點工作，坐在收銀台的圓凳上滑著手機。

林少人見周毅凡閒著，便問：「你是什麼時候覺得自己終於走出來的？」

周毅凡放下手機，仰頭望向天花板說：「好像也沒有走出來過……人死不能復生，感情也是。源頭的那個對象不在了，就像河水斷了頭尾，最後變成湖，就永遠積在那裡了。」

「……抱歉，是我造成的。」林少人低聲說，打開水龍頭，細聲清洗著調酒的鋼杯。

「我又沒怪你。」周毅凡不耐地瞥他一眼，「如果我真的覺得難受，你待在這裡我更難受。你就當作我在利用你吧，如果這樣想會好過一點的話。」周毅凡又看了看他說：「你今天很異常耶，問這麼沉重的問題。」

方才手機螢幕上林勁的新聞畫面閃過林少人腦海，他於是說：「我早上去拍了林勁。」

「難怪～～我就覺得今天新聞上那個攝影棚有種熟悉感，是你最近在工作的戲吧？嚴苡緋導演和林勁據說在學生時期就是好朋友，林勁從她的戲復出不奇怪啊。」周毅凡說。

「緋姊跟林勁這麼熟嗎？」林少人有些吃驚。

「你都不逛網路八卦的呀？」周毅凡調侃道，「林勁跟尹懷伊交往的事還沒爆出來之前，外界都認定他跟嚴苡緋在一起啊。不過，林勁經歷那麼慘的事，晚上看新聞感覺他復出的狀態還滿好的。」

「那是因為他很敬業，不代表他沒事了。」林少人淡淡說。

周毅凡撇撇嘴，「你又知道了？欸，你別老是把救人當贖罪。林勁是真的很慘沒錯，男友劈腿，第三者被殺身亡，男友又跟著自殺，這什麼百年難得的狗血劇情都被他遇上？但你不覺得自己太在意林勁了嗎？還是說你連女朋友都不想碰卻碰了他？」

「我不是碰了他，只是扶了他而已。」林少人解釋道，「你沒有親眼看到那個現場才會這樣說。」

周毅凡輕拍林少人肩膀道：「是是是，我什麼都沒看到。我相信林勁本人肯定很迷人，不過我們同志這圈子水很深的，像你這樣一個小鮮肉、有女友、又有前科加持的人，不要來跟我們搶。」周毅凡說完，抽出一瓶酒就往廚房去了。

每次談起這話題，周毅凡總會刻意開玩笑，希望林少人多少聽進去一些。但是對林少人而言，即使贖完了法律上的罪，自己仍是個罪人，這汙痕這輩子怎樣都清不了。除了不斷不斷地清，擦破雙手摩腫膝蓋，他不知道還能做些什麼，而自己之所以在意林勁，或許也只是這般罪意使然。

外頭夜色漸深，尋歡的客人來來去去，Old Fashioned、琴湯尼、龍舌蘭……各式美酒穿梭在蕭邦、韋瓦第與巴赫的琴聲中。林少人打工的「Vetus」是一家鋼琴酒吧。店內流瀉醉人的琴音，和著只容得下耳語聲量的祕密，堪稱白晝喧囂過後的化外塵世，雖然總有例外——

「你們這樣做只是在利用妳哥而已！」一會兒，酒吧裡響起少聞的激動男聲。

林少人倚著吧台備酒，順著聲音的來處望去，馬勒桌的男子站起身怒道：「我不懂妳為什麼老是要去找林勁！什麼事都要問他，他到底有什麼說話權？」男子說著扯下頭上的鴨舌帽，神色惱火。

頓時，酒吧裡響起這晚首度驚呼的人聲。

「是杰飛耶！」

「真的欸，杰飛竟然在這裡！」

林少人也認了出來。馬勒桌那位大聲嚷嚷的男子正是幾年前拿下金曲獎後便一路聲勢看漲的創作歌手杰飛。

杰飛抄起酒杯一口飲盡，又吭愣一聲放回桌子說：「改編那本書？……你們真的全瘋了！」說完拿起外套忿忿離去。對坐的女子不發一語，看似連一個哆嗦或一聲輕嘆都沒有，只是僵著臉杵在原地，情狀十分尷尬。

衝突在酒吧裡本是日常，只要沒破壞公物或導致受傷，Vetus的店規是不予介入。林少人輕聲走出吧台，將備好的酒送到蕭邦桌：三位剛下班的ＯＬ交頭接耳地談論眼前場景，手上發亮的通訊軟體畫面傳輸著模糊的偷拍照。

「不好意思，」林少人近身客氣道，瞥瞥小姐們手上的手機，「妳們這樣做有些侵犯他人隱私了。」身穿花色洋裝的ＯＬ笑著輕推林少人肩膀說：「哎唷，我們就私下傳傳嘛，那可是杰飛耶！」

「就是啊！欸欸，杰飛他常來這裡嗎？」另一位素色套裝的ＯＬ拉著林少人問。

林少人暗嘆口氣，陪笑道：「沒有，他應該是第一次來。不好意思，如果妳們會發上社群媒體的話，請不要tag本店。」

「好啦～少人長得這麼可愛，就是太規矩了。」素色套裝的ＯＬ媚眼道。

「我在工作呢。」林少人笑笑應和。接著觀察下狀況後，起步走向馬勒桌。

遠遠地，林少人能見馬勒桌上放著一份文件，最上頭的標題大大寫著不容忽視的「合約」二字。桌旁女子一動不動，像是仍停留在方才的爭執之中。

林少人走近桌邊，靜靜地收走空杯，擦乾桌上殘留的水漬。在這緩慢的時間裡，女子雙肩逐漸抖動起來，長髮半掩的側臉流下一滴、兩滴、而後無數滴淚涓涓成流。

林少人向女子遞上紙巾，再一杯水，沒有問候便離開了。

突來的喧囂歇停後，林少人仍默默注意著女子。女子拿著文件愣愣看著，一直待到關店才離開，離開時他忍不住問：「我可以知道那份文件是什麼嗎？」

女子蒼白的臉這才起了一絲笑意，答道：「一份承諾。」

「那應該是好事吧？」

「是的。」女子揚起笑容，靈秀的雙眸相當美麗。

以鋼琴酒吧的客齡來說，女子十分年輕，看上去不到二十五歲，之前都是獨自一人來店。客人少的時候，林少人會與她攀談，知道她家裡經營與藝人相關的產業，而他之所以對她特別留心，除了常客的身分之外，更大的原因是她剛開始出現在店裡的時間，正好就是兩年多前的那個清晨之後。林少人知道很大機率這一切並不相關，但他對於那段時間中發生的事情印象奇深，便自然地記下了。

這天，林少人從店裡打烊回家已清晨五點。他掏出鑰匙準備開門時，餘光瞥見大門外的月見草。

林少人蹲下身，輕撫那片片淡綠，想起了林勁。

難道是記憶與現實重疊了嗎？早上拍攝時，林勁微揚的嘴角上掛著的分明是哀傷，不可能只有他一個人看見。林少人拍拍臉，想褪去這無來由的思緒，就聽見手機「叮咚」傳來訊息：

05:17 緋姊：

幸運兒，你這個月還有空嗎？林勁復出後的第一組平面攝影想找你拍攝。我是跟他打賭你行程滿檔不可能接，但總之你想想吧。（時間很趕，明天給我答覆，拜託拜託！）

夜風輕吹，現在不是花季，還要再好一段日子才會開花的月見草葉莖顫顫搖動，明天也將被路人踩過、被腳踏車輪碾過、被孩子好奇的小手拔起來而死去吧？沒有人會在意有個人仍在等待它再次開出那黃色的、一夜即謝的花朵。

林少人小心翼翼將葉莖放倒在牆邊，內心默默祈禱：明天我們也要朝氣地活著。

3 讓我代替他

滴答。

雨滴落在屋簷、落在窗台、落在泥地的聲音。

林少人接下了林勁平面攝影的邀約。

時入深夜，偌大的攝影棚裡萬般寂靜，僅剩大雨的聲音。林少人走到墨綠色的絲絨沙發床頭，伸手撥去林勁眼前的瀏海，順到太陽穴旁，內心警覺著：只是一綹髮絲而已。

由於林勁前一份工作耽擱了時間，林少人索性布景結束就放所有工作人員回家，於是此刻只剩下他與林勁兩人進行拍攝。無人打擾的平靜將他心裡傾倒向千分緊張的天秤緩緩趨平，在在都因為眼前的這個男人——

林勁閉著眼，躺在一床軟綿上。一身淡粉色復古西裝、黃橙色領帶、大紅色漆皮皮鞋，與墨綠色沙發融合成一幅爵士年代般肖像。僅是注視都令人無法不心生波盪。

「林勁，」林少人捧著相機喚道，「你沒睡著吧？」

林勁嘴角揚起一絲笑，牽起深深酒窩，仰頭朝林少人的方向睜開眼。

喀擦喀擦喀擦，快門聲在這須臾起落。

隔著鏡頭裡的層層機關，林少人能感覺林勁那雙眼正緊盯著他——緊盯著未來即將看到這組照片的觀眾。

林勁抿起嘴，眉眼微皺突然地問：「你是雨男嗎？」

「什麼？」林少人對這突來的問題摸不著頭緒。

「下雨了，」林勁回想著說：「我拍攝的日子很少下雨。」

林少人從沒思考過這個問題。他只是個攝影師，必須學會應變落雨或放晴，而非是掌握晴雨的人。他邊構思著畫面邊思考自己到底算不算得上是雨男時，林勁又丟出第二個問題：

「你今年幾歲？」

這題倒是不用思考，林少人答道：「二十七。」

「哦，以後就叫你小少如何？」林勁逗著說。

「你想怎麼叫都可以。」林少人專注在眼前的畫面，隨口應道。接著後退幾步，爬上梯子從高處俯拍說：「你右腳稍微彎起來……側一點，不要直直的……對，對。」

寂靜的攝影棚裡，相機喀擦喀擦的聲響突兀地迴盪。林勁對林少人的一切指示都應付自如，完全不似離開鎂光燈前兩年的人，而且怎麼拍怎麼好看，就連一個疑惑的回眸都引人遐思。

林少人連續變換幾組構圖後說：「應該有很多攝影師說過你很好拍吧？」

林勁笑了起來——他笑的樣子一樣迷人。

「的確常有人說，所以我的拍攝時間都被壓得比較短。」林勁語氣沒有絲毫抱怨。

「這是你找我的原因嗎？」這個念頭掠過林少人腦海，他不意隨口一問。

林勁皺起了眉——他的表情同樣豐富。

「什麼意思？」

「因為怎麼拍都好看，不妨就提攜一下新晉的攝影師吧。」林少人說。林勁專業又大器，令他不禁這麼想。他邊說邊下了梯子，走向道具台。

「當然不是。」林勁更蹙緊眉，「我聽苡緋說你的平面攝影個人風格很強，而且很有想法，會自己決定主題。我覺得很有趣，加上你上次也拍得很好。」

林少人默默聽著，從道具台上挑出幾支白罌粟，走回墨綠色沙發旁，琢磨著一一擺放到林勁身邊。

「那你滿意今天的主題嗎？」林少人將最後一支白罌粟遞到林勁手上，看向林勁突然問。

這問題突如其來，林少人也從未像此刻這般，並非為了工作，而是出於本心地望進林勁的眼。深邃的綠褐色雙眸倏地靜止，林勁愣了愣才說：「我覺得很好，謝謝你。」

喀擦喀擦喀擦。

話聲未落，一朵白罌粟自林勁手中飄落，墜到暗紫色的西裝褲腳上。林勁彎身去撿——

林勁沒料到這突來的連拍，俊美的臉龐流露小小訝異，卻又即刻牽起嘴角——

喀擦喀擦喀擦。林少人覺得拍到了最好的照片。

拍攝結束時，外頭的雨已經停。

林少人趁著林勁換裝的空檔收拾道具，整理完返回前台時，林勁已是一身私服拿著他的相機在看。

換下拍攝服裝，林勁身穿整套白色休閒服，稍微寬鬆但親膚的材質隱約透出肩胛精實的線條。林勁一直維持著精瘦的體格，一八五公分的身高有著近乎完美的身材。

林少人不禁回想起這些天來讀過的專訪，連同林勁出道後的所有平面攝影及走秀影片，全都印在了他腦海。可實際看到林勁，儘管眉宇間更沉穩了，那張娃娃臉卻彷彿不會老似的，仍同兩年前一般精緻。

外貌如昔，那麼內心呢？

過去幾年關於林勁的一切風聲接著浮上林少人腦海，傳聞林勁親切和善卻也任性妄為，就是這副性格讓人難以支應。但林少人卻覺得眼前的人毫無盛氣，反而有種稚氣未脫的可愛，還意外地貼心。

林少人原本的計畫是拍攝外景，可惜天公不作美，即將入冬的台北竟下起了雨，只能臨時換來內景拍攝。追究起來，若不是林勁前一份工作耽擱，他們早已結束外景收工。不過，從約定的時間不斷延後開始，林勁便主動告知狀況、在晚餐時間提醒讓這邊等待的工作人員先行用餐，同時詢問攝影棚的使用時間。終於趕來後，隨行的助理與化妝師等全是老手，效率奇佳。林少人一邊感嘆大明星果真待遇不同，一邊佩服林勁能對所有人事關照到如此地步。

「你在等司機嗎？」林少人出聲問。

林勁小心翼翼地雙手托著相機，一臉笑意，搖搖頭說：「沒有，我等下自己回去。」

「這麼晚了，不安全吧？」林少人感到不大妥當，像林勁這種等級的藝人都要搭保母車的。

「我的司機是個年輕妹妹，所以我要她超過十一點就別來載我了，女生一個人才危險。」林勁無所謂地說。

林少人的心思轉了起來。

「你真的拍得很好。」林勁投入地看著照片，稱讚道。

林少人沒預期地鬆一大口氣，走到林勁身旁說：「我其實超級緊張，不確定自己到底掌握得如何……」

林勁笑了出來，說：「以我第一次合作的攝影師來說，你算得上前幾名了。」

怎麼可能？林少人感到有些難為情，卻也真正放鬆下來，收拾著包包說：「我肚子好餓，你沒吃晚餐吧，要不要一起去吃點東西？」

「這麼晚，不打擾你了，我回去隨便吃吃就好。」林勁應道。

林少人瞥了瞥林勁說：「不要隨便吃吃。走，我帶你去一個地方。」說完拉了林勁就走。

下過雨的小巷散著潮溼的涼意。奶奶的餐車上白煙蒸騰，食物熬煮的香氣隨風飄散。餐車一邊的木製小櫃裡擺滿台式口味的滷製品，正中央則是一籠籠鐵製方盒浸在雞骨清湯中，看得見裡頭的各式煮物。彷彿日本巷弄才有的立食黑輪小攤，穿越時空降臨在這晚的台北街頭。

客人就他們兩個。

「阿弟，今天這麼早啊。」

奶奶骨瘦的手為他們遞上兩只陶杯，盯著林勁好一會兒，碎碎地說：「哎呀，瞧瞧這是誰啊？」

「啊……他是我工作上的前輩。」林少人不覺得奶奶認得林勁，隨口道。

「阿弟第一次帶同事來呀。以前只看過女朋友呢。」奶奶笑咪咪地說。

「你有女朋友？」林勁面露些許訝異。

「阿弟沒爸沒媽，就有女朋友。」奶奶玩笑般應和。

「奶奶，妳太多話了，而且我跟他不是同事，人家可是大明星。」林少人趕緊解釋。

「哎呀呀，」奶奶沒在聽的模樣，彎身到餐車下方，翻找出一個紙製圍兜遞給林勁說：「來來來，看你這身白，還以為白馬王子來接我了呢！快戴上，弄髒就不好了。」

「奶奶，那我呢？」林少人追問道。

「你不用吧，弄髒了回去洗洗就是。」奶奶呵呵笑著看著林勁，老邁的眼閃爍愉悅的光芒。

真拿這些人沒轍，連奶奶也一個樣。林少人既好氣又好笑地埋怨，而一旁林勁已經繫好圍兜，扳開竹筷吃起桌前備好的小菜。

林少人不覺得林勁真會戴上奶奶給的圍兜，不免更驚訝了。可林勁一派輕鬆，沒有絲毫勉強，林少人跟著鬆緩下心情，得意地說：「奶奶的醃泡菜最好了。我看你以前在專訪裡說深夜下戲後很餓，會去找人少的小店吃宵夜，拍片最期待就是這時候。我跟你說，奶奶這台餐車在網路上評價很高，只是她老人家閒來沒事，隔三差五就換位置，要碰上得靠運氣，不是想吃就吃得到。」

林勁帶著淺淺笑意，咬著泡菜說：「很好吃。」

「是吧，」林少人更安下了心，向奶奶點道：「我們要兩碗陽春麵，湯另外放，然後還要……」說著探頭往熱湯裡看去，「蘿蔔、魚板、油豆腐，各兩份。」接著看向林勁說：「這些都是最推薦的，你還想吃什麼直接跟奶奶點就好。」

林勁咬著泡菜，一鼓一鼓的臉頰透著微紅，默默點著頭沒應聲，像是心神飄向了遠方。

「你在想什麼嗎？」林少人拿起保溫壺，為兩只陶杯斟滿熱茶。

「……在想今天拍攝的主題。」林勁回神應道。

「喏。」奶奶朝他們遞上兩碗白麵。

林少人趕緊將茶擺到林勁手邊，再接過兩碗麵放到桌前說：「那不能用想的。」

林勁低嘆口氣，拿筷子攪起白麵，混勻聞上去十分清爽的醬汁說：「其實我已經兩年多沒在外面吃宵夜了。」

林少人調整著桌上碗盤，又接過奶奶遞上的煮物放到林勁面前說：「因為不用拍戲到深夜了吧？這樣很好啊，晚上的世界盡是罪惡。不好意思，今天讓你陪我罪惡一下。」

林勁嘴角微微勾起，像是被林少人的話牽起了笑意，說：「不是拍戲的問題。就算沒拍戲，我這兩年也總要到白天才睡得了。不過……大概是因為以前最常陪我吃宵夜的人不在了吧，所以我一直抗拒著這件事。」

林少人不禁瞥了林勁一眼，林勁方才話中的人顯然是指過世的前男友尹懷伊。林少人頓了片刻，夾起一塊燉得軟爛的蘿蔔放進林勁碗裡，說：「你知道今天拍攝的白罌粟花語是什麼嗎？」

「就是拍攝的主題：遺忘。」林勁回道。這即時的應答令林少人更感意外。林勁接著放遠了視線，問：「為什麼要選擇遺忘，不是有更多更常見的主題嗎？藝人復出不少見，應該有一些可以參考的例子。」

「……或許是吧，但我不想跟他們一樣。」林少人簡短應道。

林勁轉回眼眸，落上碗裡三角切塊的蘿蔔說：「你應該知道大家都在等著看我崩潰吧。比起從情傷復原的林勁，大家更想看到發了瘋的林勁。但你……你跟其他人不一樣。剛才拍照時，你幾乎沒有跟我對話，也沒有問問題，這讓我更好奇了，你為什麼要選這個這麼諷刺的主題？」林勁夾起一塊蘿蔔咬下，看向林少人。

「諷刺？不，我不是那個意思……」

林勁的直接令林少人生畏，也令他肅然起敬，他不禁要認真以對。

細思起來，掌鏡林勁復出後的第一組平面攝影壓力莫大。不僅是因為林勁，也因為時間倉促，即使雜誌編輯部預先集思廣益了各式主題，像是：重生（太直接了）、回家（過於溫馨）、挑戰（太激烈了）、想念（要逼死人？）……全都被林少人駁回。畢竟，不能只是當作一組照片在拍，也不能只想著這是林勁的回歸。攝影師拍攝時，有的在意大眾的期待，有的在意拍攝對象的感受，有的則想要展現實力——林少人都不是。

林少人啜口茶，緩著紛亂的心思。為了再見林勁這一面，他已經等了足足兩年，如今林勁就坐在他身旁，他不可能放過這片刻，竭力理清思緒說：

「上次拍完緋姊那場戲之後，我問了一個跟你有類似經驗的朋友。他說：沒有走出來這種事。人死不能復生，感情也是，源頭的那個對象不在了，就像河水斷了頭尾，最後變成湖，就永遠積在那裡了。」

林勁神情微微變化，偏過頭疑惑道：「那不是代表更忘不了？」

林少人嚥下一口口水，在這飛躍的須臾裡拼湊著文字說：「是啊。你想，那些真正忘了的人，是不可能說出口也絕對不會去想到遺忘這兩個字的。」

「所以？」林勁的疑惑更深了。

「所以……遺忘其實是允許你放在心裡的意思吧。」話語自然地自口中流瀉，林少人內心卻緊張萬分，「既然都忘不了，不如就和這份回憶好好共處……」他邊說邊暗暗瞥向林勁，只見林勁皺起了眉，卸完妝的素顏散著一股天然的、帶了年歲的清新，一雙大眼被黑眼圈襯得更大了。林少人又嚥下一口口水，接上這至關重要的一句：「你真的……想要忘記尹懷伊嗎？」

林勁的深邃大眼倏地暗了下來，流瀉出這晚的第一絲苦澀。

林少人有些慌了，急著說：「我太魯莽了，真抱歉！我只是……看完你以前的訪問就一直覺得，你應該不會想要忘了……」

林少人自覺語無倫次而停了下來，林勁卻捧起了碗，狼吞虎嚥地吃起麵來，又一股勁地把食物夾進林少人碗裡。

林少人不明所以，只覺得要趕快跟上林勁的節奏，也吃將起來。一旁奶奶邊整理攤子邊看著他們倆，眼神溫柔和藹，呵呵低聲笑著。

片刻，桌邊碗盤盡數清空，林勁擦拭嘴角，卸下圍巾說：「你還有時間的話，我們去重拍吧。」

林少人萬萬沒料到這收尾，反射問道：「有是有，但要去哪裡？攝影棚已經關了。」

「去一個可以看到日出的地方。」林勁毫無懸念地答。

清晨，天色漸亮，海潮輕推白沙。冷風從天際線一頭吹來，在湛藍的水色上激起絲絨般波濤。

空氣很冷，林少人手上的相機鏡頭被呵出的白氣朦朧，林勁卻脫下了外套，只穿著裡頭微透的米白色麻料襯衫，看上去很冷——非常冷，從人到心，王子蝸居永恆的冬天，已近三年之久。

林少人想開口要林勁穿回外套，可說不上話，林勁望遠的視線極冰，較刺骨之寒更凍著他唇舌。

「你還有什麼道具？」林勁問，迎著海風朝尚未日昇的方向走去。

林少人翻翻背袋說：「還有一些沒用上的風鈴木，但花況不是很好……」他邊說邊飛速思考，拿起花枝走向林勁，接著摘下一朵，比上林勁迎光的側臉。潮溼的海風將深棕色挑染的短髮吹散林少人手邊，他說：「或許……我可以幫你變一下魔法。」

林少人摘下更多朵花，連同細小的花莖以棉線捆成一束，再拿出拍攝用的透明髮夾，將這小小花束固定在林勁的右耳耳畔說：「就這樣試試吧。你隨意走，我會以臉部特寫為主，所以你下半身自在點沒關係。」

耳畔花束被海風吹得顫顫搖曳，林勁眨眨眼，習慣著那幾乎感受不到重量的迷你花束，順著海水沖上沙灘又退去的痕跡走去，主動開了口說：

「大部分的人好像都喜歡星星，只有我總是在等待太陽。」

「為什麼喜歡太陽？」林少人順勢問。

「……因為我人生中第一個喜歡上的，是一個像太陽一樣的人。」

「很陽光的人嗎？」

林勁搖搖頭說：「很刺眼的人。」

「比你還刺眼？」

林勁笑了出來——他自然微笑的嘴角太過完美。

「你不怕被灼傷嗎？」林少人問。

「如果能被灼傷就好了，」林勁臉上的笑意退去，望著海平線的眼波閃動，「我連靠近都無法。如果可以碰觸一次太陽該有多好？我會不會就不會害死懷伊，不會落得現在這個下場……」

林少人打斷道：「尹懷伊不是太陽嗎？」

「不是。」林勁的視線落在天白的方向，此刻那裡什麼也沒有，「太陽終究只有一顆。」

那是誰？林少人很想知道，卻自知不好再問下去，於是說：「那尹懷伊是什麼？」

林勁停下了腳步，像是在轉換思緒，靜靜杵著說：「懷伊是一切的存在。」

「什麼意思？」

「懷伊不會傷害人。就像我身上的一小塊細胞，既屬於我，又不是我。他保護著我，支撐我。」

「這樣只是一小塊嗎？」

林勁脣瓣微微牽動，低下頭踢著細沙說：「對，不能更多了。你看，心臟不大，大腦也要藏起來。我們身上重要的東西都不能放得太顯眼，不然很容易就會受傷。」

林少人感到一股莫名哀傷，直覺問道：「你是不是很害怕？」

林勁看似一愣，回頭望向林少人說：「怕什麼？」

「怕自己有一天真的會忘記尹懷伊。」

林勁直直看著林少人，接著眉眼一蹙仰頭望天，須臾才答：「……或許吧。」

「那就不要忘。」

「……不忘了他，我要怎麼活下去？」

晨風拂過林勁蒼白的臉，吹動髮鬢的黃色花瓣。

「他本來就是你身上的一部分，你就帶著他好好活下去。」

「我做不到……」

「我幫你。」

風更大了，將林勁桀亂的髮絲吹得更亂，拔上蒼白的臉，沾上深粉的唇。

「讓我代替他。」林少人說了出口，放下相機看向林勁，「你想吃宵夜的時候，我陪你吃；睡不著的時候，我陪你聊天。你想做任何因為他不在了而沒法做的事情時，就叫上我。把那些事都寫下來，我陪你一起去完成，直到你可以帶著和他的回憶好好活下去。」

林勁怔著，木然地看向林少人。

如果回憶有氣味，此刻它既鹹又澀。

林少人走到林勁面前，拿起最後一朵風鈴木，比上林勁帶了海鹹而乾澀的唇邊。他的手在顫抖，話聲也在顫抖，看著眼前悲戚得令人無法抑止想要觸碰的那張臉，他不由得說了出口：

「讓我代替他，可以嗎？」

吭愣一震，永晝的冰山碎下塊塊。林勁哀愁的眼沉靜下來，注視著林少人須臾，點了點頭。

林少人鬆下一大口氣，露出孩子般笑容。

林勁也跟著笑了——

喀擦，相機一聲劃破日出的清晨。

4　代替遊戲 start

從來都沒有離開
一直在你心裡——林勁

斗大的標題印在海軍藍的天色上。

海天之際浮著薄薄一道霓虹，為晨光普照的世界填上虹彩。

紅橙黃綠藍靛紫，靜謐地躺在那片湛藍之下。

林勁微側著臉，露出一雙深邃的眼，看得見深陷的雙眼皮及沒上妝的細黑睫毛，挑棕的染髮被海風吹得飄揚，耳畔繫著幾朵黃色風鈴木，最後一朵盛開在他迷人的酒窩上。

程令歡捧著最新一期《the CHOSEN ONE》雜誌，以女友崇拜的眼神欣賞著說：「怎麼不多出幾款封面呢？林勁復出這麼大的事，而且你拍得這麼好，一定會大賣的啊。」

「也算有吧，他們是做成五款海報隨機贈送，因為林勁希望只有一款封面，就是現在用的那張。」林少人邊說邊在粉紅色酒飲上擠下蛋白色的鮮奶油花，女友的 Pink Lady 調酒便告完成。

「贈送海報，難道是那個？」

程令歡轉頭看向 Vetus 面外的那片玻璃窗。周毅凡正在上頭張貼林勁的巨幅海報：白罌粟花堆中，一身櫻粉，定眼凝視著觀者的王子。

「當然不是，」林少人將調酒放上吧台說：「那是特製送給店裡的，特別大張，周大哥挑了那張照片。」

程令歡取下酒飲啜一口，一手翻閱著雜誌說：「都很好看啊，要我選大概選不出來。我家 baby 真是攝影天才！」

「就是啊。」嚴苡緋也在場，接著說：「我本來還跟勁打賭，說少人工作滿檔不可能接，沒想到他竟然接了。」說著轉向林少人道：「謝謝你啦。」

「緋姊～他是特地為此推掉前三天所有工作！妳說他是不是認真過頭了啊？」程令歡得意也疼惜地看向林少人說，「他說一定要把緋姊引薦的工作做到最好，每天都忙到半夜，拍攝那天還早上七點才回家耶。」

「早上？」嚴苡緋流露些許疑惑。

「因為林勁前面的工作耽擱了。」林少人馬上解釋道。

「喔……我還以為你把我們的大明星拐去哪裡了呢。」嚴苡緋玩笑般說。

「林勁本人覺得如何？他滿意嗎？」程令歡問。

「勁很滿意啊。」嚴苡緋悠哉地說，視線卻默默瞥向了林少人。

「Baby，緋姊說林勁很滿意耶！太好了，辛苦值得了。」程令歡一雙杏眼笑成月兒狀，看著林少人的眼眸閃閃發亮。她接著理理洋裝，站起身說：「我去一下洗手間。」

登愣登愣的細鞋跟聲緩緩而去，嚴苡緋將吧台前的 one shot 一口飲盡，直盯著在裡面收拾的林少人。

林少人被看得很不自在，開口問：「再 one shot 嗎？」

嚴苡緋搖搖頭道：「我要 Ardbeg 19年，純飲。」

「好。」林少人轉身往酒櫃上看去。Ardbeg 19年是限量生產的特別酒，只有客人指名時才會拿出來。

嚴苡緋以指尖輕晃空了的 one shot 杯，問：「你真的叫勁把事情寫下來，要陪他一起去做？」

林少人有些訝異，卻頓了頓沒答，拿起酒瓶放上吧台介紹道：「Ardbeg 主系列中最高年份的一款酒，以美國橡木桶和法國雪莉桶熟成調配，每次釋出的量非常少。第三版綜合了柑橘、核桃和辣椒風味，並以蘇格蘭艾雷島南部的 Traigh Bhan 海灘命名，那裡被稱作會唱歌的海灘——」

「林、少、人，」嚴苡緋打斷道，神情與話聲都嚴肅起來，「我在問你問題，你最好趕快解釋，不然等下令歡回來我就告訴她……」

「她已經知道了。」林少人平靜地說，打開深綠色的透明酒瓶，以琥珀色的液體斟滿鬱金香小杯，遞到嚴苡緋面前說：「令歡本來就是我的輔導員，她理解也支持我和林勁那種狀況的對象互動。」

嚴苡緋噗嗤一聲笑出來，不忍道：「所以你是真的想要幫勁？好吧，抱歉喔，有這麼可愛的女朋友，我不該懷疑你另有所圖。」

「當初可是令歡倒追他的喔！」

周毅凡像是刻意要爆人八卦的搗蛋話聲從後方傳來。

遠遠的，林勁的海報已經貼好，穩穩妥妥地正對吧台的方向。

「什麼，你竟然讓女孩子倒追？」嚴苡緋吃驚道。

林少人神色默默，自言自語般說：「愛上一個人，最後落得自己死去，或者落得害死另一個人的下場，妳想要嗎？」

嚴苡緋睨了林少人一眼，反射應道：「講這什麼話？不過，關於害死一個人這話題，你真該去跟勁聊聊。」

不一樣的，林少人心想，說：「尹懷伊是自己自殺，不是林勁害死的。他跟我不一樣，我真的有罪，他沒有。」

「他怎麼會沒有？」嚴苡緋微醉般幽幽地說：「也不看看是誰一直在幫他收拾……」

「他不是好多了嗎？不然怎麼會復出？」一旁的周毅凡問。

「是比兩年前好多了，但怎樣才算真的好起來？」嚴苡緋輕搖鬱金香小杯，刺鼻的泥煤味即刻散逸杯邊。她淡淡道：「勁會決定復出，是因為他想要改編尹懷伊沒有寫完的遺作《小說家沒有告訴你》。」

嚴苡緋這話說得輕鬆，卻似突來的震撼彈，令在場所有人都頓住無法反應。

《小說家沒有告訴你》是尹懷伊以自己劈腿邵宇希而背叛林勁為本所寫的小說。三年前網路連載時就引發熱議，現在當事者兼受害人林勁竟然想要改編？

大夥兒靜默愣著，沒有人注意到程令歡已經踏著登愣的腳步聲回來。她坐上高椅，驚訝地問：「林勁要改編《小說家沒有告訴你》？那本書好悲劇，我看完好不舒服。」

「令歡。」林少人不忍出聲制止。若要說《小說家沒有告訴你》的真實結局，就是尹懷伊的自殺了，儘管確實教人感到不適，也不好如此直言。

周毅凡低聲說：「我倒覺得很美啊。尹懷伊能把愛上另一個人而決心背叛的執著寫到那種地步，而且那麼誠實，同樣身為同志，我滿敬佩他的。」

嚴苡緋不禁淡然一笑，看著杯裡光影幢幢的一潭琥珀色說：「人都走了，也沒得計較了吧？尹懷伊能跟勁在一起五年，我才是真心感謝也敬佩他。我們就敬尹懷伊吧！」說著舉起酒杯。

吧台前眾目相視，紛紛舉杯跟上：「敬尹懷伊！」

玻璃杯碰撞的聲響蓋過了彼此眼神。這一晚，所有人都心事重重。

■

時序更迭，正午的冬陽直晒冥王娛樂大樓樓頂，身處十一樓也不感炙熱。

尹婕伊站在整片落地窗前，眺望遠方的地平線。房子、房子、房子，更多的房子，更多反射著刺目金光的玻璃。市內喧囂的人車推動著世界的齒輪，這天也依舊如常。

尹婕伊沒有往下看。她已經很長一段時間沒有回來冥王娛樂了。

冥王娛樂是國內藝人經紀公司三大巨頭之一。一年前，尹婕伊的父親，冥王娛樂的老闆因非法黑金交易被捕後，公司便轉手給葛姊整頓。葛姊將許多新興的網路藝人納入麾下，並積極重建業界陳腐許久的潛規則，公司蒸蒸日上。而尹婕伊身為家裡唯一餘下的血脈，葛姊一直遊說她進公司幫忙，並承諾未來會將企業的所有權歸還尹家手中，可她並無此心思。

自從哥哥尹懷伊自殺之後，她就對一切事物都毫無盼念。

此刻她站在十一樓的高度，正是兩年多前哥哥跳樓自殺的高度。尹婕伊呼口氣，往前踏，透過落地窗看向底下的車水馬龍，午休時間結束歸來的人潮聚滿大樓前廣場。她雙腿一陣疲軟，踉蹌回到房間中央的沙發坐下，感到頭暈目眩。

這時，會客室的門打開，林勁走了進來，說：「抱歉，剛才在跟劇組橋時間，來晚了。」

「沒關係。」尹婕伊搖搖頭，望向方才駭人的窗外，幾隻麻雀一個迴旋劃過眼前，「終於到了這一天。」她默默道。

林勁在尹婕伊對面落座，說：「妳已經快兩年沒來了吧？自從懷伊跟老闆都不在了之後。」

「嗯……感覺全都不一樣了。」尹婕伊感慨道。

「不也挺好的嗎？」林勁也看向窗外，藍天、白雲，除此之外什麼也沒有，「以前妳哥總是擔心老闆會把你們家的家業搞垮，又不願意接手公司。現在總算傳到葛姊手上，也算是了了他一樁心願。」

「是啊，哥哥就愛擔憂這擔憂那。爸明明就是個沒用的人，哥哥還處處護著他，所以才……」尹婕伊說著停了下來，轉口道：「抱歉，我不該提起往事的，但如今只有你肯聽我講這些事了。」

「我決定改編《小說家沒有告訴你》，杰飛還是很反對嗎？」林勁問。

尹婕伊嘆口氣，「我說不動他。他一直覺得哥哥寫那本書的時候已經不正常了，再加上那又是改寫自你們的真實狀況，他不懂你怎麼會想要改編。」

「只是這樣？不是因為他討厭我？」林勁無奈笑說。

尹婕伊又嘆口氣，「我以前也很討厭你，因為你不肯放手，讓哥哥受了很多苦。可是經過這兩年我終於明白，你很愛我哥，我也很愛我哥，所以……」她邊說邊從包包裡拿出合約，遞到林勁面前，「哥哥離開前原本就想把作品的權利留給你，是我當時沒辦法接受而阻止了他，所以，這本來就是你的東西吧。」

「謝謝妳，婕伊。」林勁接過合約，看著手中薄薄幾張紙，內心平靜也洶湧。

接著，「喀啦」一聲，會客室的門再度打開。嚴苡緋踩著踏踏的腳步聲走進房裡，張開雙臂與尹婕伊熱情擁抱，說：「天哪，好久不見！」

「緋姊，我好想念妳呢。」尹婕伊感動應道。

「我也是啊，想死妳了！」嚴苡緋擁抱尹婕伊好一會兒，才開心地在林勁身旁坐下，向著尹婕伊說：「真是太謝謝妳了，答應讓我們改編。」

「謝什麼啊，是我要麻煩妳跟林勁哥了呢！不好意思，要妳為此延後手上其他工作。」

「沒事沒事，要不好意思也是他不好意思啊。」嚴苡緋狠瞥林勁一眼。

林勁不覺尷尬，反而打趣道：「妳感受到壓力了嗎？」

「欸……要改編尹懷伊的作品本來就不容易，何況這幾乎是他本人的真實故事，」嚴苡緋不甘示弱地以手臂推推林勁，「你要找誰演你啊？」

林勁自然答道：「演員我心裡大概都有底了，讓我來處理，劇組的部分就交給妳。」

「哦～看來咱們林大男神幹勁十足呢，」嚴苡緋笑道，放心了些，又忽地靈光一閃說：「對了，我們找少人來拍攝如何？你們不是在進行那個……什麼……不讓你忘了尹懷伊的遊戲嗎？跟我們這齣戲很搭啊。」

對坐的尹婕伊捕捉到嚴苡緋話中有話，不禁看向林勁。

林勁笑道：「不讓我忘了懷伊的遊戲？妳也太會取名了。少人只是隨口說說而已。攝影師為了拍照而說些製造氣氛的話很常見。」

嚴苡緋擺擺手道：「哎呀，這你就不懂了。少人個性很認真的，不會在這種事情上開玩笑，而且他都告訴他女朋友了。」

女朋友，這三個字突兀地打在林勁與尹婕伊腦海，無人回話，各起心思。

嚴苡緋沒有察覺到這一刻的異常，向著林勁問：「少人不是要你列出想做的事情嗎？怎樣，你們下一件事要去做什麼？」

林勁不是很想回答，隨口應道：「很荒謬的事，不提也罷。」他正琢磨想轉回話題時，「唧——」的一聲長音，沒有完全關上的門被輕推開，助理弟弟捧著茶水與糕點搖搖晃晃走進來，禮貌地向他們點頭問候。

「來了來了！」嚴苡緋狀甚歡欣，轉向尹婕伊說：「婕伊，我知道妳今天要來，特地請他們剛才開店就趕快去買，妳等等也帶點回去。」

助理弟弟一一將水杯放上茶几，然後是糕點。百年老店李亭香的台式糕點，麻將般的灰白色鹽梅糕與窗花形綠豆糕。不消說，在場三人都知道，這是尹懷伊的愛店。

「真是謝謝緋姊呢，大家都吃吧！」尹婕伊邊說邊懷念地拿起一塊，嚴苡緋也跟上，只有林勁一動沒動，那久違的酸甜氣味令他一陣反胃。

「對了，林勁哥，」助理弟弟忽然開口，「剛才有快遞送花過來。前幾年你都交代一併退回原主，所以我就直接讓他回去了。」

「花？好……我知道了。」林勁簡短應道。

嚴苡緋啜口熱茶，眼角餘光瞥著林勁，沒有漏看他臉上瞬間變幻的神色。

林勁又頓了下，說：「抱歉，我離開一會兒。」說完他徐徐起身，緩步離開會客室。

林勁輕聲帶上房門，接著腳步便快了起來。

更快了。

該死、該死、該死！

林勁邊狂按電梯按鈕邊在心裡咒罵，怎麼會有人真的遵守那玩笑？

午休結束的人潮散去，平日等待如年的電梯很快到來，載著林勁回到方才人頭攢動的一樓大廳。身穿白綠雙色制服的快遞員正穿過感應門，往外頭的廣場走去。

「不好意思！」林勁追了上去。

快遞員不確定地轉過身，懷裡捧著不刻意看都會映入眼簾的燦白花束，不符時節的白色丁香。

林勁沒問就一把接過，說：「不好意思，剛才在開會，幸好你還沒走。」

快遞員呆呆愣著，須臾才露出燦笑說：「林勁，我們一家都是你的粉絲啊！你能復出真是太好了，我們會一直支持你的！」快遞員唐突地說完，也沒等林勁回應便匆匆離去。

午後太陽往地平線上傾倒，將人們來去的身影晒上廣場方塊狀的石英地板。林勁木然地杵著，手上丁香刺鼻的花香，與方才快遞員熱情的鼓舞，在在令他感到一股久違的熟悉——被鮮花、禮物與粉絲簇擁，卻因為失去心愛的人而感到無盡寂寞。那種任情感從身體由裡向外螫著的刺痛感，無法忘懷。

林勁看向花束，純白色的丁香之中嵌著一張黃橙色小卡，上頭工整的字跡寫著「To 林勁　From 少人」，留言的位置空著。花束不重，他卻感到舉步艱難，勉強走到廣場旁的花圃邊沿坐下，往口袋裡掏出手機。忙碌了一上午，訊息就累積好幾百則，之中夾雜著林少人半小時前的來訊：

「希望你會喜歡。」

就這麼短短一句。

林勁按下通訊軟體的通話鍵，短暫的「嘟——嘟——」聲響後，對方接起了電話：

「我是少人。」

「你為什麼當真？」林勁劈頭就問。

「你喜歡嗎？」

「回答我的問題。」林勁有些不悅道。

「我去查了，原來你演過花店老闆，所以知道白罌粟的花語嗎？那麼白色丁香應該也考不倒你吧？」

「……天國之花。」林勁默默回應。

「果然知道！你真的好專業。」

「你快回答我的問題。」林勁轉回話題，催促著。

「你先回答。」

「……」

「…………」

「……………」

「……我很願意繼續等你，但我其實正在拍攝中。」林少人的話聲透露出些微焦急。

林勁實在心煩。

林少人說：「你等等，我讓工作人員暫停一下——」

林勁不禁打斷道：「你別管我了！尹懷伊會死，還有我把自己逼到現在這個地步，全都是我咎由自取。我一點都不值得同情，也不需要誰來拯救。我做不到那些事情的……我晚上睡不著，連出門吃個宵夜都無法。我只能忘了懷伊，因為我只會摧毀他而已，我就是這樣無可救藥的人。」

「嗯……」林少人默默應了聲，「你說的我都知道。」

「所以叫你別管我了！你還年輕、有女朋友、工作也被大家看好，說得難聽一點，你根本不需要蹭我的人脈，只要這樣努力下去，以後一定能──」

「我殺過人。」林少人突然說。

「什……」林勁瞬間愣住。

「我遇過一個像你這樣，因為愛上一個人而發狂的人。我殺了他。」

怎麼可能？林勁無奈道：「現在不是說笑的時候。」

「我沒有說笑。」林少人語氣沉了下來，不似之前的明朗，「我坐過牢。我女友是我在獄中認識的輔導員。如果……殺人的當下我沒有那麼害怕，告訴自己對方也只是個受害者，或者就忍耐下來，他現在一定還活得好好的。所以，就當是讓我贖罪也好、自作多情也罷，你不排斥的話，我想要陪你一起去做那些事，如果那能讓你好起來。」

正午的熱風颳起滿地飛沙，細細晶粒在陽光的燦照下零落而蕭颯。

「我回答完了，換你了。」林少人和緩地說，「花，喜歡嗎？」

但林勁一個字都應不上來了。

手機另一端傳來喀啦聲響，林少人聽似遠離了話孔，對現場的人說：「抱歉，你們休息一下。」

林勁不忍答道：「不要耽擱他們了，我喜歡，很喜歡，我……」

「你喜歡就好。」林少人接過話說，「就當是尹懷伊從天上送你的吧。我回去工作了。」

林勁沒來得及回應，另一頭已經傳來「嘟——嘟——」的斷訊聲。林少人真的正在拍攝，而自己又耽誤人家了，林勁感到一陣懊惱。嚴苡緋說林少人不是會開玩笑的人，那麼，殺了人又坐過牢的事，都是真的了？

林勁無法不在意。剛才林少人的語氣太過平實，就像已經對著鏡子演練過上千遍。為了將背後無論後悔、難受、痛苦的心情全都掩蓋過去而努力構築、修改，再不斷對自己訴說成事實。林少人說自己殺了一個像林勁這樣，因為愛上一個人而發狂的人。那是什麼人？是林少人的誰？

林少人愛上瘋子卻不可得，就失手殺了對方嗎？還是瘋子愛上他，逼得他不得不殺了對方？如果對方是個女孩子，他怎麼下得了手？林勁混亂地想著。

拍攝雜誌照的那天，林少人在林勁心裡留下深刻的印象，臨場反應極佳，心思也與照片同樣細膩。並且，拍攝結束後林少人邀請林勁去吃宵夜又重新拍照，那雙端著碗盤、將不到掌心大的風鈴木綑綁成束的手，撫過林勁側臉，讓他感到莫名地溫柔。

這樣溫柔的人，竟是殺人兇手？

這樣溫柔的人，說想陪他好好活著。

深夜，林勁為白色丁香修剪花莖，一支支小心翼翼地插進玻璃瓶裡，放在寢室的黑色平台鋼琴上。

氣味不等人，濃郁的花香即刻盈滿室內，沾上他的人，襲上白色粉刷的牆，白色床組、桌椅與衣櫃，眼不可見卻強烈得教人暈眩。那花的色彩分明是白，卻似墨黑，能夠一瞬就抹去什麼，連同心裡的什麼也一併跟著掩去。

林勁躺上床，感受著這份濃郁，久違地伴隨黑夜入夢。

5 鬼魂般的他

大型照明依序暗去，攝影棚裡一瞬從白日沒入黑暗。下戲了，林少人收拾器材，離開前為明日工作作最後確認。身旁的人們來去匆忙，四周滿是加了語尾助詞的歡快問候聲與新奇多彩的私服，處處瀰漫著收班時間明快的氣氛。

「少人哥，要去約會啊？」助理 Angel 問。

「最近心情很好呢。」美術執導 Chris 追加道。

「你們別那麼愛探人隱私。」林少人淺淺一笑，揹起背包說：「我先走囉，明天見。」

離開攝影棚時已逾九點，雖然有些遲，但仍在林少人預定的範圍內。他今天特地開了車，幾年前向車行的朋友二手買來的。攝影師常要到處勘景，汽車與摩托車都是維生工具，好在經朋友的提點換了零件、稍微整修內部後，看上去並不舊。他像是要出任務似地檢查了車子好一會兒，才坐進駕駛座，心想這晚應該會喝酒，自己淺酌即可，如果時間晚了得送林勁回家，舊車充當保母車倒還行。

自從上次送花去冥王娛樂，林少人與林勁已經許久不見，他偶爾會在拍攝現場聽到林勁的消息，得知林勁的片約已經排到後年，看似忙碌便沒有打擾。並且，上回他主動在電話裡說出了坐牢的過往，對一般人來說想必震撼，即使林勁因此遠離他也是正常。

所以林少人完全沒料到會接到林勁的聯繫。

吃過宵夜、送完花，林勁提出的第三件事情是，一起去鋼琴酒吧。

自小巷轉上忠孝東路，綠色磚牆的 SOGO 復興館即刻映入眼簾。快到打烊時間，百貨廣場前聚集著準備搭捷運返家的人潮。這天不是週末，市區裡燈光稀少，呈現一片黑壓壓的冬季天色。林少人將車子暫停路邊，馬上就看到遠方的人影：林勁一身黑色連帽風衣、淺藍色牛仔褲，戴著大型方框眼鏡倚著欄杆。很低調的打扮，但他就是氣場獨特，教人無法忽視。

兩聲喇叭輕響後，林勁上了車。

「嗨。」林少人招呼道。

「謝謝你來載我。」林勁邊繫上安全帶邊說。

林少人心裡不禁升起一撮感謝的小火，依然維持淡然地答道：「小事而已。你剛去工作嗎？」

林勁搖搖頭說：「昨晚跟苡緋橋劇本橋到早上，我補眠到剛才才起來。」

「睡得還好嗎？」林少人打著方向盤問，轉進大安路。

「……還可以。」林勁簡答。

林少人透過後視鏡瞥了瞥林勁的神色。方形鏡框將眼周遮去了大半，但林勁看上去精神還不錯。林少人於是轉了話題道：「每個攝影棚都在傳你們要改編的消息，大家都很期待的樣子。」

林勁聳聳肩膀，在座椅上放鬆下來，說：「電視圈很嗜血，他們只是在等著看好戲而已。」

「的確是齣好戲沒錯呢。」林少人笑答，將車子轉進敦化南路的小巷，又問：「改編壓力應該不小吧？」

「壓力都是自找的。」林勁幽幽地說，「不過我和苡緋有共識，劇本會盡量照著原作走。」

「照著原作，那結局怎麼辦？」林少人專注在開車上，隨口一問，話一出口就意識到自己的大意。

《小說家沒有告訴你》原作小說沒有結局，尹懷伊只寫到自己和邵宇希決定離開台北，後來就因為真實世界裡邵宇希介入黑金事件被殺害，尹懷伊沒多久後也跟著自殺。

林勁看向車窗外，靜靜地說：「我會給他們一個好結局。」

林少人將車子彎進停車場的車道，隨著漸緩的車速默默觀察著林勁的神情，自責起來。微微心傷湧上他心頭，他想問林勁為什麼要給他們一個好結局？尹懷伊背叛又拋棄林勁，把他寫成恐怖情人，讓他同志的身分因此曝光，並且，社會大眾都已經知道尹懷伊與邵宇希真正的結局了，又何必為難自己讓他們虛假地從此幸福美滿？

但幸福是什麼呢？

林少人越想越不確定了。

他不記得幸福的模樣。進行拍攝工作時，時常會要求拍攝對象擺出幸福的神情，可無論怎麼看、怎麼精準地捕捉，他都回想不起來了。在文字世界裡被形容得甜甜滿滿暖暖的感受，從很久以前就注定了與他絕緣。林少人非常明白，勉強自己硬去琢磨那一生再也感受不了的情感有多痛苦，不禁要為林勁與自己神傷，卻什麼也說不出口，停好車便領著林勁走往酒吧。

這一帶的巷弄不小，裡頭盡是景致各異的夜世界。街燈昏黃，加上大部分酒吧的外觀皆不顯眼，客人喝醉鬧事、撞破玻璃都是日常。好在此時還不到夜生活繁盛的時段，街邊如晨間潔淨，不見一名醉漢。

話說起來，林勁只說要去鋼琴酒吧，並沒有指名哪一家，林少人大可直接帶林勁去 Vetus 就好。但他沒有貪圖這層便利，反而選擇了這家極具挑戰的店，這下心情忐忑萬分。越接近目的地，跟在他身後的林勁似乎意識到了，腳步漸緩，最後在能看見酒吧招牌的轉角處停了下來。

「NO NAME」，深棕色的原木大門上嵌著鑄鐵製的英文店名。店外沒有門牌，第一次來的客人肯定會誤會這是哪家店的外牆而錯過入口，但或許正是這樣的隱祕感，這家店非常適合到哪裡都會掀起波瀾的林勁。

「……我沒辦法進去。」林勁說。

「你可以的。」林少人應道。

「我不行。」林勁有些生氣起來。

林少人靠向轉角處的圍牆說：「沒關係，我等你，我們有一整晚的時間。」

林勁看向林少人，不禁嘆氣。他不懂眼前的人為何每次都如此較真，他只是想要放縱一晚，喝個爛醉，隨便哪家酒吧都可以，反正酒都是一樣的，林少人卻偏偏要帶他來這一家。

冬夜的冷風颯颯吹過，林勁感到一陣頭疼，扶著電線桿坐上人行道。林少人走到林勁身前蹲了下來，從背包裡拿出一條黑色圍巾，圍上林勁的脖子說：「晚上了，你要待在這裡很冷。」

林勁睨起眼，瞪著眼前為他圈上圍巾的人，問：「苡緋說你不跟別人肢體接觸，所以第一次在攝影棚見面時沒有跟我握手，這是真的嗎？」

林少人點頭笑道：「是啊，握手不行，但圍個圍巾還是可以的。」

「不能肢體接觸，那女朋友怎麼辦？」林勁直覺地問。

「也不是都不行。若要的話，就看有沒有感情。」林少人也答得自然。

「有感情就給碰？」

「相反。」林少人在林勁的衣領前將圍巾交錯打了個結，說：「這樣就不冷了。」

沒感情才給碰？林勁思量著這個不符人情的答案說：「你沒講反？」

林少人笑笑沒回應，轉身在林勁身旁坐了下來。

白色襯衫，外頭罩著淺藍色菱格紋的針織毛衣，林少人這天的打扮十足學院風。林勁猜想應該是女朋友為林少人打理的。連男朋友和別人出門都幫忙定裝的女朋友，想必關係一定特別好吧？那麼現在圍在林勁脖子上的圍巾也是女朋友幫忙準備的嗎？林勁有點想要卸下圍巾，不想戴著別人的甜蜜。

「你要說說你和尹懷伊還有這家店的故事嗎？」片刻寂靜後，林少人開口問。

林勁掩飾著內心不知為何而起的侷促感，踢著地上碎石。較大的一顆吭愣吭愣蹦過馬路，滾進對面整排摩托車底下，嚇跑了裡頭歇著的一隻花貓。

「又到這個時節了呢，天冷的時候，總能在摩托車附近找到浪貓。」林少人說。

「我不喜歡貓。」

「咦？貓很可愛啊。」

「我不喜歡被掌控的感覺，然後……其實我也不喜歡鋼琴。」林勁應道。他已經很久沒有想起，更沒有向任何人訴說那件事了——那段因為鋼琴而起的決絕的過去，比尹懷伊的逝去更教他無所適從。

「我高三之後就沒再彈過琴了，也不想讓人發現我會彈琴。可是，懷伊很喜歡鋼琴，琴聲給他靈感，也能安撫他寫作時的焦慮。我為他找遍台北的鋼琴酒吧，找到最厲害的琴師，拿他喜歡的曲子請琴師在我們去店裡的時候彈。」為了心愛的人，林勁忍下因鋼琴而起的苦楚，任回憶燒得渾身痛，最後真燒成一片荒蕪。

林勁抬起頭，看向對街那扇毫不起眼的深棕色大門說：「就是那家店。」

那些年，他和尹懷伊在店外抽菸談天吵架親吻的畫面，在店裡賞樂聆聽吃喝遊戲的畫面，彷彿真能看見。

曾經存在的東西，終究不會消失。在空氣中、燈光下、夜蟲低擾的鳴聲裡，封藏著他們相愛的痕跡——如今徒留一段又一段痛苦回憶。

「跟喜歡的人一起聽現場演奏，就算不喜歡，也會變得好聽吧？」林少人望著對街笑道。

林勁不禁看向了林少人，訝異林少人不是哀嘆他為背叛的情人付出，也不是好奇他為何不彈琴了，而是專注在由這所有不美好所構成的，最美好的那一幕：林勁和尹懷伊坐在熟悉的吧台邊，尹懷伊搭著林勁的手，笑得很燦爛。

林勁感到眼眶非常溼熱。

林少人瞥著林勁，徐徐說：「無論你對這家酒吧有什麼樣的回憶，那時候他很開心，你也因為他而感到開心，你只要記得這樣就夠了。」

林勁呵著白氣緩著心情，任氣息在黑色圍巾上聚出圈圈小雲，不想讓這無論是悲傷或感動的心情被林少人發現，一邊默默地將林少人的話收進了心底。

「可以進去了嗎？」林少人看向林勁問，須臾又說：「其實我肚子好餓了……」

林勁笑了出來，說：「怎麼每次遇見你都很餓？」

「不是……今天上工一整天，我已經完全不記得上一餐是什麼時候吃的了。」林少人說。

「那正好，他們家的餐點很好，等下你就盡量吃吧。」林勁笑著拍拍褲子站起來，林少人也跟著起身，兩人並肩往那扇深棕色大門走去。

原木色裝潢，原木色擺設，這晚 NO NAME 裡沒有其他客人。

大門正前方的吧台上放著一只威士忌杯，杯中琥珀色的液體散著淡淡果香。蘇格蘭單一純麥威士忌 Highland Park 18年，尹懷伊的愛酒之一，林勁不必靠近就知道。

兩位酒保在吧台裡向林少人與林勁微笑問候，琴師站在黑色平台鋼琴旁，店長 Ervin 從店裡頭出來，直直走向他們，見到林勁就是一個熱情的擁抱。

「這位林先生說是你要來，我一直覺得他在騙我，沒想到真的是你。」Ervin 感動地說。

「見到你們真好。」林勁微笑應道。

「來，快坐吧。」Ervin 邊說邊為他們拉開三張吧台高椅，中間一張正對著桌上的威士忌杯。

林勁不禁有些疑惑。

「這位先生說要為尹懷伊留一個位子。」Ervin 解釋道，看向林少人。

「是嗎……」林勁說著坐上最左側的高椅，將威士忌杯移到了自己桌前說：「不必了，少人坐我旁邊就好。」

Ervin 聞言收起右側高椅，讓林少人坐上原本屬於尹懷伊的那個位子。林少人一時頓著，難掩遲疑。

「你別拘束。」林勁說，「懷伊離開之後我就很明白了，他是不可能從哪裡照看我的。因為他已經跟邵宇希在一起了。那才是他最想去的地方，邵宇希才是他唯一會擔憂的人，所以，他不可能在這裡。」

說著悲傷的話，林勁的嘴角卻不禁要微微揚起，接著說：「其實你第一次說要代替他的時候，我真的很震驚，因為已經很久沒有人敢靠近那個位置……靠近我身邊。」他接著開玩笑道：「更何況是個小我八歲的直男。」

「你不是喜歡年下嗎？」林少人輕快地問。

林勁不禁瞥向林少人，但這個眼神被突然介入的 Ervin 打斷。Ervin 問：「餐點老樣子嗎？」

林勁倔促地收回視線說：「好啊，讓少人嚐嚐你們的拿手菜吧。然後給他一杯檸檬水，他今天開車。」

林少人笑了起來，打趣著問：「你想喝得多醉啊？」

即使剛才那一刻他們之間確實存在著什麼，現在也已化散為無，林勁暗自感嘆說：「你想吃什麼儘管點，別客氣，就當是你陪我的報酬。」

「那我就恭敬不如從命了。」林少人笑著應道。

酒吧裡，琴師奏起悠揚的樂曲，和著酒杯碰撞與輕鬆的談話聲，氣氛一派悠閒。天花板上，一柱柱長形吊燈在底下的吧台上映出一方方光亮，席間散著一股冬季才有的溫暖。

然而，這時的林勁並不知道，身為酒保的林少人其實不愛喝酒。自從林少人的母親過世後，原本慈藹的父親沉迷於酒精，久了開始會對林少人動手，有時還會強灌他酒。他當時年紀小，很害怕，不想將疼痛怪罪到父母身上，只好讓恨意轉向那一瓶瓶薰人的惡臭。更長大些後，同學們都在拿大人證件偷買酒時，他也從不在其中；再之後進入攝影這一行，即使應酬與酒席都不少，他也總是輕巧避過，一向隨和就只有這點堅持。

這樣的林少人之所以成為酒保，是因為出獄後願意接受更生人的地方少之又少。周毅凡是他父親的舊識，他從小喊作叔叔，現在工作時改稱大哥。周毅凡見他無家可歸又沒有出路，便收留了他。

林少人長得乾淨，年紀輕，自然接下酒吧門面酒保的工作。他不排斥，因為在那段以為終於能見天日、其實卻是落入更黑深淵的出獄日子，是周毅凡和程令歡解救了他。林少人打那時便下定決心，這輩子就為這兩人做牛做馬——做情人當然也是一個選項。

或許命運之神終於轉向林少人這邊，Vetus 生意蓬勃，他投稿到雜誌社的攝影作品也得到關注。他於是向周毅凡提出請求讓他轉為打工，利用多出來的時間發展攝影工作。周毅凡一口答應，程令歡也舉雙手支持，他便一路攝影師兼酒保做到今天。

少數知道林少人過往的朋友都說他很幸福，但他自知更多是幸運。就像此刻能陪林勁一起坐在這家酒吧裡，也是種千年一遇的幸運。

一會兒，料理上桌。堆得高高的酥炸蔬食、小桶裝沾醬薯條、薄片松阪豬、炸柳葉魚，還有小黃瓜、泡菜等各式小菜。林勁又向 Ervin 要了一碗白飯，遞給林少人。Ervin 接著從抽屜翻出一副印著航空公司花色的撲克牌，搖擺著走向他們，對著林少人說：

「他啊，以前跟尹懷伊最愛玩這個了。比大小，贏的人才能吃，怪幼稚的。」Ervin 在吧台上倒出白面撲克牌，發到林勁與林少人桌前，真玩了起來。

Ervin 說林勁運氣很好，不過他強烈懷疑是以前尹懷伊故意輸掉，否則不可能會有人像林勁那樣一路贏。他們小試了幾回，林勁真的手氣很好，無論花色數字，一次次都贏得輕巧。但卻不餓的樣子，把大部分贏來的食物都送進了林少人盤裡。

林少人邊喝著檸檬水配菜，邊聽 Ervin 和林勁聊新進的酒款及店裡這幾年的變化。接著，Ervin 又將林勁與尹懷伊多年前寄放店裡、沒有喝完的酒一瓶瓶拿出來。好幾瓶仍嶄新未開。

「全開了吧。」林勁似乎沒在開玩笑。

Ervin 看了林少人一眼，林少人則瞥了瞥身旁的男人，聳聳肩道：「今天都聽林勁的。」

轉開軟木塞，啵的幾聲輕響為空氣中帶來更濃厚的氣味。果香、花香、雪莉桶、泥煤，複雜而深沉的味道與酒精的作用下，模糊了視線，卻清晰了回憶的形狀。Ervin 邊倒酒邊細數起林勁與尹懷伊的過往。林少人不禁豎起耳朵，聽得仔細。因為除了林勁之外，他從沒聽過其他熟識尹懷伊的人談起尹懷伊的事。

Ervin 說，多年前林勁榮獲最佳男演員而走紅之後，他和尹懷伊便無法再同時進出店裡了。林勁拍戲很忙，尹懷伊又是自由作家，所以總是尹懷伊來店裡等林勁。拍戲這事沒人說得準，時常無限拖延，可尹懷伊卻像是能等到永遠似的，只要林勁不出現，就會一直一直等下去。Ervin 還說，兩人交往後期也曾在店裡鬧分手，林勁個性要強，總是吵得不留顏面。可每次吵完架，沒幾天兩人又會在這裡不期而遇，常常就這樣和好了，因此 Ervin 從不覺得他們真有分開的一天。

林少人默默觀察著林勁。

關於尹懷伊的回憶，肯定還有更多吧？這天晚上，一定也有許多時刻深深觸動了林勁的心，刺傷、撫平、或者刺傷了再撫平。林勁時而沉思時而微笑，在琴聲的陪伴下，就是沒有流露悲傷的神色。林少人這才安下了心，覺得這晚帶林勁來這家店是做對了。

唯一不在林少人預料之中的是，最後林勁完全喝醉了。

林少人將車子駛進林勁家的社區時，已近半夜三點。大路兩旁的整排獨棟別墅一片漆黑，路燈也滅了，僅剩幾盞像是家中備著的夜燈亮著，散發或紅或黃的微弱光芒。林少人憑著 Ervin 提供的住址，找到林勁家門牌，在大門正前方停了下來。

「林勁，到家了。」林少人輕聲喚道。

但林勁似乎達成了本日心願：醉得不醒人事，在車椅上動了動，蹭了個位置繼續睡。

林少人再次喚道：「林勁，你家到了，能自己走嗎？」

林勁半睜開眼，醉了的臉龐透著淡淡潮紅，迷濛地說：「你抱我……」

林少人頓時愣住，情急之下開玩笑道：「你實在很誇張欸，哪有一個大明星跟剛認識的人隨隨便便就喝得這麼醉？我看看，有沒有什麼東西可以……」他邊說邊往後座翻去，忍不住笑出來，明明扶林勁進屋就行了，自己到底哪一關過不去，竟然想找起支柱之類的東西。

林勁似乎見林少人實在荒謬，迷醺的臉笑了起來說：「你不是抱過我嗎？那時候可以，為什麼現在不行？」

林少人霎時回過身來，訝異萬分地問：「你記得兩年前的事？」

林勁醉得不輕，笑得更開了，「記得啊。你抱我嘛～」

「不行。」

「抱～我～」林勁噘起嘴，模樣更挑逗了，「你不是說沒感情就可以碰？」

林少人著實拿林勁沒轍，更無暇回應這個問題。

林勁失望似地闔上眼，倒回車窗邊說：「算了，我就這樣……」

「等等，不行、不行，你不能睡在我車上。」

難道這就是保母車的命運？林少人感到既好氣又好笑，無計可施，只好熄火下車勉強將林勁扛了出來，扶著走上階梯。

林勁比林少人高一些，體格摸上去十分結實，標準有在鍛鍊的模樣。而林少人看過無數林勁的照片，自己拍的，別人拍的，然而此刻搭在他肩上的男子，少了標榜讓人更立體、更好看的妝容，素顏更顯俊俏，唇間散著一股混合了所有酒精的氣味，也不那麼令他生厭，還帶了點甜蜜的果香。在這萬物凋零的寒冬時節，林少人無謂地想像起花朵結果的盛況。

「林勁，密碼是多少？」林少人問。林勁家是智慧門鎖。

「０４１９……」林勁說。尹懷伊的生日。

推開門，玄關自動亮起感應燈。他們一邊往裡頭走，感應燈一路接續亮起。林勁維持著一絲清醒，指示著林少人寢室的方向。

房裡很大，間隔寢室與客廳的是一整片透明玻璃推門，上頭浮貼著無數照片、報導、雜誌內頁等看似是林勁工作的紀錄。感應燈只持續到客廳前方，林少人扶著林勁走進寢室，發現裡頭有一架黑色平台鋼琴。

不是不喜歡鋼琴嗎？這個念頭浮上林少人腦海，他小心翼翼地將林勁放上床，摸索牆面找尋電源開關，想著要讓林勁盥洗一下，或者至少幫他換下衣物，接著便摸到開關，喀地一聲打開房裡的燈。

眼角餘光被什麼吸引，林少人抬起頭來。

「晚安……懷伊。」林勁弱不可聞的聲音從身旁傳來。

眼前，尹懷伊的特寫放大照占滿一整面牆。

柔和的眼眸看似剛起床，一手壓在枕頭下，一手撐在白被上，側著臉注視著大床的方向——微笑的、巨大的尹懷伊，此刻也正以永恆不變且充滿愛意的眼注視著他們。

室內燈泡一閃一閃，彷彿這房裡從未散去的鬼魂在竊笑。一股令人想要即刻抹去的難堪感湧上林少人的心，連同另一股因同一個人而起卻完全相反的憐惜，糾結在了一起。林少人看向醉倒在床上的林勁。

如此難受，自十多年前就斷絕了的心傷向林少人襲來，他不禁想起林勁稍早的問題：沒感情才可以碰？違背倫常的答案，一般人怎麼能懂？因為曾經溫柔的撫觸最後變得邪惡，在林少人身上刻下殺人兇手這個永遠洗刷不掉的印記。但是他當然也知道，自己畏懼的不是再去碰觸下一個人，而是想要碰觸的這份思緒裡所隱藏的，愛上這個人的可能。

不能愛上任何人。

有人會死的。

他會再害死下一個人，或者自己被人害死。

林少人坐上床沿，顫抖地拂上林勁的臉。

6 為你許的願

林少人不記得自己那晚是怎麼回到家的。

夜半車少，從 NO NAME 開回林勁家僅十五分鐘車程，車裡就沾滿了林勁的氣味。甜美的酒氣，冬季強韌的果實不肯凋零，如果不打開車窗便久久無法散去。林少人偶爾朝副駕駛座瞥去，餘光裡好似還留著林勁的殘影。他明明都忍住了，卻沒有忍到最後，因為尹懷伊那幅巨大到能讓所有人都感到卑微的放大照，強勢地宣示著自己就是林勁的最愛。

而林少人不明白的是，自己為何如此難受。

「壽星 baby，你怎麼啦？」程令歡的聲音將林少人拉回到現實。

攝影棚休息室的大桌上，十吋紅葉鮮奶油蛋糕已被切塊分食，坍方在銀面的紙製底盤上。十數根金色小短燭散在一旁，和各式拍攝道具混成一片，裡頭還摻著玩鬧的彩帶拉炮。

助理 Angel 邊為下場戲做準備，邊說：「少人哥這陣子難得心不在焉。」

程令歡看向林少人，憂心地說：「心不在焉，是因為這個嗎？」接著拿起手機，畫面上是一個查詢頁面。

半年前，日本資深人像攝影師常盤聰向全球徵才，募集年輕攝影師加入全新企劃案。為期一年，需要常駐九州，常盤聰的工作室會提供住宿及三餐，並給予相應的薪資，可說是全球新人攝影師都躍躍欲試的挑戰。

林少人原本就一心以成為專業人像攝影師為目標，對常盤聰十分景仰，不僅在獄中學過日語，更破例得到國內攝影名家張照新的親筆推薦信。因此他很快就下定決心，提出申請。

半年過去，就是今天，常盤聰的工作室將公開第一階段的入選名單。這些人必須在下個月前往九州實習三週，並在歸國後繳交新作品，作為決選的依據，最後將選出五位攝影師於明年夏天加入即將展開的全新企劃案。

「Baby一定沒問題的！」程令歡從旁一把圈住林少人的脖子說：「你看，今天是你的生日耶！冥冥中一定有什麼力量在牽引，讓入選成為你最棒的生日禮物。」

「這是全球性的比賽，不要太期待比較好。」林少人輕輕鬆開程令歡的手，平靜地說。

「當然要期待啦！你剛才沒許生日願望嗎？」程令歡問。

「有啊，怎麼了？」林少人好奇道。

「不就是要入選嗎？」

「這個……」林少人不可能說出自己剛才許了什麼願，打馬虎地帶過。

「一定會通過的！女人的直覺最準了，你要相信我。」程令歡拍拍林少人的手，說得真摯。

這時，休息室的門打開，嚴苡緋滿臉倦容地走進來，看到他們又瞬間恢復精神，問：

「如何，公布了嗎？」

「還沒，壽星大人很緊張。」程令歡拿著手機說。上頭一閃一閃的查詢畫面像是某個網路占卜師的虛擬桌面，即將決定林少人的未來。

嚴苡緋拉開椅子坐下，抹了一口蛋糕上的奶油，看向林少人說：「有什麼好緊張的？你想想，如果最後通過決選的話，明年暑假你就在日本了。」

程令歡跟著直點頭，追加道：「而且是跟你最崇拜的常盤大師一起工作，整整一整年喔！」

「打起精神來，心誠則靈，你沒問題的。」嚴苡緋以鼓勵的眼神說，又忽地想起什麼似的，轉向程令歡問：「令歡，妳今年幾歲了？」

「我比少人大，今年三十一了。」

嚴苡緋掐指算著，「這樣的話，等少人學成歸國的時候，令歡都要三十三歲了啊。」她說著轉回林少人的方向，嚴正地說：「林少人，你如果是個男子漢，通過決選後就先把令歡娶回家！」

「什麼？」林少人沒料到這突來的一句，隨口應道：「先通過再說吧。」

嚴苡緋卻像是沒聽見似的，「女人的青春很可貴，三十幾歲該結婚了！」

一旁的程令歡趕緊插話：「沒關係啦，緋姊。少人的夢想比較重要，而且現在也不流行結婚了，兩個人在一起開心就好。」說完笑著看向林少人。

林少人不禁語塞。

他其實早已想過這件事，只是還沒辦法正視自己的答案。因為，與嚴苡緋的期待相反，他決定若最後真的通過決選，就要立刻與程令歡分手。

林少人默默看向程令歡，哀傷地心想：自己和程令歡是怎麼走到這個地步的？程令歡曾是他生命中唯一的浮木、救贖他的人、讓他擁有今天這一切最重要的恩人。他也曾發誓這一生都要跟從程令歡的心意，隨她飄遊。然而，唯獨這件事——和另一個人結髮一輩子，是他怎樣都無法輕言鬆口的承諾。

即使程令歡總說不必結婚，安安穩穩地走下去就行了，要是有了小孩再說。但林少人感受得到，隨著年紀增長，程令歡想要組織家庭的念頭益發強烈，而他至今仍畏懼著家庭這個概念。連這麼一點決心都作不了、有著駭人前科、不知幸福為何物的自己，不可能讓程令歡幸福。雖然，到了這個節骨眼才思考這些事很像在逃避責任，但他實在無法輕易就推開程令歡，更沒辦法扛上程令歡的下半輩子。

「好啦，該揭曉答案了！」嚴苡緋從程令歡手中拿過手機說：「讓我來吧，我運氣很好的。少人的號碼是幾號？」

「0601！」程令歡搶答道。

「0……6……01，」嚴苡緋邊唸邊在搜尋框中輸入數字，默默說：「這是林勁的生日呢。」

「咦，是林勁的生日嗎？」程令歡驚道，「好巧啊，今天是少人生日，這號碼又是林勁生日，都是生日感覺就很幸運呢！」

嚴苡緋點點頭說：「是啊，而且勁的運氣最好了，這下三星加持肯定通過的。」

哪三星啊……林少人暗暗在心裡吐槽，卻也同時訝異著這號碼竟是林勁的生日。

「緋姊，我好想見見林勁喔！」程令歡突然撒嬌著說。

「叫妳旁邊那位幫妳就好了啊，我看他們很常見面。」嚴苡緋的注意力全在手機上，不經意道。

程令歡嘟起嘴說：「我有啊，可是他每次都說林勁是大明星，叫我不要——」

「啊！」嚴苡緋忽地驚呼一聲。

「咦，怎麼了？」程令歡即刻應道。

嚴苡緋一雙大眼圓睜，驚喜全寫在臉上，將手機畫面轉向兩人說：「通過了……少人通過了！」

眼前，恭喜入選的英日文字樣在螢幕上閃啊閃的，像是網路占卜師開出了三張紅牌，連擲三次聖筊般難得。林少人與程令歡頓時愣住，好一會兒才反應過來。

「太棒了，太棒了 baby！」程令歡一把抱住林少人，往他臉頰親了好幾下說：「我們要去日本了！」

林少人也難掩笑意，愉悅應道：「只是通過初選而已啦。」

等待大半年，終於迎來一個好結果，林少人感到開心萬分。然而，他心裡默默開始發酵的什麼，也同時在一針針地提醒著他，未來的齒輪已經緩緩動了起來。

這天拍攝結束後，林少人如常地前往Vetus打工。

雖是生日，但林少人沒有家人，程令歡又剛好要回監獄輔導，且白天已經一起慶過生，他便沒有特地請假。只不過，以前他在生日這天去 Vetus，周毅凡總會準備些莫名其妙的驚喜嚇他，像是：有一年雇了兩個學生假扮成搶匪行搶，最後其中一個被林少人扭傷手臂送去醫院；另一年好心點兒，在店外弄了個天燈許願，結果差點把樓上人家的花台燒了……這些種種極盡荒謬之能事都發生過，因此林少人心裡不免有些忐忑。

林少人快走到 Vetus 店前時，因為仍未到大部分酒吧的開業時間，整排電梯公寓一樓一片黑暗。昏黃的街燈下有一台黑色房車。同樣一身黑的男子倚著引擎蓋，細瘦的身影被燈光照上擋風玻璃。

林勁來了。

無論這晚周毅凡將要使出什麼更怪誕的拿手絕活，都比不上林勁出現在此更令林少人感到吃驚。距離上回去 NO NAME 已經過去數個禮拜，他們彼此都沒有聯繫。

林少人掩飾著內心波動向林勁走了過去，說：「我們九點才開門喔。」

林勁看似沒注意到他來了，被他的話聲嚇到，起身說：「我是來找你的。」接著將一只紙袋遞給林少人說：「生日快樂。」

林少人內心的波動更劇烈了。他勉力維持正色，接過紙袋道：「謝謝。」

「那我走了。」林勁不知道在急什麼，轉身就走向駕駛座那側。

「你剛忙完？」林少人不忍出聲道。

林勁停了下來，答：「沒有，我從家裡過來的。」

那是特地過來的意思嗎？林少人暗暗心想，說：「怎麼不告訴我一聲？下次別在這裡等，又黑又冷的。」

林勁臉上掠過一抹紅，嘴角揚起輕輕一笑說：「反正沒事，想給你一個驚喜。」說完又頓了頓，解釋般道：「你就當是幫我拍攝平面的回報吧。」

「那個我有拿錢的。」

「那……就當成是上次你帶我去 NO NAME 的回報好了。」

「上次是你請的客。」

「對喔……」林勁笑得更開了，雙頰上的微紅淡去，轉為一股輕鬆的自在。

林少人看著林勁，腦海不禁閃過這個提問：天使與惡魔的笑哪一個更迷人？他覺得林勁既像天使又似惡魔，不確定自己正在爬升樂園還是墜落深淵。

「下件事要做什麼？」林少人轉了話題問。

林勁沒意會過來的模樣，側過頭，眼裡流露出些許疑惑。

「我們下件事要去做什麼？」林少人補充道。

林勁這才被點醒，看似沒料到他會問這一題，說：「……我以為你不想再繼續了。」

「為什麼？」

「因為發現我真的很無可救藥？」林勁答道。

「我不會那麼想。」林少人嘆口氣說，「而且我也沒有資格去評判用力愛過的人。」

林勁看著林少人，那神色難解，有種哀愁也有種釋然。

林少人不確定該進該退，放了點餘地說：「但若你覺得不需要我陪了的話，就不必再——」

「我想去一個地方。」林勁倏地打斷道，「可是在外地，需要過夜。」

「好啊，我出外景就常中南部到處跑。」

「是個廢墟，可能會有鬼。」林勁像是刻意開玩笑地說。

「我不怕鬼，你也不怕。反正尹懷伊都是鬼了。」林少人故作自在地答。

林勁不禁笑出聲，「好啦，你別反悔喔，我再聯絡你。」說著打開車門。

林少人再次開口道：「我參加了一個日本攝影師的工作徵選。今天得知通過第一階段，下個月要去日本實習三週，會有一陣子不在。」

「很好啊，恭喜你。」林勁即刻獻上祝賀。

「如果通過最後決選，就要去日本駐地一年。」林少人自知這話是多餘，卻像要印證什麼似地說了出口。

林勁的臉色起了微微變化，最後仍回到愉悅說：「那我不能再打擾你了，你要好好加油。」

「你沒打擾。」林少人急應道。

林勁再次笑了出來，說：「好，知道了，你該開店了，再聯絡。」說完就坐進駕駛座，「啊，禮物，希望你會喜歡。」

林少人愣愣杵著，為自己方才的刻意與直接感到有些無措，沒有回應林勁也沒道別，怔著看著黑色房車在眼前急馳而去，消失在燈火始現的夜色中。

昏黃的街燈閃了閃。剛入夜的巷弄依然年輕，街邊聚起尋歡作樂的人群。林少人恍惚地推開店門，走進去，準備為 Vetus 展開新的一夜。

因為林勁突然出現，林少人幾乎要忘了今天是自己生日，感到一股從未有過的飄飄然，將上回在林勁家裡感受到的難堪與渺小全都拋諸腦後。

禮物，這兩個字跟著浮上林少人腦海。

他打開紙袋，一只淺棕色的皮革相機包映入眼簾。他慎重地拿出來，細心欣賞，發現最前面的夾層裡放著一張紙卡，上頭寫了一行黑字：

謝謝你的誕生。

林少人輕聲唸著，重複好幾遍，沉浸在這無以名狀、甜甜暖暖的情緒之中。他坐上吧台高椅，將相機包攥在懷裡，再次默許今年的生日願望：

第一：好好活著贖罪。
第二：祈禱令歡和周大哥都健康平安。
第三：希望林勁能每天綻放笑顏。

7 今天不回家

瑞芳海邊，瑟瑟海風吹得鐵皮屋劈啪作響。一棟看似違章的兩層樓矮房，是攝影師張照新的家。

林少人在矮房外的寬敞大院裡，緩步細看各處吊掛著的大小照片。張照新的專長和常盤聰一樣是人像，但此刻他眼前的照片有風景、動植物、天象星辰……和張照新的商業攝影作品完全兩種風情，他看得相當入迷。

這天是劇組休息日，林少人抓緊時間來此，為了在前往九州實習之前見張照新一面，感謝他幫忙撰寫推薦信，也順道拜訪。多年前林少人曾在張照新的攝影展上做過展覽拍攝，兩人便是那時結下的緣。

「少人！」一會兒，張照新硬朗的聲音從身後傳來，「好久不見，你越來越像個大人了啊！」

林少人轉過身，恭敬地欠身道：「老師，好久不見。真是抱歉，一直沒來問候您。」

「抱歉什麼啊！」張照新開懷道：「攝影師靠作品與人溝通，我繼續拍照，你也繼續拍照，就是問候了。」說著站到林少人身旁，與他一同注視著眼前照片說：「時間過得真快啊，還記得初見面時，你才剛出獄，一頭平頭剛長出新毛，整個人好生澀，就是個孩子。」

「嗯……」林少人感懷地回想，說：「如果當時沒有遇到您，我現在可能就不是攝影師了。」

「哪裡的話？你是天生的攝影師，只是在等著被發掘而已。」張照新笑著說，轉了話題：「哎呀，我和常盤聰是老相識了，你要去應徵他的工作，跟我開口一聲便是，還讓別人來告訴我，這麼見外。」

「不是，我……我只是想看看自己實力到哪裡。」林少人解釋道。

「啊！你可不要覺得你是靠我這人情才過關的喔！常盤聽那個老骨頭，年輕時就自視甚高，根本聽不進別人的話。」張照新邊說邊笑，神色昂揚，「不過啊，他絕對是當代最厲害的人像攝影師，你一定要好好跟他學習。」

「我會的。」林少人認真應道。

從鐵皮屋望出去，湛藍色的大海在眼前平鋪一線。林少人遙望遠方，在心裡描繪著開闊的藍圖，靜待片刻，於一群雁鳥飛過時按下了快門——只是虛擬。他時常這樣練習，構圖並揣摩成像，最初就是張照新教他這樣做的。

你有沒有時常想起的人？
有的話，每次想起他時，就在心裡為他拍下一張。
久了你就會發現，你不再想起他了，而是你心裡已經留下了千千萬萬個他。

林少人回想起多年前張照新的這番話，同時也想起了林勁。其實張照新從不知道，那個時常浮現林少人腦海的人，正是林少人的手下亡魂。因此他心裡的每張照片都豔若大紅鮮花，下手盡是血色。

不過，那畫面最近起了些變化。林少人開始一次次在那畫面裡，拿起白色罌粟，像吸墨般奮力而重複地稀釋著血色。然後，有一個人走了進來。一身白的男人，彷彿從他腳下就能綻放純白光柱，一瞬就覆蓋過豔麗的鮮紅。但林少人抬起頭，卻始終沒看見男人的臉。

張照新拍拍林少人肩膀問：「你心裡現在有千千萬萬張照片了嗎？」

「……或許有吧。」林少人一直勤奮地執行著。在沒有相機的時候，不斷地在心裡留下畫面。

「那是什麼顏色？」張照新問。

林少人一瞬心生驚異，轉頭看向張照新。他不覺得自己會被看透。

「我一直關注你的作品，」張照新說，「你很擅長拍攝已經在你面前的事物。你很認真，知道如何捕捉拍攝對象的長處，再無限地去放大它、扭轉它，建構出另一幅新的、只屬於你的畫面。像是你前陣子幫林勁拍的雜誌照，內景的部分就把他的魅力增值到最大。可是到了外景卻變了，你做了一個比較收斂，甚至可說是平庸的選擇。」

「您覺得我做錯了嗎？」林少人問。

張照新搖頭笑道：「這世上哪有必然的對錯？一般人應該會認為你是先拍外景，因為彼此不熟悉所以放不開。不過從時序來看，我推測你是先拍完內景，等到清晨才去拍攝外景。」

「不虧是老師……的確，那天我們是先拍攝內景。因為原本在下雨。」

「果然如此！」張照新有些得意也感嘆，說：「那組內景非常厲害，不過，我身邊的人都比較喜歡外景那組照片，說會讓人重新想起林勁剛出道那時候，只有他的五官，他那張無懈可擊的臉。還有一點，大家記憶裡的他都是兩年前離開時傷心落魄的模樣，但你外景那組照片裡，他是真心在笑。」

林少人鬆了一大口氣。他原本一直不確定林勁是否真心，如今聽到張照新這麼說，似乎真是如此。

張照新繼續說：「每次看到你推出新作，我就想著下次見面時一定要告訴你，想要成為真正的攝影師，就要去發現、去捕捉，但是，最終要能創造出你自己想看的視野。這個世界很美嗎？不夠美，當然不夠，我們攝影師的職責不在於挖掘，而是要生出更多的美，這才是我們存在的目的。」張照新說著看向林少人，「我在那組外景照片裡，看到你為林勁，還有為這個世界，生出了原本存在於無形，卻是當下最真實的美。」

「您說得太誇張了。」林少人不好意思道，心想若是沒有那個男人，他是絕對做不到的。

「可以去日本了啊，去讓你的世界變得多彩吧！」張照新拍拍林少人肩膀，感慨也期待地笑著，彷彿看見當年閃著清澈眼眸的男孩即將展翅。

■

「是那棟嗎？」林少人踩上岩石，眺望對岸星火點點般建築。

林勁蹲坐在地，側著頭倚著手臂，拿枯枝劃著灘上的碎石，整個人了無生氣。

「算了，不必找了。」林勁幽幽地說。

林少人從口袋掏出便條紙，比對著手機地圖，從頭審視他們方才途經的房子說：「前面看上去還有幾棟。你看，那邊有好幾棟黑壓壓的建築，可能就在其中了。」

「沒關係了……」林勁側著臉說。

林少人在林勁身旁蹲下，看向他蒼白似潮間亡魂的臉色，問：「天都黑了，是不是會冷？」

林勁搖搖頭，雙手撐著膝蓋起身說：「放棄吧。現在回去的話，你還能在午夜前到家。」

林少人瞥著林勁，神情淡然卻語氣堅決道：「我今天沒有要回家，一定幫你找到那棟屋子。」

林勁聽著不忍笑出來。

有了上次去 NO NAME 的經驗，林勁早料到林少人會比他更加鍥而不捨。但實際聽到林少人這番話，他還是不免難受。不過就是一道自己一直跨不過去的坎，哪需要跟這件事一點關係都沒有的林少人如此投入？

林勁彎身觀察著林少人。找不到過去的房子令他十分沮喪，但身旁男孩堅定著苦思的神情卻很可愛，讓人忍不住想逗弄他。林勁更彎下身，拾起海水就往林少人腳邊潑。林少人整副心思都在揣度如何為林勁解決難題，被突來的涼意嚇到，跳了起來。林勁見林少人這副模樣實在逗趣，更加肆無忌憚，雙手掬起海水直往林少人身上潑。

「你等等，欸！」林少人一手擋著水，一手想要阻止，不忘叮囑道：「晚上了，這樣玩會著涼的。」

「你小孩子啊？還怕著涼。」林勁興頭上來，將水潑得更高。

「我是怕你生病，回去還要拍戲！」林少人趁空隙抓住林勁一手，拽著不放。

「回去什麼？」林勁笑道，「你不是說今天不回——啊！」他忽地一個踉蹌踩滑，往後倒了下去。

林少人被林勁一拉，跟著往他身上倒。

頃刻間，林少人伸出了另一手，扶住林勁的腰——兩人「噗通」一聲跌進水裡。

全溼了。

鵝黃色襯衫貼在林勁身上，被月色照出結實的線條，透著水色，風吹來就是一陣冷。林少人狀況稍好，下半身只溼了褲腳和膝蓋，但上半身也被激起的水花濺得全溼。

兩人一前一後跌坐在冬日冰冷的水裡。林勁意識到這片刻尷尬，想要起身圓場，就發現剛才林少人動作快扶住了他，沒讓他撞上身後岩石，自己的手卻因此擦出了幾條血痕。

「你流血了……」林勁焦急起來，不顧一身溼地顧盼四方。盡是泥沙與碎石。他身上也沒有能應急的東西。林勁好心急，一把將林少人從水中拉起，抓著林少人沒受傷的那隻手，急急就往車子的方向走回去。

「我沒事，一點小傷而已！」林少人讓林勁一路拽著，在後頭喚道。

兩個大男人在夜晚的堤岸上拖拉的身影十分詭異，可林勁完全聽不見林少人的聲音了，只頭也不回地拉著林少人往前走。眼看車子就在前方，林少人卻使勁抓住了林勁肩膀，將他轉身面對他說：

「我說了我沒事！你怎麼了？」

林勁恍惚地眨眨眼，這才回過神。眼前是溼了半身的林少人，緊抓著他肩膀的手滲著涔涔血漬。

林勁語無倫次道：「你受傷了……我總是害別人受傷，連懷伊都自殺了，他手上也有好幾條疤，好幾條……」粉色凸起的自殘小疤，留在尹懷伊冰冷、僵硬、傷痕累累的遺體上。死了都脫離不了這難堪，還得一起帶去天堂，簡直太可笑、太荒謬了，這種事情絕不能重蹈覆轍，林勁混亂地心想。

回憶的大浪向林勁襲去，他幾乎要看到往生室裡的那一幕——兩年多來他不斷在腦海裡殺死的記憶，似漏電的電視畫面一跳一跳閃動眼前。

「林勁，林勁！」林少人大力搖晃林勁肩膀，想要阻斷林勁的思潮，卻也同時想了起來——

林少人不禁看向自己的手。

雙手，都正搭在林勁肩上。

自己剛才還做了什麼？林少人腦子也一片混亂，但林勁看似連要幫他處理傷口都忘了，整個人丟了魂似地停滯著，絲毫沒有因為他的猛力搖晃而甦醒。

林少人嘆口氣緩了下來，不顧內心剛升起對碰觸的抗拒，拉起林勁的手走回車子，讓林勁側坐在副駕駛座，自己則打開後車廂，用簡單的醫護用品處理傷口，接著從行李中翻出盥洗用的大毛巾與乾淨上衣，將毛巾披在林勁身上幫他擦拭。頭髮、臉龐、耳窩到後頸，剛拆封的乾淨毛巾拂過之處盡露淨白的肌膚，俊美的男人在他面前如靜止的雕像。林少人忽然有股自己狀似綁匪，真挾持了演藝巨星的錯覺，開玩笑道：「我好像變成你的助理了。」

林勁微微抬起頭，被眼前的人拉回到現實。

林勁定眼看向林少人，這個小他八歲、有女友、不知為何殺過人坐過牢、即將前往日本修習攝影的男孩，兩年多前在他最絕望的時刻接住了他──他的人，以及他的所有脆弱。他一直沒有忘，卻也沒想過會再相遇，因此邀請男孩為他拍照。男孩卻莫名說要幫他留住和尹懷伊有關的記憶，願意陪他一起做這做那，就連送花這樣無禮的要求都接受了。

總是拚命又樂觀，男孩讓林勁的心有些痛了起來。因為，每次只要想起男孩，那些關鍵詞就會不斷浮上林勁腦海，提醒著他男孩既正常又愉快，無論他對男孩萌生了怎樣的情感，如果不小心沾到男孩身上，就會像尹懷伊身上那些難看的疤痕一樣，死也抹不去。

所以不行，一點心思都不能洩漏。

然而，不知是否是他流露了太多情緒，林少人注意到了似的，拿毛巾輕擦過他眼角問：「下午路上你不是說有一棟房子看起來很像嗎？我們再回去那附近看看吧。」

「……那已經有人住了。」林勁勉強擠出聲音說。

「那又怎樣？雖然你們之前去的時候是空屋，但都過去三年了，說不定有人買下來住進去啦。」

「那種鬼房子才沒人要住。」林勁倔強地反駁道。

「你怎麼知道？你們不就很愛去？」

林勁好難受，因為台北太吵、台中太吵、高雄太吵新竹太吵花蓮太吵哪裡都太吵了，他找不到安身之處，沒有能和心愛的人只注視著彼此的地方，所以才會逃到那個海邊空屋。

屋子看上去荒廢了，但以一個住處來說，有家具、尚能使用的浴廁、獨立水塔，雖然沒電沒火，也已經足夠好。他和尹懷伊以前有空時就過去，東西放著，好幾個月後再去也沒人動，就是積了些灰塵。灰塵，是那屋子裡唯一的住客，就像《龍貓》裡的灰塵精靈那般，回想起來都是可愛的。

「放棄吧，就是一棟鬼屋而已。」林勁逞強著說。林少人堅持的模樣更令他感到心傷。早該放棄了，關於尹懷伊的一切，怎麼可能找得回來？

林少人將乾淨上衣遞給林勁說：「快換上吧，別生病了。你要放棄隨便你，但我絕對不會放棄，我就是要看看什麼鬼屋這麼好，竟然讓你想要一去再去。」

這當然是玩笑話，可林少人同時也意識到了什麼。他不是鬼屋愛好者，真要說，他也不是非得幫林勁找到那棟屋子不可，而是他想跟林勁住進林勁曾和尹懷伊一起待過的屋子。一個晚上就好，真真正正地取代尹懷伊。

取代尹懷伊，而不是幫助林勁。林少人意識到自己的目的已然改變，不禁莞爾。這下自己真是綁匪了，想要犯下擄走林勁的罪。但林勁不可能發現的吧？林少人偷偷瞥著林勁心想。林勁看上去整顆心都在尹懷伊身上，沒有地方容得下別人。

真可悲。

這麼感嘆的同時，林少人也感到一股釋懷，畢竟若真愛上一個人，這是最好的狀態了。知道對方永遠不可能喜歡自己，反而是一種直接宣判死刑的解脫。默默守護，陪伴對方再次綻放笑顏。不要靠得更近，就不會再有人受傷，甚至因此失去生命。

林少人看著林勁，任心裡烈燒的火與寒凍的冰來回傷著，然後漸漸趨向平息。

轉眼，林勁換好上衣坐進車裡，突然看開似地說：「你想找就快點吧，已經很晚了。」

林少人見林勁轉了態度，趕緊收起哀嘆坐進駕駛座，抄起後座的外套遞給林勁，玩笑地說：「如果找不到，我們也別回台北了，你就請我住家高級飯店當作補償吧。」

林勁側著頭，窩在車窗邊說：「那別找了，直接去飯店吧。」

林少人笑著沒回應，透過後視鏡偷看林勁。林勁又開起玩笑了，蓋著外套坐在副駕駛座的模樣看上去放鬆許多，林少人也跟著揮去心中陰霾，踩上油門，掉頭往來時路駛去。

8 舊屋魅影

車窗外，枯樹被海風吹得颯颯作響。在車裡聽不見聲音，但樹影搖晃得厲害，只要車速一快，就感覺鬼魅要追了上來。

林少人將車子停在一棟木造的兩層老屋外，問林勁：「是這棟吧？你仔細看看，像是樓梯、窗框，那些小細節很難改變的。」話雖這麼說，但眼前的房子在他眼中就只是棟頹圮廢屋，彷彿大風一來就會坍垮，除了陳舊毫無特色。

林勁越過林少人，專注地審視著屋子，皺起眉說：「格局跟外觀看起來很像，但總覺得不太一樣……」

「我下去問吧。」林少人不忍開門道。

林勁一把抓住林少人說：「別了吧，都有人住了，去問有什麼用，人家也不會知道。」

「就說我們迷路了，想跟他借宿一晚。」林少人隨口胡謅，打開門下了車。

「欸，少人！」林勁也跟著下車。

林少人不顧林勁阻止，走上屋簷下的木板地。門廊一旁擺著兩張木椅，上面有諸多修補的痕跡，但不見一絲灰塵。其中一張椅面上躺著一本書。屋內透出的微弱光芒射在書封上，照出「離海歸鄉」四個字，那是尹懷伊的第一本小說。

肯定就是這裡了，林少人心想，向林勁擺擺頭，示意他過去看，自己則往木門上敲去，咚咚咚三聲響。

房裡亮著燈，代表屋子的主人尚未入睡，可屋內一點聲音也沒有。

林少人再次敲門，這次加強了力道，像是要將已經殘破的木門敲壞般咚咚咚的連續聲響。

「小聲點，你會嚇到人家的。」林勁不安地說。

忽地，裡頭始現遲緩的腳步聲，喀噠喀噠益發靠近。林少人對林勁露出得意的笑，指指門內示意這才有用。

接著，「喀啦」一聲，一個駝背的白髮老人打開門，透過鉛筆般細縫警覺地打量他們兩人。

「不好意思，我們在找一棟房子，不知道您這裡——」

林少人話還沒說完，老人便打斷了問：「你們是政府的人嗎？」

林少人搖搖頭說：「不是，我們只是一般人。」

老人瞇起眼，再次謹慎地打量他們，自言自語道：「看起來是不像……」

「我們不是政府的人，我們……」林少人邊說邊看向林勁，又轉回老人說：「我們跟朋友以前常來這附近一棟空屋玩，後來朋友去世，就好一陣子沒來了。今天突然想來看看，卻怎樣都找不到那房子，他說跟您這棟屋子很像，所以我們就……」

「啊！」老人倏地想到什麼，推開門走出來，拿起木椅上的書問：「這是你們的嗎？」

林少人沒有多想，即刻就點了點頭。

「那快進來吧。」老人態度驟變，敞開木門，邀請他們進屋。

「謝謝！非常謝謝您。」林少人開心道。

屋內有些冷，可說是廢墟的房子裡沒有冷暖氣，也沒有吊燈，僅由一盞盞看上去就是從垃圾堆裡撿回來的立燈與檯燈構築出夜晚的燈光。本是客廳的空間裡也毫無陳設可言，一樣是從垃圾堆裡撿回來的沙發、座椅、各式大小板凳積滿屋子一角，中間放了一張狀態尚好、但對這棟屋子而言太過巨大的塑料矮桌，桌上攤著幾本書與仍啣著水滴的茶具，想必老人剛才應是在此看書喝茶消磨夜晚時光。

老人緩步往一旁的雜物堆走去，想拿坐墊給他們。林少人見狀快步上前拿了三個，放到矮桌旁，扶著老人坐下來。

「坐，你們也坐。」老人邊說邊伸手指指茶具，讓林少人幫忙斟茶。

「您別忙，是我們打擾了，這麼晚真是抱歉。」林少人說，將清茶遞到老人面前。

「沒關係。」老人徐徐道，「這裡從來沒有訪客，我以為是公家機關要來跟我收回房子，就緊張了一下。你剛才說你們以前跟朋友常來這裡，難道這是你們的房子？」

「不是的。」一旁的林勁開口道，「我們只是偶然發現這屋子空著，能住人，所以偶爾會來。」

「這樣啊……真抱歉，我擅自占據了這屋子了。」老人致歉道。

「您別抱歉，這也不是我們的，您住下就是您的了。」林勁急忙道，「我們待一會兒就走。」

林少人不禁瞥了林勁一眼，正想改口，就見老人擺擺手說：「這麼晚了，你們就住下來吧，我還有幾床被子，」說著轉向林少人，「小弟啊，你等等跟我上樓搬一下。樓上有不少新晒的被子，天氣越來越冷了，我這幾天剛好整理出來。」

林少人頓時鬆口氣，馬上九十度欠身道：「真是太謝謝您了。」

「別這麼說，今晚和你們相遇，實在很像命運啊！」老人說。

「嗯，您就是我們的命運之神！」林少人揚起愉悅的笑說。

老人也咯咯笑起來，說：「早點休息吧，明天再跟你們好好聊聊。浴室在後頭，隨意用，廚房裡的水已經煮開了。這附近沒有店家，我有不少儲糧，你們不介意的話也可以吃。」

「我們有準備吃的。因為原本以為要來鬼屋探險。」林少人說。

老人笑得更開心了，「那真抱歉啊，結果只有我一個老頭子！哈哈，走吧，小弟，我們去二樓拿被子。」老人說完，蹣跚地扶著桌邊起身。

林勁也跟著起身，想要一道過去。林少人趕緊出聲制止：「我去就好了，你先盥洗吧，不然等下爺爺要睡了。」

「……好吧。」林勁看上去十分抱歉。

「沒事，沒事。」老人拄了根拐杖，一瘸一瘸地走上樓梯，向著林少人說：「小弟，快來吧，我帶你看看這屋子稱不稱得上是鬼屋。」

林少人與老人一前一後隱沒在二樓的陰影之中。身後，是林勁目送他們的視線。

林勁靜靜地環顧屋內。不一樣了，他默默心想，他以前總和尹懷伊開玩笑，說他們登記結婚後就引退來這裡住。他們有錢，可以建造新的房子，說不定還可以在對街蓋家便利商店什麼的。他們明明在這裡作了那麼多遙不可及卻又彷彿唾手可得的夢，為什麼在那些相依著遙想美好未來的日子裡，他沒有一刻真的停下來，決定那時就去實現他們的未來？若是如此，現在一切都會不一樣，至少尹懷伊還活著。

是他抹煞了一個尹懷伊活著的可能性。林勁非常清楚這一點，所以怎樣都無法原諒自己。

可是，抱持著罪惡感的人生又該如何走下去？如默片般既沒色彩也沒聲音的日子還要持續多久？他遇到了男孩，男孩在他心裡種下一朵白罌粟，他突然很想拿筆在未來的藍圖上畫下什麼，一顆心，一個字，祕密般藏在心底。

林勁匆匆盥洗完，回到客廳時，林少人已經搬了棉被下來，拆封兩碗泡麵熱著，上頭壓著一本厚重的老辭典，一見林勁出來便問：「你要清燉牛肉還是豚骨叉燒？雖然那應該稱不上叉燒……」林少人邊說邊往辭典上壓，怕蓋子蓋不緊麵熟不了。

「你都這麼說了，我當然選清燉牛肉。」林勁拿毛巾擦拭著頭髮回道。

林少人噗嗤一聲笑出來，說：「我今天真是見識到你的任性了。」

「我哪裡任性了？」林勁不滿地問。

被這麼一問，林少人倒認真思索起來。林勁從容也敏感，真性情的時候有種反差的可愛，卻絕對是他工作上的大前輩。然而這天，他卻感覺林勁跟他更平等，或者說，更靠近了。

在海邊找不著屋子時洩氣的模樣，看到他受傷時心慌的模樣，蓋著被子在車裡緩下情緒的模樣，還有剛才他敲門時在一旁緊張的模樣——這一幕幕牽動了林少人的心。

這就是最真實的林勁吧。

真實總是任性的。人人都是如此。

林少人不禁感慨地笑，轉了話題說：「剛才我跟爺爺上去二樓，樓上竟然有三個房間，都好大，而且三間都有面海的窗。現在天黑了什麼都看不到，不過我想早上視野肯定很好，明天一定要找時間去拍照。你看，你在這裡，美景也在這裡，不拍點照片就太可惜了。這屋子真不錯，難怪爺爺想要住下來。」

林少人邊說時，林勁已經打開泡麵吃了起來，微笑聽著，沒有搭話。

「廚房跟衛浴看上去也挺堪用的，而且光是客廳就這麼大……」林少人也跟著打開泡麵，抬頭環視挑高的天花板一周，視線又落回林勁身上——還是那副笑臉。林少人這才意識到：「啊……我第一次來，興奮過頭，竟然忘記你已經來過好幾次了。」林少人不敢相信自己竟然這麼傻，幾乎想要捶揍自己幾拳。

林勁笑了出來，說：「你喜歡就好。畢竟是因為你沒有放棄，我才能再回來這裡。」說著他也環顧起四周，「不過，這裡跟我當年來的時候已經很不一樣了，不只是多了很多爺爺的東西，而是感覺就不一樣了……」

因為少了最重要的東西。

林少人當然知道。

他默默看著林勁。林勁眼底逃逸一絲繾綣的思念，林少人即使感嘆也只能裝作無心地問：「你們以前都來這裡做什麼？附近有什麼好玩的嗎？我剛看爺爺房裡還有好幾本尹懷伊的書。」

林勁輕笑著說：「也沒什麼特別的。這附近很荒涼，沒地方好去，我也不喜歡外出，所以大部分時間都待在屋裡。別聊我了，跟我說說你跟你女朋友的事。」

「我跟令歡？」林少人有些訝異，回道：「我們很平凡的。」

「平凡很好啊，我喜歡平凡的故事。你上次說她是你在獄中的輔導員？」林勁問。

「嗯，她大我三歲。我剛入獄的時候，她剛好跟大學裡的學長姊一起參與更生人的輔導計畫。我們年齡相近，她就成了我的輔導員，雖然只是義工身分。當時我父母都不在了，也沒有親人敢來見我，更不要說以前的朋友、同學，大家都很怕我。所以後來很長的一段時間，我的生命裡幾乎只有她一個人。」林少人吃著泡麵，雲淡風輕地說。

「你不可怕。」林勁突然說。

「嗯？」林少人一時愕然。

「無論你做過什麼，你不可怕。」林勁重複道。

「謝謝，你是第二個這麼說的人。」林少人說著露出微笑。

「第一個是你女朋友？」

「對。」

林勁噘起了嘴，說：「不過……跟輔導員談戀愛不會被禁止嗎？像心理醫生跟病患那樣。」

「我們是在我出獄一年後才交往的，那時我已經退出輔導計畫了。」林少人淡然答道。

「你確定你喜歡她？不是心理作用？」林勁隨口般問。

林少人聽著頓了下來，仰頭望向挑高的天花板。二樓已經熄燈，一片漆黑。他說：「我和令歡的關係很複雜，她是我的恩人，也是我唯一的家人，我很感謝她，所以……」所以就和她在一起了？難道跟喜歡沒有關係？林少人默默想著，沒說出口。

「你打算跟她在一起一輩子嗎？」林勁接著問。

林少人的視線回到林勁身上，反問道：「你有想過和誰在一起一輩子嗎？」

林勁點了點頭。

「尹懷伊？」

「嗯。」林勁默默夾起麵，輕聲應和。

林少人不忍開口說：「可是他已經不在了……」

林勁脣角流瀉一絲苦笑。

即使苦笑也很俊美，但林少人卻感覺胸口一陣緊束地疼。他傾身向前，輕拍林勁的頭說：「你會再遇到下一個人的。可能不是比尹懷伊更好的人，但是一個你能依賴，而且能讓你開心的人。那個人一定會出現。」

出乎林少人的意料，一滴淚滑落林勁眼角。他趕緊拭去林勁臉上的淚，說：「對不起，硬要帶你來這裡，害你難過了。」

林勁沒有應答，低垂的頭搖了搖。

「你趕快吃吧，早點睡，我去盥洗了。」林少人留了空間給林勁，速速清光了麵，留下滿杯的水與面紙便離開了。

老舊的浴室裡白霧瀰漫，四壁拼補著無法辨別年歲的磁磚，小小的空間裡還散著剛才林勁盥洗時的熱氣及滿室清香。舒眠的洋甘菊氣味。以前林少人睡不好的時候，程令歡就會幫他擦這種氣味的精油。

浴室裡沒有浴缸，就一只蓮蓬，大概一名成人足以轉身的空間，上頭有個像是紅磚被推出去而成的小通風口，從中吹進冬夜咻咻的冷風。

林少人讓蓮蓬開著熱水，思緒翻騰。

要林勁再去回想那些不可能回頭的過往太過傷人，林少人慶幸自己沒有追問林勁與尹懷伊的事，也懊悔帶林勁來此是否思慮不周。之前無論吃宵夜或去鋼琴酒吧，都只是一小段時間，這次卻是漫長的一整天。更何況林勁曾說晚上睡不著，總要到清晨才能入睡，現在要他在這棟與尹懷伊待過的屋子裡住上一晚，豈不折磨？再細想，剛才林勁說想聽他跟程令歡的事情也不是真心的吧，約莫是觸景傷情，只能轉移話題。

自己真是太天真了，林少人後悔萬分。然而，即使想讓林勁開心起來，他也完全沒有頭緒，自己壓根就不了解林勁，還大言不慚地說要幫助林勁、取代尹懷伊的位置，簡直愚蠢至極。林少人感到愧疚也心焦，莫大的無力感壓得他無所適從。

可如今只有他了。

這晚能陪在林勁身邊的人，只有他一個。

必須振作起來。

林少人盥洗完時，客廳已經熄燈，房子正中央的矮桌被移開，鋪好了相鄰的兩床被子。一盞小立燈照在其中一床的枕頭上，一看就知道是林勁特地為他留的；而林勁已經裹進被裡，背對著浴室的方向，看不出睡下了沒。林少人緩步走過去，輕手輕腳地鑽進被裡。

室內寒涼，這老舊屋子的每個角落、每塊補洞無時無刻不在颯颯洩進冷風。呼聲似魅影低嘯，即使不覺得冷，也不禁要為那悲吟心寒。

林勁側身面對著林少人，一雙大眼圓睜。

「睡不著嗎？」林少人問。

林勁勾勾嘴角，不安地皺眉，雙手交握放在一側。

「你為什麼要那樣？」林少人用眼神示意林勁的手。

林勁有些怯怯地說：「這樣比較有安全感。」

「你實在……那哪是什麼安全感？」林少人伸手握住林勁的手，說：「這才是真正的安全感。」

林勁霎時愣住，沒料到林少人這突來的舉動，反應不得。

「你的手好冷，」林少人以雙手搓著林勁的手說：「我去幫你拿件衣服吧？」

「不用了，」林勁回過神即刻應道：「這樣就好。」

林少人內心十分遲疑，因為林勁的手冷得異常，也因為他從沒這樣為別人暖過手。即使一心想要輕柔點，卻又不由得急促起來——面前注視著他的那雙眼令他莫名心慌。

「你女朋友……知道我們今天出來嗎？」林勁突然問。

林少人更屈身向前，呼呼吹熱交握的手說：「我沒有告訴她。」

「你們睡前不會通電話嗎？」

「拍攝的時間很無常，所以偶爾才會通一下。」林少人漫不經心地說。

「喂，我是你女友，你在幹嘛？」林勁莫名演了起來。

林少人不禁笑出來，跟著演道：「我在花蓮啊。」

「在花蓮哪裡？」林勁睨起眼，話聲流露出小小疑惑。

「東大門夜市。剛結束拍攝，我跟工作人員一起來吃宵夜。」

「我沒去過那裡欸，有什麼好吃的啊？」撒嬌，多疑，想確認——標準女友式質問。

「很多啊，我們剛才吃了妳最愛的棺材板，等下還要去吃燒番麥、強蛋餅……」林少人說著又不禁笑了，放低音量說：「等等，我忘了那個食物叫什麼，讓我看一下小抄。」

林勁倏地大笑出聲，嘴角揚得高高的，牽起雙頰深深的酒窩，「不行不行，你這樣不行。」

「我第一次演欸！」林少人反駁道。

「好啦，算你及格。」林勁笑說。

林勁的酒窩很美，調皮起來更添幾分可愛。林少人的視線離不開眼前的人，想要伸手去拿枕邊的相機，才意識到自己一雙手和一雙眼都是林勁的了——他還握著林勁的手沒放。

然而林勁卻沉下了笑容，問：「你為什麼沒告訴她？」

林少人感到一絲緊張，也跟著緩下暖手的力道，說：「我怕她誤會。」

「誤會什麼？」林勁問。

林少人怔怔看向林勁。

「為什麼不停下來？」林勁的話聲顫抖起來。

林少人內心湧上一股很不好的預感。

「為什麼要陪我繼續做這些事？」林勁眼眶閃動，語氣難掩忿忿。

「因為……」林少人愣著。他不可能說出那四個字。

「你不要可憐我，」一行淚劃過林勁臉龐，沾溼死白的枕頭套。林勁的聲音更憤恨了，顫抖而破碎地說：「你不要可憐我。就算我……真的很可悲。」

我從沒可憐你，你也一點都不可悲。林少人心裡這麼想，但當他回過神來時，他已經抱著林勁了。眼淚、顫抖和冰冷，全都在他懷裡。

只有他可以。

只有他一個人。

這麼多年過去，他終於再次擁抱心愛的人。

「沒事的，」林少人輕聲對林勁說，「沒事的。」

9 深深愛上你

海潮聲自遠方傳來。浪花拍打岩岸，滲進岸邊的礫灘，染深了黃土又退回一片蔚藍之中。

林勁醒了，先聽到熟悉的海潮聲，再來才感受到清早透白的天光，自老屋各縫隙射進來，在木板地上映下長長巨大火柴般的光亮。他想翻個身裹進被子裡，就發現一手被另一股重量壓著——林少人仍握著他的手，一晚沒放。

林勁睜開眼，注視著林少人。林少人睡意仍深，脖子上的脈動隨呼吸起伏，冬陽灑上他的臉，照出濃黑眉毛、內雙的眼與高挺鼻梁。每次看著林少人，林勁總會特別感受到年輕的美好。

林勁將林少人的手輕輕鬆開，藏進棉被裡蓋好，又看了他好一會兒才靜靜起身離開。披上外套，走上門外的木造長廊，遠遠就能看見老人已經晨起，拿著網子在海邊打撈。林勁迎著呼嘯的海風，走往老人的方向。

「早啊。」老人一瘸一瘸地走著，聲音倒很清朗。

「早。」

林勁伸手想幫老人一同打撈，老人搖搖頭道：「只是些沒用的東西而已。海是我朋友，所以我每天早上就來走走看看，好的壞的都幫它帶走。你是客人，別忙。」

「那我就不打擾了。」林勁在礫灘一塊大石上坐下，眺望海上無船也無鳥的寂寞晨色。

老人巡著漲落的海潮，走向林勁說：「昨天我就覺得你很眼熟。」

「我是演員，您可能在電視上看過我？」林勁應道。

「哎呀，我這老頭子，好幾年沒看電視囉。」老人笑說，從口袋裡翻出一張照片遞給林勁，「這張照片夾在屋裡那堆書裡頭，我看其中一人跟書上的作者照片很像，但旁邊那人應該是你吧？」

林勁接過照片，那是他第一次與尹懷伊來到這棟老屋時的合影，看來是尹懷伊將它夾在某本書中留了下來。

「昨天小弟說你們的朋友過世了，難道是這位作家？」老人問。

林勁點點頭，「嗯，他兩年前自殺了。」

「自殺啊……」老人收起撈網，插到礫灘上，也在林勁身邊坐了下來說：「你別看我這樣，一年多前，醫生判定我只剩下幾個月的壽命。我沒錢也沒親人，一個人晃蕩想隨這大海去了的時候，就發現了這棟屋子。這屋子實在太破，跟我一個樣。我想人生最後幾個月，不妨就跟它一起相處吧，於是就住了下來。你看，轉眼一年過去，我還在這裡，它也還在這裡。」

林勁輕撫著有些受潮的照片。少說有五年以上了，照片裡的尹懷伊那麼年輕又開心，如今都已如煙散去。

老人接著說：「屋裡的書我都看完了，有一本叫做什麼……什麼旋轉木馬？」

「《最後一趟旋轉木馬》。」林勁答道。

「對、對，這年頭的書名真詩意，人老了記不住了。」老人感慨地說，「那書裡有個瀕死老人的故事，寫老人在死前去了動物園、遊樂場，最後去到一棟海邊小屋。看到那裡我就忽然覺得，世事都是命運啊。」

「那篇也是這位作者的另一半最喜歡的故事。」林勁淡淡地說。

「真巧呀，那他的另一半現在還好嗎？」

「他也已經不在了。」

海潮聲更大了，從日出的方向，那看不見盡頭、好似無法計量的遠方捲捲而來，下一秒也持續推動著什麼。收攏了垃圾、浮游、回憶、傷心等種種，讓海潮推往這又推往那，無聲地推向下一個更寂靜的所在。

「人生很難預料啊，」老人回頭看了看屋子說：「昨晚小弟說了不少。」

林勁的視線從照片上揚起。

「上樓搬棉被的時候，他好像很怕打擾到我，又怕我會趕你們走似的，說了很多，焦急的模樣真少年。還有啊，被子也挑了好久，我說都洗淨晒乾了，他還是一臉不放心。」老人笑著說。

「少人是個很認真的人。」林勁說。

「沒有人會對任何事情都認真。我這把年紀了，看得出一個人為什麼用心。」老人說完喝地一聲，撐著膝蓋站起身說：「現在我只看當下了。未來在哪裡？不知道，只能讓每個當下帶我往前走。往前，往前，不斷地往前，直到沒有下一天。到時回頭看，哎呀，哪有什麼未來？都只是當下而已。年輕人，把握當下吧。」說完，老人拍拍林勁的肩，跛著腳拄著撈網離開了。

一會兒，太陽從海平線上徐徐昇起。冬陽不比夏日，即使日昇也無法普照大地。從雲間灑下的天光似來自天國的問候，白鳥展翅飛過，帶走岩間枯枝，貝殼沖上礫灘，埋進積了鹹水的砂洞，與迷途的螃蟹同進同出。

無數重複的、美好的、流淌著樂聲、笑聲滿盈的過去，在林勁腦海如斷片的膠卷一次次重播，直到畫面開始散落、破碎、交纏又倒帶。記憶裡，混合了視覺、聽覺、嗅覺、味覺的深刻過往，唯獨再也感受不到舊人的體溫，那是怎樣都追不回來的了。

林勁動動手，只留昨晚男孩的溫度仍在掌中。

「嘿。」林少人從身後走來，出聲喚林勁。

林勁轉過頭，回以淺淺微笑。男孩總令他感到心安，堪比冬日暖陽。

「你有睡好嗎？」林少人走到林勁身旁坐下，伸個懶腰道：「這房子怪吵的，不過吵得很好睡，有時候太安靜反而睡不著。」

「是啊。」林勁點點頭，瞥了眼散著晨氣的男孩，轉了話題說：「抱歉，昨天我太失態了。」

林少人不禁嘆口氣，伸手撩起林勁額前垂下的髮絲，牽起林勁的視線說：「要道歉也該是我吧，讓你心情難受了。」

林勁搖搖頭說：「不會，我很開心。」

林少人的手停在空中。海風吹出林勁側臉的輪廓，他笑眼閃動地說：「因為你，我有了新的回憶。」

林少人愣然，又馬上笑出來。這是比他預期更好的答案。他捧起掛在脖子上的相機說：「那你要陪我一起去拍照嗎？」

「好啊。」林勁笑道。

「我剛才看了一下地圖，從屋子後面往上走，是不是有個進山的步道？」

「那邊早坍陷了，沒辦法走。我帶你從另一頭上去，有一條比較緩的坡道可以爬到山頂……」

新生的話語隨風成形，連同嶄新的記憶，溫柔地鋪散在熟悉的大地上、潮汐之中、山間鳥鳴裡。

林少人跟著林勁的步伐，踏過藏了千百回憶的小徑，在他獨享的觀景窗裡留下歡快、淘氣，驕縱也美麗的身影。林少人更加確定，自己已無法克制地為眼前的人深深著迷。

■

從東部回來後，林少人很快就要前往日本實習。幾年前他跟攝影團隊一起去日本工作過，當時只待在大城市，九州這是第一次去。程令歡對他要獨自出國十分憂心，早早就開始幫忙準備，什麼保暖衣物、成藥、急救用品、日常工具全備上了，只差沒連自己一塊兒送進行李。

出國前幾天，拍攝工作都告停，林少人只繼續在 Vetus 打工。前陣子周毅凡跑了一趟南部買酒，好些天沒來店裡，今天總算現身。林少人與周毅凡有段時日沒見，趁著這個大雨夜，店裡客人都散去，林少人有個決定要告訴周毅凡。

「我回國後就會跟令歡分手。」林少人說。

「什麼？」周毅凡一個踉蹌，手中的威士忌杯險些翻倒。

「我要跟令歡分手。」林少人重複道，從酒櫃裡拿出一瓶 Highland Park 放上吧台。

周毅凡按捺著訝異之情問：「出了什麼事嗎？我就覺得你從花蓮回來之後怪怪的。」

「其實那趟我是跟林勁一起去的。」林少人坦承道。

周毅凡不禁睜大了眼，「我問令歡，她說你是跟N台去拍外景……」

「我騙了她。」林少人淡漠地說。

「你是怎麼了？為什麼突然要分手，難不成……跟林勁有關？」周毅凡嗅出有異地問。

林少人吁口氣，啵地一聲打開酒塞說：「我大概喜歡上林勁了。」

「你……喜歡上……」周毅凡木然地複誦，下一秒幾乎是跳起來說：「等等等等，你喜歡上林勁？」

「嗯。」

「女孩男神同志天菜林勁現在連直男都能掰彎了？」周毅凡驚道。

「你能不能正經點？」林少人嘆道。

「你都喜歡林勁了要我怎麼正經？」周毅凡大聲嚷著，「這種事可不能隨便說說！你有女朋友，而且……你不可能喜歡上林勁的啊！」

林少人拿起酒瓶盯著看，Highland Park 18年，尹懷伊的愛酒，問：「為什麼？」

周毅凡實在錯愕，「什麼為什麼……你喜歡令歡不是嗎？」

林勁也問了林少人同樣的問題。一想起林勁，花蓮那晚的一切又立刻復甦過來，在林少人腦海盤旋不去。

「令歡是我的恩人，也是我唯一的家人，我很感謝她，可是……」林少人越說越釐清了思緒，「我現在才醒悟，我對她的感情不是喜歡。」

「你到底在說什麼？」周毅凡突然心生憤怒，激動起來，「什麼叫做你對令歡的感情不是喜歡？讓我告訴你什麼叫作喜歡！他難過你也難過，這只是同情；他開心你也開心，這才叫喜歡。還有，跟他在一起很開心也不是喜歡，那只是朋友；跟他在一起就很想觸碰他，甚至想跟他發生關係，這才叫作喜歡！怎麼，你不想碰人卻想上了林勁嗎？」

林少人默默瞥向周毅凡，沒有回話。

周毅凡更驚訝了，「好，就算你真的想上他好了，那也不叫喜歡，那只是性慾！能夠忍住性慾才是真的喜歡。」周毅凡說著單手扶額，「天哪，我怎麼會在這裡跟你談論這個話題……」

林少人看著周毅凡，平靜地問：「這就是你喜歡我爸的心情嗎？」

「什麼？」周毅凡霎時愣住。

「你剛才說的那些，就是你喜歡我爸的心情嗎？」林少人傾斜酒瓶，倒出深琥珀色的液體，斟滿兩只鬱金香杯。遠方牆上的大海報中，白罌粟花堆裡的林勁仍靜默地注視著他們。

林少人繼續說：「你知道我爸有妻小卻還是喜歡他，和我已經跟令歡在一起卻還是喜歡上林勁，不一樣嗎？我喜歡他跟他是男是女沒有關係，我就只是……喜歡他這個人。」

周毅凡似被將了一軍，拿起酒杯豪飲而盡，說：「我們不是說好不提你爸的事了嗎？你不要忘了，就是你爸害我們淪落到這個地步。因為太愛一個人而失去理智，最後……」他忍著氣道：「這個劇本太熟悉了，你爸如此，林勁也是如此，你怎麼會喜歡上——」

「林勁跟我爸不一樣！」林少人應聲反駁。

「不一樣正好！他可是林勁，不可能跟你在一起！」周毅凡也即刻回斥。

「我知道！」林少人砰地一聲將酒杯敲上桌面，「他當然不可能跟我在一起，他對我好都只是我癡心妄想，像我這種人根本沒機會接觸他，我差得遠了我都知道！」

周毅凡被林少人這自白震住。

他從沒見過林少人這副模樣。總是隨和、開朗又陽光的男孩，談起林勁真變了樣。難道木已成舟？周毅凡震驚也感慨地心想，忽然對自己剛才的話感到抱歉，說：「對不起，我剛說得太過分了，我只是太驚訝了。畢竟你跟令歡在一起這麼久，而且你一直很避諱談你爸的事……」

林少人的眼神不自主地飄忽起來。

他確實避諱得很，因為他比誰都心知，愛上一個人最後會淪落到如何慘絕人寰的地步──溫熱的鮮血不斷從男人胸口湧出的畫面，像一根鞭，在他每次動心的時候就往他身上抽，提醒著他愛是比這般更加疼痛且無法復原的極刑。

可是，跟林勁在一起很開心。那種充滿溫暖卻也傷感，心臟震得厲害的感受，無法抹去；更重要的是，林勁看上去也很開心。林少人希望林勁能一直這樣開心下去，不要再陷在悲傷裡。

周毅凡嘆口氣說：「不管怎樣，你好好想想吧。就算你現在真的喜歡林勁，喜歡這種熱情也常是一時的，很快就會褪去，你要因為這樣就放棄令歡嗎？」

如果很快就能褪去，那他至今在林勁身上看到的那些痛苦又是什麼？林少人心想，卻沒再開口。

片刻寂靜，周毅凡望向窗外說：「雨看起來不會停了，我們今天早點打烊吧，應該不會有客──」

這時，「叮鈴」一聲門打開，一個金髮黑眼的男子走了進來。

「不好意思，我們已經準備打──」

周毅凡還沒說完，男子便開口道：「請問這裡是鋼琴酒吧嗎？」

周毅凡愣著點了點頭。

「可以讓我彈個琴嗎？」

這問題太過突然，詭譎得令人好奇。周毅凡與林少人不禁對視幾眼，放了男子進來。

這個暴雨的夜晚，這一刻才真正開始。

10 驟變的雨夜

金髮黑眼的男子在黑色鋼琴前坐下。

沒有遲疑，他雙手落上琴鍵，一個穩健的G#八度音程後向上琶音，展開輕快的前奏。蕭邦第六十六號作品《幻想即興曲》，難度極高的一首鋼琴獨奏，也是蕭邦一生中四首即興曲裡最為人所知的一首。男子舉手落指間散發一股純然的自信，彷彿音符不在他心裡，只是指間跳躍的一個輕觸，輕易地就帶起雙手四對三深具挑戰的節奏。

躍動的樂音，雨滴的旋律，打在黑白的、木板的著力點上的共鳴似森林裡的精靈起舞。男子金色的短髮隨手臂的力道昂揚，眼神跟著旋律起伏，時而柔和時而銳利，微開的唇角細述低語，與樂曲譜成一張華美的夜的藍圖——灼目得令人無法移開視線，太陽一般的男子。

琴聲奪人思緒，片刻也恆久過後，男子急奏的手緩緩稍停，輕劃過琴鍵的最高音，在冬夜裡留下繞梁的餘音。精靈的魔法消逝，森林歸於完全的寂靜。

周毅凡聽得一愣一愣，林少人則被琴聲平緩了思緒，回到酒保身分感佩地鼓掌說：「彈得真好，請問您是琴師嗎？」

男子離開鋼琴，坐上吧台高椅，搖頭道：「不是，我只是彈興趣的而已。」

「太厲害了，簡直比我們的琴師還厲害。」周毅凡回過神來讚揚道，「請問您怎麼稱呼？」

「我姓路。」

「路先生，要喝點什麼嗎？」林少人問。

「先一杯 Aberfeldy 21年，純飲。」

「好的。」

林少人往酒櫃探去時，周毅凡擠了上前說：「這麼大雨天，路先生第一次來，算是有緣了。」

「我其實昨天剛回台灣。」

「去旅行嗎？還是回國探親？」

「回來找一個很重要的人。」路先生說。

林少人打開扁瓶身的 Aberfeldy 21年，倒出淺琥珀色的酒，遞到路先生桌前問：「你找到他了嗎？」

「還沒。我在想見到他的時候，該說些什麼。」

「你們很久沒見嗎？」周毅凡好奇問。

「十八年了。」路先生搖晃酒杯，杯邊即刻散溢橙皮及烘焙石楠花的甘味。Aberfeldy 21年辛香強勁，路先生手上的玻璃杯卻倒映出他黯然的神色。

「啊，我知道，你是要回來找學生時代的情人嗎？路先生這麼年輕，十八年前還是學生吧。」周毅凡猜得輕巧。

路先生笑笑未答，餘光瞥著店裡熄燈的那面牆。

外頭雨聲漸大，淅瀝瀝地打上店外晨間新鋪的柏油路，墨黑染上視界的一切，幽謐了夜色。

周毅凡興致上來，問：「路先生，你有興趣跟我們交換故事嗎？你的故事換我們的酒，如何？」

路先生笑了起來，說：「是個很誘人的交易。」

「雨這麼大，肯定沒客人了，你就給我們說說嘛。」周毅凡拉過椅子坐下。

路先生輕呼口氣，正眼看向沒開燈而深黑的白罌粟海報的方向，一口飲盡烈酒，說了起來。

我一出生，繼父母之後見到的第三個人，就是我現在的太太。

太太比我早幾個月出生，我們父親是高中同學，感情甚篤，畢業後也都從醫，所以我和她可說是打出生就處在一塊兒。我們住在同個社區，房子就在對街，念同一所小學、國中，後來也考上同一所高中。

只能用形影不離來形容了吧？所以，我很小的時候就認定太太是我這輩子的新娘，我們喜歡對方，想要永遠在一起。那時兒時的夢想，如今想來真是單純……

「很浪漫啊，」周毅凡想像著說，「路先生的太太一定是個美人。」

路先生輕笑道：「小孩子不懂浪漫。我是直到遇見另一個人，才真正感受到什麼叫作浪漫。」

理所當然，不難想像，永遠比我們以為的短。

升上高中之後，太太就喜歡上她的同班同學。他是校園裡的風雲人物，無論男女都追著他跑。我不認識他，對他沒有想法，我只是不太相信，怎麼會有這種人？人人追愛，眾星拱月，就連當時被稱為校園女神的我太太都喜歡上他。

可是……這大概就是命運吧。

有一天，我逃避高中生最討厭的午休，躲到學校剛建成的溫室想求個短暫悠閒，就聽到有人在彈琴。溫室後頭就是音樂大樓，我好奇過去一探，發現在彈琴的人竟然是他。他的琴聲很美、很柔和，即使是輕快的曲調，在他的演奏下也如絲般柔滑，只要聽過一次就不會忘。我彈不出那樣的音色，感到無比震撼。好想跟他一起彈琴，這個念頭充盈我腦海，揮之不去。

「他比你還會彈？」林少人不禁問。

「對，而且他還會自己譜曲。」

升上高二下學期時，學校舉行話劇比賽，他們班決定演出《羅密歐與茱麗葉》。他自然要擔任羅密歐，但他也想為班上的演出譜曲，於是我就陪他一起彈琴、寫曲。我有絕對音感，他則擅長構思旋律，我們幾乎沒日沒夜地為曲子不斷調整、試音，直到彼此都覺得完美才告完成。

你們能想像嗎？跟另一個人一起創造出一個這世上過去從不存在的東西，而且那麼地美。他彈琴的樣子，雙手落在琴鍵上的畫面，我不可能忘記。

「那才是真正的浪漫。」路先生說完，抬眼看向周毅凡與林少人。

所以，之後一切就失速了……

我喜歡上了他，也知道他喜歡我，但我沒辦法向他表白。除了因為我太太也喜歡他，我也一直覺得自己好像背叛了什麼，比如家裡的期待、身為一個男人的責任。我明明已經有了我太太，怎麼會去愛上另一個人？而且還是一個男孩。因此我始終無法跨出那一步，直到話劇比賽那一天……

「那天怎麼了？」周毅凡有些期待也緊張地問。

話劇比賽那天，他們班負責彈琴的同學突然無法出賽，而他必須去演男主角羅密歐。眼看就要沒人彈琴，他實在沒辦法，走了最下策：來請求最後一個會彈的人，也就是我，去幫他們班彈琴。

我喜歡他，但是我很猶豫……

琴聲不會騙人，無論演奏者心裡有著怎樣的情感，都會透過琴聲傳遞出去。如果我去彈，光是這樣就足以洩漏我跟他之間過多的關係，更何況，我的琴聲肯定會流瀉對他藏不住的喜歡。

不過我還是去了。他說他只有我了，我無法拒絕。我們搭配得天衣無縫，他是最好的羅密歐，我是最好的琴師，話劇比賽完美地畫下句點。

路先生吁口氣，手中的酒杯已經見底，說：「可是我錯了……」

茱麗葉與羅密歐共赴黃泉的結尾，也是我跟他結束的開端。

我母親意外看到我們的演出，也看出了我喜歡他。於是，一切就像潘朵拉的盒子被打開那般，我和太太兩家人都知道了，學校裡也傳開來，因為我媽隔天就去學校大鬧不休，說要讓我休學去美國。

那大概是我人生中第一次感到無助吧，完全不知道該怎麼辦，也不能表現出來。那時我們還不到十七歲，天很遠，地很大，卻像是哪裡都容不下我喜歡他這麼一句。我被現實和內心的糾葛困住，只能順了家裡的意思，和太太兩家人馬上移居美國。我原以為很快就能回來，誰知道轉眼就十八年過去。

「我不過是……彈了鋼琴而已。」路先生眼眶震顫道。

周毅凡默默無語，林少人則為路先生再次斟滿酒杯，說：「不是你的錯，喜歡上另一個男孩也不是個錯誤。」

路先生看向林少人，訝異道：「你懂嗎？」

「……算懂吧。」林少人匆匆應了聲，想起方才才與周毅凡一番爭執。

一旁的周毅凡突然回神似的，遲疑地問：「路先生，讓我確認一下，你跟你太太喜歡同一個人？」

路先生點點頭。

「你們是情敵，卻結了婚？」周毅凡難掩詫異。

「對，我們愛著同一個人，這讓我們更貼近彼此。」

「所以你回來是為了找他嗎？」林少人問。

「是的。」路先生肯定道。

「因為你還愛他？這樣的話為什麼要等十八年？」周毅凡相當疑惑。

路先生啜一口酒，看向兩人問：「你們曾經想要忘記什麼人嗎？」

林少人被這一句勾起了一絲神經。

路先生接著說：「我花了很長、很長的一段時間試著忘記他，但忘不了，越想忘就越記起來。特別是跟我太太結婚之後，我更加發現，他就像一層透明薄膜，覆在我跟我太太身上，遠遠看不會發現，但一靠近就會強烈感受到那股存在，怎樣都卸不下來。很痛苦，因為那只會讓我不斷地回想起自己有多愛他。」

「你還愛他，你太太知道嗎？」林少人問，暗自想起了程令歡。

「她知道。」路先生感嘆地說，話聲裡流露更多後悔，「幾年前我太太家裡出狀況，面臨很大的債務危機，我們算是為了幫助她家而成婚的。之後一起在美國從醫，也有了一個女兒，一切都很倉促又忙亂，時間轉眼就過去。我好幾次想要聯繫他，但他的身分不一樣了。他搬了家，成為公眾人物，想要聯繫沒有那麼容易。」

「既然如此，為什麼又是現在？」周毅凡困惑道。

「我原本兩年前就要回來，因為他發生了一些事。可是被我太太阻止，說要是我回來就要馬上跟我離婚，還要搶女兒的監護權。我知道如果真的打上官司，我女兒這個年紀的孩子通常都會判給媽媽，而且我太太也是個很好的母親，所以……」

「哇……女人真可怕。」周毅凡畏怯地說，又問：「那現在呢，她怎麼就放你回來了？」

「我們談好離婚，女兒可能得歸她。」路先生淡然地說，「我很糟糕吧？放著太太跟女兒不管，竟然想要回來找十八年前喜歡的人。」

周毅凡答不上來，頓了頓說：「每個人的選擇不同吧？我倒是很好奇，什麼人這麼好，可以喜歡十八年？」

林少人在吧台裡擦拭著酒杯，自言自語般說：「你一定很愛他。」

路先生不禁抬起了眼，再次看向林少人嘆道：「或許吧。他不在身邊之後我才發現，沒有人能像他那樣跟我一起彈琴了，也沒有人能像他那樣聽得懂我的琴聲，不必言語就知道我在難過什麼、開心什麼，即使是跟我相處了一輩子的太太都不行。」

林少人再次打開 Aberfeldy 21年，橙皮、烘焙石楠花的甘味已從甜美變得苦澀。他將酒倒入鬱金香杯，遞到路先生面前說：「那你想好再見到他的時候，要跟他說些什麼了嗎？」

「嗯，跟你們這麼一說，倒就想好了。」路先生沉笑道。

「那就祝你順利了。」林少人送上祝福，以水杯輕碰路先生的杯沿。

周毅凡也跟上道：「順利、順利！路先生，下次有機會的話，帶他一起來店裡吧，我請你們威士忌喝到飽！」

路先生笑了出來說：「我可是會當真的喔。」

「一定一定，等你們來！」

周毅凡舉杯，敲向路先生和林少人的杯子。觥籌交錯，人影幢幢，玻璃輕響似天使開路，為路先生追回舊愛、林少人即將啟程前往日本吹響勝利的號角。杯光閃動之際，路先生看向關了燈的牆上那張白罌粟海報，上頭林勁那雙綠褐色的眼依然望著他們的方向，此刻也如他記憶裡那般深邃、那般美好。

等我，我回來找你了。路先生心想。

11 抱我，我就吻你

林少人前往日本的前一晚，與程令歡用完晚餐後，回到老舊公寓的鐵色大門外。街燈一明一滅，將他倆依存的身影照上斑駁的牆。雙手牽著的長影，連同腳邊花葉，夜風一吹就輕輕晃晃地搖。

入夜風冷，程令歡拉著林少人的手不放，焦心地問：「明天真的不用我陪你去機場？」

「不用，妳明天還要上班，這樣太累了。」林少人說。

「那我 call 你起床。」

「我可以的，妳別擔心。」

「好吧……」程令歡皺皺眉，定眼看著林少人，片刻才鬆口氣，打起精神說：「你在日本要好好努力喔！我會在台灣為你加油的。」

「好，我會努力的。」林少人輕拍程令歡的頭，給她安心的微笑。

「那我回去囉，三週後見。」程令歡說完，轉動大門鐵鎖，走了進去。

「令歡。」林少人忽地開口。

程令歡轉過身，偏著頭笑問：「怎麼啦？」

「等我回來後，有件事想跟妳說。」

「好啊，你好好實習，別太想我。」程令歡玩笑般地說，踏著輕快的步伐上樓去了。

紅色掉漆的鐵門鏗然關上，林少人不禁洩一大口氣。告別太難，他想先把心思專注在實習上，放感情順水逐流一陣子。他轉身倚向灰牆，滑開手機。閃動的螢幕畫面顯示剛過晚上十點，通訊軟體還停留在早些他與林勁的對話串上。

20:52　你在工作嗎？

21:37　在松仁攝影棚拍照，還要一會兒才結束。

順著低垂的視線，林少人瞥向腳邊，漆紅的鐵門外雜草蔓生。這城市每棟三十年以上的公寓都一個樣，藤蔓爬滿圍牆，偶爾會爬出一朵幸運，但大多時候都只是生機垂危的無名葉瓣。他坐進車子駕駛座，在夜色下往松仁攝影棚駛去。

若要說台北真有不夜城，那麼一年到頭通亮的松仁攝影棚絕對堪為一景。位於近年大樓群起的信義區巷內，一棟三層樓高的空屋，裡頭架設各式室內布景，專供影劇拍攝屋內戲分所用。市區裡難得有此空間，總是排程滿檔，外頭也常聚集消息靈通的追星粉絲。

林少人疾步穿越攝影棚。穿著當季時裝、舊時代古著、打底肉色襯衣的演員來來去去，擠滿休息室外的長廊。他依著貼在休息室門上肩膀高度的人名紙牌，找到標示著「林勁」的房間。房門敞開。

「Angel！林勁快要拍完了喔，等下就要回來了。」一名看似助理的年輕人朝房內喊道。

「知道了！」助理 Angel 的聲音從裡頭傳來的同時，人也探出了門外，見著林少人大驚一聲：「少人哥！你不是去日本了嗎？」

「明天才出發。」林少人靠上門板說。

緊接著，一隻手搭過林少人肩膀，熟悉的聲音傳來——

「你怎麼來了？」林勁訝異地問，快步走進休息室，「進來吧。」邊說邊坐到化妝桌前。Angel 馬上拿著卸妝用品跟上，又接過林勁脫下的外套披上椅背，忙亂中精準地動作著。

林少人走了過去，拿起 Angel 手上的化妝棉與卸妝液說：「讓我來吧。」

林勁對 Angel 點點頭，「時間不早了，妳先回去吧，我們等等就離開了。」

Angel 看看他們倆，笑笑回道：「好啊，謝謝林勁哥，那我先走了。少人哥，去日本加油喔！」

Angel 迅速收拾離去時，林少人已著手為林勁卸妝。內景光線很強，即使照片可以後製處理，拍攝時仍需要時常補妝。一整天下來，不斷脫了又上的殘妝會在臉上積出各色層積。

「不是早上八點的飛機嗎，怎麼還過來？」林勁直盯著林少人問。

林少人以卸妝液沾溼化妝棉，擦上林勁的上眼瞼說：「確實沒什麼時間了……你還沒吃東西吧？要不要去奶奶的攤子外帶回去？」

林勁靜靜看著林少人，感受被照顧的奢侈，開玩笑道：「原來你是想吃宵夜才過來。」

「不是。」林少人專注地為林勁拭去眼妝說。

那是什麼？林勁很想逼問答案。自從收到林少人的訊息開始，他就忍不住要期待男孩這晚真的會出現。可現在應該是女友時間吧？要不然也是最後整理行李的時間，哪裡輪得上自己？可男孩真的出現了。

林勁不禁伸手摸向林少人，像是要確定他不是幻影。

「弄痛你了嗎？」林少人即刻停下手上動作，緊張地問。

林勁搖搖頭，低聲說：「沒有，只是覺得你來了真好。」

林少人看著林勁，伸手輕撫過他俊俏的臉龐，只靜靜應了聲：「嗯。」

奶奶的餐車這晚特地來到松仁攝影棚附近的小巷，此刻正亮著昏黃的光芒。

林少人幫林勁揹著這天拍攝的工作包，跟在林勁身後。林勁一身淺灰色太空棉長外套與黑色合身牛仔褲，看上去清瘦許多。

快接近車攤時，林勁便一個勁兒地快步上前，一走到攤子旁，奶奶就挽上林勁的手，眉飛色舞地說這說那。林少人緩步走向這場景，故作吃味地說：「奶奶越來越偏心了。」

奶奶雙手將林勁挽得死緊，說：「人家可是林勁啊！我回去告訴孫女，說林勁來奶奶的小吃攤，她羨慕死了。好啦，你們今天吃什麼？」

林勁輕拍奶奶的手說：「少人明天一早就要出國，所以我們今天不待了，帶一點回去就好。」接著看向攤子上的煮食，點道：「我要魚板、甜不辣和蘿蔔。」

「你吃點健康的吧。」林少人皺眉道，「奶奶，給他下顆雞蛋和肉片，今天有什麼菜？」

奶奶細眼輪轉著想，「有大陸妹、水蓮、高麗菜。」

「水蓮吧，就這樣。」林少人說。

奶奶笑著走回攤子裡，切起菜來說：「阿弟真貼心，對人家這麼好，也不問人家要不要。」

「我吃什麼都好。」林勁應道。

林少人瞥著林勁說：「他都沒在好好吃飯，才復出幾個月就瘦這麼多。」

林勁抿抿嘴道：「我只是太久沒工作，還沒恢復步調而已。」

林少人不禁瞇起眼，知道林勁就愛逞強，轉向奶奶說：「奶奶，接下來幾個禮拜我不在，如果他自己來，您就幫他加點蛋白質跟青菜，算我帳上。」

「好、好，不用算，林勁來我最開心了。」奶奶說得呵呵笑，一邊把青菜放進熱湯裡。

林勁倚著攤子，蹭著清湯蒸騰的熱氣暖手。隔著裊裊升空的白霧，林少人與他視線交錯，微笑著幫奶奶忙活。他們之間短少的距離裡流動著無聲的什麼，一點甜，一點暖，還有更多是溫柔。

林勁心裡開心，卻也萌生起不安。一開始他只是為了改編尹懷伊的遺作而復出，也因為過去的陰影不散，怎樣都逃不了，日子過得生死不得。沒想到復出後卻遇上了林少人。林少人為他的生活帶來久違的期待，充滿笑聲、耳語、花香與溫柔——時時刻刻提醒著他的溫柔，讓林勁欣喜也懼怕。

怕自己變得嬌縱，忍不住就要對林少人任性妄為。也害怕所有的好都是虛幻，畢竟連尹懷伊都承受不了他的愛，他還能再向誰索求？即使只是一點點，比如在拍攝結束的晚上喝一碗路邊小攤的熱湯。

「奶奶，記得幫我裝一袋湯喔。」林少人提醒道，微笑的眼始終望著林勁的方向。

林勁更想起來了。尹懷伊第五次向他提出分手後，攝影棚裡就傳出流言，說他是恐怖情人，不肯分手，在尹懷伊家裡裝設監視器，又用手機定位追蹤，之後更在公眾場所和尹懷伊大吵，揭穿尹懷伊的新歡邵宇希是個男妓，進而讓尹懷伊精神崩潰，最後落得自殺下場。

流言都是真的，林勁也知道自己做得過火，可是他太害怕失去。他很小的時候就看著太陽在眼前墜落，觸手可及的幸福如沙消散，徒留他一人被沙刀千割萬剮。於是，從那時起，他就立誓要把愛人緊緊抓住，如此緊，緊到要將對方勒出血痕。

林勁不禁看向林少人，心想這個溫柔、體貼、殺過人又坐過牢的男孩，會不會更禁得起流血？

林少人與林勁帶著熱騰騰的食物離開奶奶的車攤，回到林勁家。

林少人在經歷上次去林勁家的難受記憶後，儘管有些忐忑，仍隨著林勁一起回去。電子門鎖輕聲一響，林勁推開門，打開室內燈，整個人就放鬆下來，像是忘了林少人還在後頭似的，直接臥倒在淺灰色的L型沙發上。

林少人覺得林勁大概累壞了，兀自將食物拿到開放式廚房的中島放著。經過間隔寢室與客廳的整片玻璃推門時，他赫然發現裡頭牆上尹懷伊的大幅放大照已經不在，取而代之的是一整片藍海般壁紙。

林少人木然停住，怔怔望著那片蔚藍，感覺一滴水在心裡暈開，就溼了整面心湖。

遠遠地，林勁朦朧的聲音傳來：「我把它收起來了。」

林少人沒有應和，維持著默默神色，在廚房拿幾個磁盤將食物盛盤，又待了片刻，才走回林勁所在的沙發旁。他的心跳得好快，不知道自己在期待什麼。如果收起尹懷伊的照片代表林勁已經放下尹懷伊，也就表示他的任務結束了吧？到此為止，收工。那麼他心裡的那股躍動又是什麼？

不能再想下去，林少人提醒自己。這晚的一切都很美好，從林勁看到他出現在休息室外那一瞬驚喜的神情，到他為林勁擦拭妝容時對著的視線，以及林勁在奶奶攤子上流露的笑容，全部都是幸福的模樣。他做到了，讓林勁綻放笑容的這個願望，達成了。

林少人感到無比釋懷，回過心神說：「好了，我該走了。」接著不忘催促林勁道：「你別賴在這裡，趕快吃完東西，去床上睡。」

林勁睜開眼，柔柔濛濛的視線望進林少人眼底，說：「抱我。」

林少人正準備離開，倏地被這兩個字震住。

林勁拉住林少人的手，細聲說：「抱我，我就吻你。」

「……你累了，神智不清了。」林少人像是在為林勁找起藉口般說。

「我沒有，」林勁坐起身，手仍拽著林少人不放，說：「明天你就要去日本了。」

「所以？」林少人遲疑道。

「接下來的三個禮拜都見不到我了。」

「……」

「你會想死我，」說著玩笑般的話，林勁的口氣卻一點也不像在開玩笑，「然後後悔現在沒有抱我，所以錯過了我的吻。」說完，林勁單膝跪上沙發，隔著椅背靠向林少人，真要吻他的模樣。

林少人的心跳得比剛才更快了，卻退了開來。如果他再沒有良知一點，早已吻上林勁，根本不會有這點猶豫的時間。但他殺過人又坐過牢、還沒跟女友分手、身分也和林勁天差地遠，如果連良知都捨去，他不認為林勁真會喜歡上他。

「或許吧……」林少人被林勁逼得顫抖起來，「我會很想你，還會後悔到死。但我現在沒辦法抱你，我不想要這樣不道德地得到你。」

「你抱過我兩次了，」林勁直直看著林少人說：「你不會說那都是意外吧？」

「……當然不是。」林少人回看林勁。男人焦灼的神情令人萬分心疼。

「那就抱我啊！」林勁失心渴求，疲累又失望，不禁生起氣來。林少人明明都說想得到他，還說會很想他，可見他的話一定在林少人心上割下了好幾刀──男孩真的不怕流血，林勁心想，於是他更往深處刺去，傾身靠向男孩的唇。

「叮咚──」，一聲鈴響阻斷了吻的可能。

林少人不禁鬆了口氣，拉開距離說：「有人來了。」

林勁嗔怒地哀嘆，原本這晚可以開心地畫下句點，只要林少人抱他，他就願意再次奉上愛，或者其他比愛更具重量、林少人想要的東西，可林少人卻拒絕了。林勁好寂寞，像是端著自己的心臟，縫不回去也無處安放，如果不趕快收進誰的身體裡就會死掉。

「讓我死吧……」林勁自言自語地說。

「什麼？」林少人沒聽清楚，但自知傷了林勁的心。

「抱歉，你要出國了我還這樣……」林勁破碎地說，離開沙發，往玄關走去，「你快回去吧，很晚了。」

「叮咚──」，又一聲，擾人的鈴響成了此刻他們之間的舒緩劑，切斷彼此心疼也心痛的情思。

林少人僵著沒動，猶豫是否該放下良知順了林勁。林勁則走到門前，對於這麼晚還有人上門感到煩悶，不耐地打開門。

門外站著金髮黑眼的男子。

一道巨雷打上林勁腦海，打破回憶的罐。死去的太陽被千沙捧起，活了過來。

「子桓，你……怎麼……」林勁的話聲止不住顫抖。

金陽般的男子一把抱住林勁，很緊，更緊，緊到要勒出血痕。

「我回來了，林勁，」路子桓說，「我再也不會離開你了。」

第二部

林 勁

Age: 35

Birthday: 6/1

Height: 185cm

Weight: 69kg

12 吻遍你

「路先生……」

林少人目不轉睛地盯著眼前男子，正是前幾天他在 Vetus 遇見的路先生，那頭金髮分外顯眼。這麼說來，路先生口中喜歡了十八年的人，就是——林少人的視線順著路子桓緊抱的手，看向那個如今背對著他的身影。

放、開、林、勁……林少人心想，卻渾身顫抖無法言語。

是他推開了林勁。林勁都開口了，逞強著要他抱他，他卻拒絕。路子桓現在那個位置本該是他的，人都殺了、牢也坐過，還有什麼違背良心的事情辦不到？竟然會敗給一個擁抱。

憤怒滿溢胸口，林少人已經很久沒有體會這情感，太過陌生而真實。可一切已經太遲，如今他不只錯過一個吻，更從裡到外被自己憤恨的怒火燒得渾身痛。

林少人耐不下這場景，快步穿越緊擁的兩人離去。

林勁想喚住林少人，但路子桓的出現令他腦袋一片空白，只能眼睜睜看著林少人離開。

「終於見到你了。」路子桓緊擁著林勁說。

林勁愣著。十八年，太久、太久了，能有怎樣的情感滅不熄？他鬆開路子桓的手，定神注視著路子桓的眼問：「為什麼……」

路子桓捧上林勁的臉，像是沒聽見他的問句般說：「你都沒變……我好想、好想你。」

我也好想你。可林勁開不了口。千頭萬緒在他腦海凝成一句飄揚的琴音，被風一吹就覆蓋上眼前萬物。他彷彿能看見時間真實流逝的痕跡：從門外、窗縫，從心底深處，夾雜無盡回憶鑽進穿出，拉長了他們當年彈琴的手，厚實了臂膀，連同心房。圍困在記憶深處六千五百多個日子的少年終於找到鑰匙，走出了門——

欣喜、激動也傷感，所有情緒化作一道澈底的白，即刻終結十八年的等待。他已經捧著心臟，如果不趕快放進誰的身體裡就會死掉；他也已經寂寞太久，寂寞到要挖出心臟交到林少人手裡。他無知地以為，男孩那麼溫柔，一定會好好疼惜他、接納他的瘋狂。但男孩卻拒絕了，教他情何以堪。於是此刻他拖著殘破之身，只想馬上將心臟獻給太陽——路子桓，他心裡似太陽般刺眼又觸碰不得的初戀。

路子桓吻上林勁的唇。

眼淚滑下嘴角，沒入冷澀的唇，在甜美中融進一絲鹹，如白紙上的一點黑，小而巨大，必須用更深長的吻來消解這滋味。

溫熱的舌探進口頰，似小蛇滑溜之身，挾帶愛液潛進另一股溫熱裡，流下喉嚨，穿過死寂的肉壁，墜至身體深處那塊沃土——與欲望僅一膜之隔。

旋轉、舔舐，輕柔也狂野，一片唇瓣緊追著另一瓣，緊密貼合又分開，續追往下一處，為每寸肌膚填上甜美的津液，任風吹冷，在久違的兩副身軀上激起絲絲哆嗦。

路子桓一手環過林勁的腰，帶上大門，將兩人往房裡推進，倚上淺灰色的皮革沙發。一股沁涼滲入林勁的背脊。路子桓馬上撫上林勁後背，將他圈入懷中，以呵出的熱氣與躁動暖身。

林勁從沒被路子桓抱過。十八年前他們只有憤恨的一吻，此刻才是他第一次感受屬於路子桓的擁抱，正如同他幻想的那般蠻橫、那般非他不可。路子桓真是太陽，是核反應燃燒的光，注定灼熱傷人。

路子桓接著一把將林勁抱起，坐上沙發扶手，動作愈顯躁進。襯衫鈕釦被一顆、兩顆解開，上衣自林勁肩上卸了下來，半身畢露，昏黃的燈光照出肌肉起伏的線條，色慾熊熊升騰。

路子桓溼潤的脣自林勁嘴角膩下下巴，貼上脖頸跳動的脈搏，在白皙的肌膚上留下占領的痕跡。路子桓一手挑弄林勁胸前的凸起，一邊吸吮另一，忽冷忽熱的刺激讓所有感官皆為之挺立。

林勁不禁悶哼出聲，弓起了背，索求更多。

林勁已經太久沒被人擁抱、沒被人帶著愛意撫摸、沒被任何溫熱填滿無論身體或心靈。他不可能想過下一個人會是路子桓，畢竟沒有任何事物比太陽更遙不可及，因此他主動解開了拉鍊，褪去下褲，讓炙熱的慾望完全袒露。

路子桓張揚起笑，往林勁脣上更暴烈一吻。被狠咬的下脣帶上血色，也沾上路子桓的脣。路子桓接著扳開林勁大腿，屈身下探，以血色的脣含上已然硬挺的陰莖，一手向下搓揉兩份柔軟，另一手深入林勁嘴裡，挑弄溼滑的齒頰，牽引出絲絲愛液。

慾火繚燒，林勁搖盪腰身帶起一深一淺的律動，無可抑制的快感竄上下腹，他被激得弓起了腰，讓勃發的炙熱被脣舌包覆得益發緊密。慾望急升，體內熱液奔流，通往昔日戀人愛意滿溢的嘴裡。路子桓更加劇了口勁，深深吸吮著硬挺不放，與林勁十指交扣，將撩逗完全交給脣舌。

林勁忍著想要釋放的渴望，瞥向路子桓。路子桓令他陌生，那張臉、那雙眼、那抹脣，在他不知道的時間地點被不知情的人事物給留下了印記——唯有愛意不變，他記得路子桓愛他，正如此般桀驁、猖狂。

他終於觸碰到太陽。

「不行……子桓，我……」

林勁緊握住路子桓的手，無可忍耐要獻上愛液。路子桓卻猛地圈住他陰莖下圍，阻止高潮，任涔涔津液自頂端小圓流出。路子桓接著揚起視線，對他搖頭邪笑，拉他躺上沙發說：「幫我口。」

鵝黃色襯衫落在林勁的半身處，柔滑的布料隱約透出底下赤裸的腰身。林勁面向路子桓跪上沙發，聽令地解開路子桓漲大的西裝褲襠。粗挺的陰莖猛地翹立眼前。

「轉過去，」路子桓命令道，「我也幫你。」

林勁順從地轉了方向，背對路子桓抬高臀部，雙手握上眼前矗立的肉棒，以舌尖在頂端輕輕畫起小圈，溫柔的舔弄令之益發巨大。路子桓也再次含上林勁的硬挺，這次是與他同樣溫柔的舔吻。

總是比任何人都鎮定也無畏，十八年前在同學之間被稱為「國王」的路子桓，找不到弱點。課業、體育樣樣第一，因此對任何事情都不上心，一切對他來說都太過輕易。直到他聽到林勁的琴聲，那是唯一能在他心湖激起漣漪的東西。路子桓自小學琴，沒想過會在學校琴逢敵手，而且林勁甚至能以琴譜曲，他既佩服也妒忌。

而學校裡的王子、男孩女孩眼中唯一的焦點林勁，因為與國王的青梅竹馬范晴交好，進而得知了許多國王的另一面，尤其是霸道也柔情的一面，令他深深著迷。再加上，當所有人都以熱愛的眼神關注他時，只有路子桓因為范晴喜歡他而始終對他顯露敵意。他無法忽視這詭譎的情感，愛上了國王。

林勁已經很長一段時間沒有想起這段悲傷也美好、讓他們墜入十八年無盡等待的往事。他放任回憶，將路子桓挺立的陰莖含入口中，以舌瓣旋轉、舔吻，深入再輕舐。溫潤的津液沾滿炙熱的陰莖，兩股愛液肆意交融。

林勁剛才被路子桓阻止了射精，體內一股熱流堵在下腹，渾身不舒服。一陣逗弄後又惹得慾望節節攀升，很快就再次抵達臨界。「子桓，我真的……不行……」林勁無間斷地輕吮口中硬挺，一邊偏頭看向路子桓，徵求許可。

路子桓更感亢奮，往林勁情色的白臀上一吻，將他挪到坐墊上說：「再忍一下，你想在哪裡做？」

林勁迷濛著眼晃著神，看向玻璃推門的另一面——寢室裡那台與房裡一切純白顯著不搭的黑色平台鋼琴。

自從與路子桓分開後，林勁就沒再彈過琴了，但之所以會在房裡放一架琴，也是因為路子桓。

路子桓當然不知道林勁不彈琴了，可發現林勁家裡有一架琴更燃起慾火，不禁狠吻上林勁的唇，圈住他腰身站起來。兩副肉身似兩尾纏捲的蛇激烈擁吻。玻璃門被推開，上頭貼著的照片、雜誌內頁、剪報皆隨之輕晃，林勁想順手拉上，卻只關了一半，轉眼人已被放上琴蓋。

「潤滑劑？」路子桓的唇離不開林勁，淡淡的香水味擦上彼此肌膚。

「……床頭。」林勁低喘著說，燥熱的身軀蹭著路子桓，雙腿緊鎖他臀部，渴望交合。

「保險套？」路子桓輕咬林勁的下唇問。

路子桓扶臀將林勁抬起，打開琴蓋，放他坐上琴鍵。從沒被人觸碰過的琴鍵被壓出高頻噪音。

「……一樣。」林勁在路子桓耳邊呼著熱氣，像是要將每一寸肌膚都與之相貼，身下琴鍵被震得一再爆出顫音。

「我去拿。」路子桓說，難捨地鬆開林勁，留他赤裸地倚著琴鍵。

林勁看著路子桓的背影，不自覺地抬起了手，輕放在一鍵鍵黑白上，顫抖著按下一鍵、再一鍵。陌生也熟悉的觸感，和眼前的人同個模樣——這感情太過複雜，林勁不想思考，不想快樂也不想傷感，只想趕快讓太陽燒盡、帶走一切。

路子桓敞開著白襯衫、鬆著西裝褲頭走回來，一邊將潤滑劑抹在手上，火熱的眼始終注視著林勁。回到琴邊時，路子桓伸手彈下了四個音符，那是十七歲時的他們互訴情意的暗號，四個音符代表著「我喜歡你」這一句。

林勁一把抓過路子桓的短髮，吻上潮溼的唇，催促道：「……快進來。」

情慾爆漲，似急湍隨血液送往全身細胞。路子桓抬起林勁一腳，跨上琴鍵，伸手直往後穴探去，潤滑液的冰涼與指尖兩道刺激在林勁體內激起哆嗦。溫熱的指腹探索著柔軟之地，一根、兩根，後穴隨擴張逐漸甦醒，路子桓更往深處探進，顫動的肉壁摩擦著指腹，一抖一抖撩撥無邊色慾。

林勁喘息得更劇烈了，久違的侵入推升體內波潮，讓他不禁咬上路子桓的脖子，雙手更加使力圈住路子桓的臂膀，將頭窩進汗涔涔的胸膛道：「快點，我忍不了……」

路子桓收回開拓的手指，自己褪下底褲，袒露出粗大的陰莖，不由分說就一舉插入。

林勁倏地吟叫出聲，指尖陷進路子桓寬闊的背肌，或汗或津液的溼黏重得令人無法呼吸。

路子桓撐起林勁的腿，裸露出交合的後穴。香汗淋漓，色慾薰心，肉棒一挺一挺抽插著緊縮的肉穴，前後愛液迸發，潺潺交融。林勁感覺身心盡被填滿，任路子桓恣意擺弄。毫無遮掩的交媾展露眼前，劇烈的挺進在琴鍵上奏出放蕩的節奏，林勁的背肌貼著冰冷的琴身，勃發的陰莖蹭著路子桓的腹肌，自頂端溢出濃濃溼滑。

「我想射了……」快感突襲，林勁話不成聲。

路子點頭許可，抬起林勁下巴說：「看我，看著我射。」

林勁偏過頭，抿嘴不肯就範，被十八年前的初戀情人操成這副德性，簡直下賤。而他這嬌氣不依的行徑令路子桓更興奮了，加劇了抽插的力道。

一縮一緊的嫩穴被頂得疼，林勁無法忍耐，猛地釋放一柱濃白，射了路子桓一身。

射精使他癱軟，撲倒在盈滿淫液的胸膛。路子桓扶住他，將他汗溼的瀏海順到耳後，在額上一吻，之後環上他的腰，讓他轉身面對鋼琴。

林勁雙腳疲軟，不禁踉蹌一步，雙肘落上琴鍵，再次迸發繚亂的琴音。

路子桓扶住林勁的腰，林勁側過頭繼續向路子桓索吻。

都說吻是愛的象徵，但林勁原本想要親吻、擁抱，甚至獻身的對象都是林少人，此刻卻極速失控，他竟然在家裡與十八年不見的路子桓歡愛。難道是老天想阻止他逼迫林少人抱他這樣悖德的行為？可路子桓呢……他對路子桓已一無所知。

不能再想下去。

他已經獻出了心臟。在太陽灼熱、橫暴卻也充滿愛的撫觸下，他感到血肉重新長了回來，神經蔓生，突觸連結，似暴雨狂打在身上，死而復得痛不欲生。

路子桓火熱的唇再度吻下林勁白皙的脖子，沿肩膀往後背一路下舔，在他腰間激起陣陣寒顫。林勁不意流瀉呻吟，嗯哼啊哈的嬌喘迴盪偌大的寢室。

路子桓嚥下一口口水，再次扳開林勁教人垂涎的臀瓣，插入炙熱的硬挺。

淫水氾濫，昂頭挺立的肉棒不斷向小穴抽送，一動一緩地撞擊，在琴鍵上續彈放浪的旋律——不可能悅耳，就如他們的交歡不可能溫柔。路子桓圈住林勁因快感而顫抖不止的身軀，閉眼聆聽因自己而起的呻吟，命令般道：「我要射在裡面。」

沒得回應，腥羶的愛液便已猖獗地射進體內，一道道自小穴汩汩狂流，滴得一地淫黏。

林勁整個人癱軟無力，接著又被路子桓一把拉起，推向寢室正中央的純白大床。

路子桓坐上床，褪下林勁身上汗溼的襯衫，讓他來到完全的赤裸，柔聲道：「你坐到我身上。」

林勁腦袋已融化成糊，什麼都無法思考，像台被接上電而任人隨意遙控的皮肉機器，挪身坐上路子桓大腿，面對面讓路子桓無限愛撫，並再次由下插入。

「自己動起來。」路子桓說。

林勁雙手搭上路子桓的肩，開始搖動腰身。漲大的陰莖在肉壁間來回廝磨，為兩副身軀掀起慾望的熱浪，挾帶鹹溼的淫水發出啪啪聲響，在房裡迴盪再迴盪。林勁直覺地加重了上下抽插的力道，逼得身下硬挺直驅穴底，一股極致難耐的快感如雷貫穿，震得他發暈。他更加敞開雙腿，夾緊小穴。

愛液與熱汗浸溼純白的床單，在兩人身下暈出大塊水漬，被冬日的空氣冰鎮。

路子桓見林勁幾乎要癱軟成泥，續之強力進攻，激起更響亮的交媾聲與野放般呻吟。

「……我要射了。」林勁癱上路子桓的肩，以最後一絲力氣低語。

「我們一起吧。」路子桓抓住林勁的後腦勺，舔進溼熱的唇舌，不留一絲空隙。

他們開始於一個吻，如今也將於一個吻重生。

火熱的身軀緊緊相擁，硬挺撞擊著肉壁，淫喘四溢，將快感一舉推升——愛液猛地噴出，濺上赤裸相纏的肉身，淫水沾滿伸手可及的一切。

林勁一頭倒上路子桓，像貓咪偎在主人身上，不顧一身黏稠說：「我也好想、好想你……」說著閉上了眼，墜入未知的夢。

路子桓輕撫林勁汗溼的短髮，感受香水被淫液沖散的氣味，任貓咪在懷裡沉沉入睡。

13 腥風血雨的初戀

十八年前，羽山高中二年級大樓——

「昨天的話劇比賽到底怎麼回事？」

「你說路子桓去幫二班彈琴嗎？」

「對啊，聽說二班的鋼琴曲是他跟林勁一起寫的。」

「這麼強！」

「重點不是這個吧！」淺藍色的制服裙襬搖搖，齊耳短髮的女同學說：「大家都被騙了啊！以為路子桓、林勁和范晴三人總是待在一塊兒是因為他們兩個男生都喜歡范晴，結果……」

「等下，妳這是什麼意思？難道國王喜歡林勁？所以國王跟范晴才是情敵嗎？」

「肯定的啊，不然他幹嘛幫林勁寫曲又彈琴？就算他再厲害，別班的曲子他全背起來？」

「天哪……路子桓喜歡林勁，不會吧?!」

「欸，小聲點。」白上衣的男同學推推女孩手臂說。

喧囂的一行人步上二樓導師室外的長廊時，路子桓正倚著圍欄，眺望遠方操場。初夏時節，校園到處蟬鳴鳥叫，繁花盛開，操場中央的草色也難得翠綠，與他們同副青春正盛的模樣。

林勁隔著幾格樓梯，默默走在議論的同學身後，待他們轉向教室的方向才步上二樓長廊。

　　昨天的話劇比賽上，林勁所處的二班負責彈琴的同學臨時無法上場，他不得已去拜託路子桓幫忙。因為那些鋼琴曲都是他和路子桓一起寫的，當下只剩下這個選擇。可琴聲真的不會騙人，無論是路子桓的彈奏，還是路子桓分明不是二班的人卻為二班彈琴，都在在洩漏了他們之間隱密的關係。

　　林勁不是沒料到這點，但他也懷有私心，想要利用話劇比賽確定路子桓的心意。然而，此刻看著路子桓搭在欄杆上落寞的身影，林勁有些懊惱自己是否害到了國王。

　　林勁正想出聲喚路子桓時，一旁導師室的門打開，路媽媽走了出來。路子桓被這聲輕響引起注意，轉過頭來，母親與林勁同時映入眼簾。

　　「子桓，走了。」路媽媽匆匆道，招了手就要走，一回身正好撞見林勁。「啊，是你……」

　　林勁見過路媽媽一次，但不確定對方是否記得他，出聲問候：「路媽──」

　　「不要叫我媽！」路媽媽忽地大吼，眼裡閃過一絲凌厲，「你這個誘惑我兒子的怪物！」

　　林勁被這突來的謾罵震住，怔在原地。導師室距離學生教室有段距離，但現在是早自習前的休息時間，走廊上人來人往，所有人都聽到了這聲辱罵，竊竊私語起來。

　　「媽！」路子桓喚道，示意母親不要再講下去。

　　「你別插嘴！」路媽媽嗔怒道，向著路子桓說：「你看好了，這就是你跟他的最後一面，以後別想再回來這裡！」

　　「我是羽山的學生，我就要在這裡念到畢業。」路子桓反駁說。

　　「你要現在跟我吵架嗎？」路媽媽怒言，一把拉起路子桓的手拽著，「走了！回家！」

　　一旁的林勁怔怔愣著，想開口說些什麼，卻一堵阻礙卡在喉嚨。

路子桓走過林勁身旁，以安撫的眼神對林勁搖頭。他不想林勁捲入這紛爭，如果事情在校園裡傳開，他準備自己背負起所有不利的流言；但他同時也知道，母親剛才的話極有可能成真。

這就是你跟他的最後一面——路子桓好想再握一次林勁的手，對林勁說一句「沒關係、不要緊」，卻說不出口。年僅十七歲的國王不知該如何挽回這一切，只能任心愛的人逐漸在背景淡去，無措地隨母親的腳步離開。

午前，雛鳥飛上教室窗台，兩隻停在白色的方格磚上低語。林勁分心地望著窗外，心緒紛亂。

早上那一鬧，整棟高二大樓都傳開了：路媽媽罵林勁是誘惑路子桓的怪物，兩人卻都沒有反駁，等同默認。這到底什麼狀況？路子桓喜歡林勁，那麼林勁呢？

林勁為此挨了一整天的指指點點，到哪裡都逃不開注目的視線，又解釋不得，這排擠般感覺令他恐懼。再加上，路媽媽的話在他心上徘徊不去。路子桓不會真的不來學校了吧？「最後一面」四個字似封印般刻進他的心。他好害怕，一放學就趕忙離開學校，卻不是走往回家的方向。

「林勁！」嚴苡綝的聲音伴隨匆匆腳步聲向林勁接近。

林勁回過頭，嚴苡綝正好迎了上來，與他並肩同行問：「你要去找路子桓嗎？」

被嚴苡綝這麼一點，林勁才意識到自己確實在走向開往路子桓家的公車站。

「你別在意那些中傷路子桓的話。」嚴苡綝見林勁神色哀戚，故作輕鬆道：「路子桓是國王耶，等他回來大家肯定又要繞著他轉了，誰敢對他有意見啊。」

「他可能不會回來了。」林勁說。

嚴苡緋嚇到，「有這麼嚴重？」

嘴上這麼說，然而在嚴苡緋心裡，比起路子桓將會如何，她更在意林勁對路子桓到底是什麼情感？

嚴苡緋和林勁是二班話劇比賽上的男女主角，原本關係就不錯。昨天林勁在比賽開始前告訴她，路子桓答應幫他們班彈琴，但自己的演出可能會受影響，請嚴苡緋在台上多提點他。

聽到林勁這麼說，嚴苡緋當時心有不解，如今再看林勁的反應，她心底的好奇似乎也有了答案：林勁果然也是喜歡路子桓的。

嚴苡緋安慰林勁道：「沒事啦，路子桓幫我們班彈琴，大家都超崇拜他耶！而且我們班還得到優勝，他功不可沒啊，是他媽媽小題大作了。」說完拍拍林勁肩膀鼓勵他。

但林勁一語不發，他不覺得嚴苡緋能明白眼下絕境：路子桓與范晴是出身醫生世家的青梅竹馬，以後勢必要繼承家業，說不定早定好了姻緣。而他只是平凡人家的孩子，父母離異，母親為了撫養他每天兼兩份工，幾乎與他見不著面。他自知和他們天差地遠，更別說他跟路子桓都是男生，這分明是要鬧家庭革命的地步了，怎麼可能沒事？

轉眼已到公車站，林勁心不在焉地與嚴苡緋道別，坐上開往路子桓家社區的公車。

不下十分鐘車程，一整排深灰色外牆的獨棟別墅乍現眼前，林勁在終點站下了車，依循記憶來到路子桓家的庭院外頭。

林勁先前來過一次，就感到極大壓力，有錢人家不只外表看來、內在也一樣高高在上。路媽媽在家裡仍戴著珍珠耳環，結婚二十年，手上鑽戒也依然閃著刺眼的光。路爸爸倒是親切許多，但林勁上回來去匆忙，沒有與路爸爸打到招呼。

林勁站在漆白的矮柵門外，猶豫是否該按下門鈴。屋裡亮著燈，能聽見細微人聲，透過窗戶也隱約能見來去的人影，路子桓一定在家，但林勁忽然不曉得自己為何而來了。白天才被路媽媽說成那副德性，確實也是他誘惑了路子桓，他還有什麼臉來面對路爸爸與路媽媽？

林勁默默縮回了手，無盡心寒。他好喜歡路子桓，路子桓聽得懂他的琴聲，是十七年來唯一能跟他用鋼琴溝通的人。他最初只是想跟路子桓一起彈琴而已。如果早知道會有這麼一天，他興許會克制自己不要喜歡上路子桓，但感情要怎麼克制？他更無措了。

就在毫無頭緒地望著眼前的深灰色別墅時，林勁不知道的是，裡頭正在發生這樣的事——

啪地一聲，范爸爸一巴掌打在路子桓臉上，力道之大讓路子桓整個人跌坐在地。

「爸！」范晴猛地抓住爸爸的手，阻止他下一拳就要往路子桓身上揍。

「我把最心愛的女兒交給你，結果你竟然喜歡上一個男生？你們兩個……還喜歡上同一個人！」范爸爸吼道。

范晴快哭出來，淚眼道：「是我先喜歡林勁的，不能怪子桓。」

范爸爸一把甩開范晴，「妳還有臉說？妳喜歡上一個死 Gay！」

「不准你這樣說林勁！」路子桓猛地出聲，抬手擦去嘴角的淡淡血絲。

范爸爸又舉起手，準備再次往路子桓身上打。路媽媽搶著出聲，訓誡兒子說：「子桓，不能這樣跟范爸講話！」

路子桓呸了一口，冷冷地說：「為什麼不能？大人就可以為所欲為嗎？」

范晴踉蹌地爬到路子桓身旁，哭著緊抓住他的手說：「子桓、子桓，拜託你不要再說了。」

范媽媽也出聲阻止：「老公，子桓還是個孩子啊，弄成這樣多難看……」

「誰難看？我們從他出生就把他當兒子看待，他現在回報我們什麼？」范爸爸瞠目瞪向路子桓說：「回報我們全校都知道他喜歡男生！現在大家都知道我們女兒比一個 Gay 還不如！」

「夠了！」一旁一向冷靜的路爸爸終於按捺不住，對著范爸爸說：「今天就這樣吧，大家都累了，我拜託你們回去了。」

范爸爸實在惱怒，上前揪起范晴頭髮，將她連髮帶人拉起來說：「今天算我饒了你們。快起來！走！」

范媽媽趁勢拉住范爸爸說：「我們走吧，不是都說好了嗎？讓他們自己處理就好。」

路爸爸打開范爸爸的手，將范晴拉了過來說：「范梣，你已經失去理智了！晴兒今天留在我們這裡。」說著轉向范媽媽示意道：「你們快回去吧。」

「不要，我不要……」范晴臉上噙滿淚水，一雙大眼都哭腫了。

范爸爸暴戾的眼看向路爸爸，忿忿無語。范媽媽趁此將范爸爸拖拉出門，路媽媽緊隨在後，不斷九十度躬身道歉，低垂的手上仍閃著鑽石刺眼的光芒。

房門砰地一聲關上。

一切都沉靜了下來。沒有魔鬼般嚎叫，沒有晃動的人影，只有范晴嗚噎的啜泣聲。她鬆開路爸爸的手，跪到地上依著路子桓，失魂般流淚。路子桓則怔怔愣著，定眼注視著他爸爸。

路爸爸大嘆一口氣，走到兩人身前蹲下，輕撫范晴的頭說：「晴兒，對不起，嚇到妳了吧。有沒有哪裡受傷？」

范晴直搖頭，偎著路子桓，眼淚一再流下。

路爸爸左右看看他們倆，臉上揚起哀傷也釋然的笑，問：「他叫林勁嗎？」

路子桓聽到爸爸溫柔的聲音說出林勁的名字，一滴淚終於滑落臉龐。他已經什麼都不明白了，只是靜靜地點點頭，身旁的范晴更是大哭出聲。

「林勁……一定是個很好的人吧，」路爸爸笑著說，想要安撫兩個孩子，「不然就是個超級大帥哥，才會把你們兩個都給迷住了。」

范晴噗嗤一聲笑出來，又哭又笑地說：「林勁真的超級、超級帥。」

路子桓也忍不住破涕為笑。范晴跟著笑得更大聲了。

路爸爸拍拍兩人的肩，張開雙臂擁抱他們。淚水沾上洗得軟舊的襯衫，連同孩子純白的制服上衣，全是似海的鹹味。

路子桓搭在爸爸肩頭緩和著氣息，喃喃道：「我喜歡他……也沒關係嗎？」

范晴聞聲，眼淚又似水龍頭泉湧而出，更抓緊路子桓的手。路爸爸微笑點頭，輕拍路子桓的後腦勺，像小時候那樣溫柔地撫慰從不示弱的兒子。一股溫熱湧上三人的心，將方才無論羞辱、悲憤、難受的情感全部融化，化成無形的水，與鹹淚和在一塊兒，無聲地稀釋著所有苦澀。

片刻，路爸爸鬆開手，與兩人拉開一段距離，面帶難色說：「可是，子桓，我們得離開這裡了。」

「離開……什麼意思？」路子桓問。

「本來我們等你高中畢業就要出國的，只是提前了而已。」路爸爸極力緩聲道。

路子桓不自覺地顫抖起來，連同話聲也跟著發顫，「提前……你是說現在嗎？」

路爸爸點頭道：「對不起，子桓，這是我能說服你媽媽作出的最後妥協了。」

「不，」路子桓腦袋一片空白，拒絕倏地就脫口而出，「不要，我得回去學校……」不管要承認還是承擔都好，他不能留下林勁一個人面對。

「不行，你不能再回去學校了，我們過幾天就走。你就當去避避風頭，安安你媽的心，說不定還有轉機。」路爸爸說完轉向范晴說：「晴兒，我們兩家本來是要一起出去的，可發生這種事，也不能勉強妳。如果妳願意的話，妳爸媽已經同意跟我們一塊兒走。但如果妳想留在這裡繼續念完高中，我們就先帶子桓過去。」

「等等……」路子桓極力維持著一絲冷靜，說：「你們都已經決定了，還說什麼轉機？剛才幹嘛還演那一齣？」

路爸爸面露難色，試著鎮定道：「子桓，剛才沒有人在演。你知道這對我和你媽媽，還有范爸范媽來說是多大的震撼嗎？爸爸已經很盡力了。你很懂事，這一次就聽爸爸的吧。」

路子桓看著爸爸，知道木已成舟，也知道爸爸已竭盡全力。說到底，爸爸沒有一句責怪，也沒有發怒他喜歡上男生，這一切都讓他好感激。只是，這也代表他可能再也見不到林勁了。他努力回想他們的最後一眼，卻是走廊上林勁傷透了心望著他的畫面，教人萬般心碎。

「我跟你們一起去。」范晴馬上便下定決心，看向路子桓說：「我想跟子桓一起，可以嗎？路爸爸。」

路爸爸神色寬慰，拍拍范晴的頭，「當然可以，謝謝妳，晴兒。」

范晴緩過心情，拉著路子桓的手想要安撫他，但路子桓一點反應也沒有。他的心任千刀剮殺成片，而他正定眼注視著那片片血肉，耳畔飄揚碎碎琴聲，林勁的琴聲。

林勁的琴聲跟他的很不一樣，很柔軟，卻也堅固，像一張無形的網可以收納一切；他的琴聲則很篤定，充滿自信，比起防禦更像一把武器，足以劈開任何東西。於是他劈開了林勁那張網，所有情感散了出來，如今似肢解碎裂一地。

「好了，你們的手機都交出來。」路爸爸接著說。

路子桓回過神，看向爸爸。

路爸爸明白兒子的心，黯然地說：「就此別過比較好……不然你還想跟他說什麼？」

路子桓怔著，什麼都說不出口，只能反射地掏出手機交了出去，像是交出了自己對林勁的喜歡，也像是把這份喜歡放到了斷頭台上，無計可施。儘管心傷，那時候的路子桓不會知道，未來十八年的每一天，他都將因為沒有在這一刻對林勁說出一句「我喜歡你」而感到無盡後悔。

別墅外，林勁凝望二樓路子桓房裡亮著的燈，然後默默地離開了。

再幾天後，深灰色磚牆的屋子就此熄燈，再也不聞人聲。

路子桓與范晴兩家移居美國，留下林勁一人，獨自面對青春尾巴的腥風血雨。

「你們要做什麼？」

羽山高中第八堂課結束的體育館裡，林勁被幾位高三學長團團圍住。

「想跟王子培養一下感情嘛。」坐在跳箱上，一手拿著球棒的矮個兒學長出聲道。

林勁近來已十分熟稔這場景，他想趁隙突圍，轉身要逃。但矮個兒學長也沒輕心，掃了大夥兒一眼，三名學長便立刻朝林勁撲去，一人雙手或壓或緊抓著不放，將林勁推撞上色彩鮮豔的跳箱。

林勁感到後背一陣疼，心知要逃得快，連忙尋隙踢向看上去最好應付的學長。黑亮的皮鞋擦過削短的耳鬢，直中太陽穴，學長痛得應聲鬆手，騰出了空隙。林勁接著再一個迴旋踢向另一側的人，卻因空間狹隘被抓住了腿。他趁勢一個彎身，就著抓住他的力量從身上數雙手中脫身。只要再甩開最後一人就行了，林勁暗自心想，接著卻哐噹一聲，什麼東西擊中他的後腦勺，他暈了過去。

「醒醒。」

朦朧的聲音從近處傳來，林勁恍惚地睜開眼，頭疼得很。四周亮著清白的燈，但已不是日光，而是體育館內挑高天花板上的ＬＥＤ照明。

淺棕色的原木球棒在林勁眼前晃啊晃，矮個兒學長來回踱著步說：「醒了沒？沒醒就給我繼續打！」

一道大力猛地打上林勁側腰，他一口啐出血絲，渾身劇痛讓他清醒過來，喘著氣說：「你們……到底想怎樣？」

冰涼的球棒蹭上林勁臉頰，彷彿下一秒又要一陣揍打，他直覺地撇過頭去。

「哎呀，緊張了？」矮個兒學長露出得意的笑說：「你不逃，我們就不打，如何？」

林勁想伸手做些什麼，就發現雙手被粗繩綁住，動彈不得。更回過神來後，便意識到自己被綑縛在籃板的圓柱上，手腳都無法動作，連身上都被粗繩圈圈束住。

矮個兒學長走向前，往林勁耳邊呼氣道：「國王棄城了，王子很寂寞吧？」

林勁一口呸在矮個兒學長臉上。學長被這一辱，戮力捏起林勁下巴說：「你很行嘛……要不要試試看王子是被虐待受歡迎還是脫光受歡迎？」說完，轉向其他幾人命令道：「把他給脫了。」

看上去分明更壯碩、更有力的幫手們立即面露詭異的笑容向林勁走去，一人不顧他上衣被繩子緊束就一把扯開，制服的塑膠鈕釦墜落在地，毫無聲響；另一人則站到林勁面前，雙眼緊盯著他的眼，手卻在底下鬆開他的皮帶，褪下制服褲，露出黑色的平角底褲。

林勁身上仍被繩子束著的白襯衫敞開，裸露出裡頭深紅色的瘀青與淺淺血紋，底下白皙的肌膚教人垂涎。初夏的夜晚散著涼意，巨大密室裡卻溫度攀升，讓林勁的後頸滲出涔涔細汗。他還沒吃晚餐，被毒打一頓頭也昏著，有股低血壓的暈眩。

矮個兒學長悠悠地繞球場一圈，拿手機不斷在拍，流露淫邪的癡笑走回來，伸手就摸進林勁胯下說：「不怎麼興奮呢，需要幫忙嗎？」

溫熱的手掌一把握上沉睡的陰莖，隔著底褲上下搓揉。眾多陌生視線令人萬般羞愧，林勁咬牙忍著，默道：「……你技術很差。」

「幹你媽的，還嫌！」矮個兒學長肆力一捏，硬要刺激，「好、好，我們來加點好料。」接著收回緊抓的手，操作起手機，打開一色情影片，拉大音量。女優嬌氣的淫喘嗯哼迴盪，啪啪的交合聲響徹沉寂的球場，赤裸肉色占滿螢幕。

林勁垂著視線沒看，在心裡想著其他什麼來壓抑被挑起的慾望。

「喔，我差點忘了，」矮個兒學長嘖地一聲說：「你不愛這味。等我一下，我看看……」學長邊說邊滑起手機，呵呵笑得詭譎，然後把螢幕舉起，貼向林勁眼前說：「來，這樣夠高潮了吧？」

畫面上是路子桓的照片。

林勁狠瞪上矮個兒學長。原本只是身在流血，現在心也淌起血來，他太想念路子桓，想到心臟發痛。

矮個兒學長收回手機，伸舌就往螢幕上舔，牽起一絲口水問：「你也是這樣幫路子桓舔的嗎？」

林勁一股氣上來，想揍向矮個兒學長，卻動彈不得，只能又一口呸向學長的臉。

學長有些不悅了，招手喚一名幫手過來，往林勁下身使了使眼色。

幫手粗魯地拉下林勁的黑色底褲，袒露出翹立的硬挺。喀擦喀擦的手機拍照聲從前方傳來，矮個兒學長放聲大笑說：「你真的喜歡國王啊！這樣就硬了，真下流。來來來，這位是你的粉絲，福利一下，讓他幫你口。」

林勁渾身一陣冷顫。他從沒想過這種事。他才剛過完淒涼的十七歲生日，沒有跟任何人發生過任何接近性交的行為，然而，眼下陌生人溼滑的脣舌就要含上他的私處——

林勁醒了過來。

眼前是湛藍色壁紙，與黑色平台鋼琴。

他的臉被淚沾溼，心臟急奏。沒有人要玷汙他，儘管他已經被玷汙了。

14 國王圍城

林勁摸摸床單，乾燥的手感，再摸摸身上，已無昨晚炙熱的溼黏。他不見路子桓的人，但有細聲從玻璃推門外傳來，和著煎炒食物的油膩香味，告訴著他這一切都不是夢。

林勁起身，取下衣架上的黑色睡袍，裹著走了出去。

一拉開推門，聲音和氣味都被即刻放大。遠遠地，路子桓半身赤裸圍著浴巾，正在開放式廚房的爐火前忙碌著。看到路子桓，即使只是背影，都讓林勁像是霎時回到了高中時代。收藏著一切開心、難過、苦澀回憶的時空膠囊終於得以打開，他卻赫然發現裡頭不過路子桓三個字。

林勁走了過去，從身後環上路子桓。黑色毛絨蹭著結實的背肌，傳遞溫熱的體溫，以及氣味——那股每個人身上都帶著的、個人專屬的荷爾蒙氣味，在激情過後的早晨更加彰顯。

路子桓一手輕搖鍋柄，一手握上林勁在他身前交握的手說：「早安。」

「早。」林勁應道。

「我怕你睡得不好，所以把床單換了，也幫你稍微擦洗了一下。」路子桓摩挲著林勁的手說，「你睡得好熟，有睡好嗎？」

「嗯。」林勁低聲道，將下巴靠上路子桓肩膀，側著頭，好近好近地看著路子桓。

他原以為，自尹懷伊死後自己已被掏空，不可能再燃起愛的火苗。並非全是因為尹懷伊，更多是因為他與路子桓十八年前那樣決絕的分離，讓他只要一渴望愛就會變得失心扭曲。接著林少人出現，又再一次印證他無法控制自己索愛的慾望，反而把對方推得更遠……

全都是因為眼前這個男人。

林勁從沒想過會再次重逢的男人。

如果又是一場夢？

於是林勁什麼都沒問，只說：「你在做什麼？」

「做我們的早餐啊。」路子桓笑說。高高揚起的嘴角離林勁好近好近，就如十八年前那般。

黑色石磚的料理台上並排著兩個白色瓷盤，上頭各放了兩條培根、一點鷹嘴豆泥及切半的奶油馬鈴薯，西式早餐，油膩但令人垂涎的香氣四溢。路子桓手上的平底鍋中則是看上去軟嫩香滑的半熟蛋。

林勁感到一股飢餓，他已經很久沒有認真吃一頓早餐了，尤其還是別人特地為他做的。

「你上哪兒變出這麼多東西？」林勁笑著問。

「我叫外送送食材來的。我怕出門買回來你還沒醒，會被關在門外。」路子桓說。

「你還是這麼聰明。」林勁懷念道。

路子桓拿木匙從鍋邊挖起一口煎蛋，遞到林勁脣邊說：「你吃吃看OK嗎？」

軟軟半熟的口感在嘴裡化了開來，溫熱得恰到好處，林勁點頭道：「很好啊。」

「那就來吃吧。」

路子桓關掉爐火，熟練地將煎蛋盛盤，拿起番茄醬擠上一個太陽，端到開放式廚房的中島上。林勁家裡沒有餐桌，而是直接把備料用的中島當作吃飯的地方。

路子桓為林勁拉開椅子，讓他坐下，也在一旁坐了下來問：「你今天要忙什麼？」

林勁拿起湯匙，挖一勺馬鈴薯送進嘴裡。融化的奶油為他帶來高熱量的快感，心也跟著暖和起來。

「這幾天要跟新戲的預備人選見面，還有幾個雜誌照要拍。」林勁說。

「我送你過去。」路子桓說。

「好啊。」林勁應道，又挖一匙鷹嘴豆泥吃下，甜甜的醬料與綿密口感令人心情愉悅。

「結束後我再去接你。」路子桓說，看著一口接著一口的林勁，笑著摸摸他的頭。

「謝謝。」林勁看向路子桓，揚起笑容。

他決定什麼都不去想。

不去想路子桓為什麼回來？能待上多久？另一邊的生活呢？范晴呢？路爸爸和路媽媽呢？也不去想他們之間將會如何。林勁現在只想跟路子桓從零開始，補上十八年前未曾開始的一切。

雖然，林勁也不禁要看向放在一旁的手機，螢幕上顯示著早上10:37，早已過了林少人的航班時間。他的心好亂，一想到林少人就犯疼，只能更定眼看向路子桓，任路子桓久違的愛覆去一切。

接下來幾天，林勁與嚴苡緋開始和《小說家沒有告訴你》改編戲劇的選角會面。

這天，他們來到陽明山上一間美式餐廳。已過晚餐時間，剛結束外景的人潮聚滿餐廳裡外，工作人員忙著收拾器具，他們則占了店裡一張方桌，與這天拍攝的男主角莊禮維見面。

「……大概就是這樣。」林勁簡短作結。

莊禮維剛下戲，還沒卸妝，隱約透出的黑眼圈散著一股倦意，但神色專注，說：「我對合作很有興趣，不過我現在這齣戲才剛開拍，後面也還有計畫，最快要到暑假才能開始了。」

「沒關係，你的經紀人已經告訴我們了，」嚴苡緋說，「只要你願意接演，我們都可以等。」

莊禮維看似承受不起，左右看看林勁與嚴苡緋說：「我是很樂意……但也好奇，你們為什麼會選擇我來演尹懷伊？」

「我們覺得你是現在新一代的演員中最有潛力的。」嚴苡緋答得自然。

莊禮維露出更多疑惑，「只是這樣嗎？」

林勁接上話說：「我跟這幾年和你合作過的所有導演都談過了，他們說你工作時認真謹慎，私底下卻其實有些害羞保守。我自己從你這幾年的演出來看，確實你的戲路很廣，不怕挑戰各種角色，在表演上一點也不保守，感覺你願意為了工作突破很多自我，這樣的性格跟尹懷伊很像。而且，你真的演得非常出色。」

「林勁哥這樣說我很開心，雖然有點擔待不起……」莊禮維稍微鬆了口氣道，「圈內一直謠傳你們會啟用冥王娛樂底下的新人，所以接到聯繫時我很驚訝。」

「我們要拍的是尹懷伊的作品，當然要找最好的人。」嚴苡緋說。

林勁又打量了莊禮維一會兒，婉轉提道：「如果你的經紀公司有考量，不想讓你接演同志角色的話，我們也是可以理解。」

莊禮維聞言猛地搖頭，說：「沒有沒有沒有，經紀公司沒有反對。而且我女友還是林勁哥的超級粉絲，她說什麼角色都好，叫我一定要加入你們的劇組。」

林勁笑道：「那真要謝謝你女朋友了。我們下次約去冥王簽約吧。不好意思，今天在你這麼忙碌的時候打擾，謝謝你抽空跟我們見面。」說完便起身準備離開。

嚴苡緋也跟著起身說：「禮維，謝啦，你確定下來的話，後面我們就更放心了。」說著拍拍莊禮維的肩，「不用送了，你趕快去休息吧，下次見。」

道別莊禮維後，林勁與嚴苡緋在夜色下朝漆黑的停車場走去。山裡一入夜便呈現墨色般黑，什麼也看不見。視覺被奪去，聽覺便搶著亮起來，專注心思就能聽見各式蟲鳥夜啼。

嚴苡緋挽著林勁的手，跳著步伐說：「欸，談定了莊禮維，要不要去慶祝一下？」

「是該慶祝一下，但我等下有約了。」林勁也感到一股舒心，笑笑地說。

嚴苡緋愣道：「約？少人不是前幾天出國了嗎？」

「嗯……」林勁沒答，看向前方的停車場外，他的黑色房車已經停在路邊。路子桓瘦高的人影倚著駕駛座車門滑著手機，螢幕清白的光映上他的臉，額前金色的髮絲在黑夜中特別顯眼。

嚴苡緋沒有注意到前方的人，隨林勁走近才發現那是林勁的車，以及抬頭看向他們倆的路子桓。

「路……子桓……」嚴苡緋萬分詫異，不敢相信自己的眼睛。

「嚴苡緋，好久不見啊。」路子桓倒很鎮定。

「你怎麼……」嚴苡緋震驚得說不完話。

「我回來了，」路子桓看看林勁，露出欣慰的笑說：「回來找他。」

嚴苡緋不禁看向林勁。

林勁嘴角揚著淺笑，鬆開嚴苡緋的手，邊走向副駕駛座的車門邊對她說：「妳今天是開車來的吧？回去路上小心點，到家傳訊息給我。」

看到路子桓，嚴苡緋過度震撼，什麼都無法反應。回憶猛地闖進她腦海，她想起以前林勁總說路子桓是太陽，太過熾熱，照得人溫暖卻也渾身疼。但她更覺得路子桓是毒藥，沒有管道、沒有身分、沒有錢就買不起的，最高等的毒藥。

因為，自路子桓離開之後，林勁就像突然被迫戒斷藥癮那般，無法吃、無法睡，情緒不穩，加上在學校裡遭受的可怕對待與尖言冷語。她不可能忘記當年自己顫抖著手，在社交軟體上一字一句哭求路子桓回來，求他跟林勁說一句話。但他們倆不知為何都鐵了心，分明想念卻就此不見。

如今想來，約莫是虧欠吧？因為比海還深的歉意超越了愛，讓他們無法再次正視彼此。除非解套，否則沒有人承受得起親手葬送自己的愛情。

嚴苡緋無語地看著林勁坐進副駕駛座，那臉上依然放鬆的、更開心了的神情——彷彿時隔十八年後，他們都再一次重回了那段青澀歲月。而十八年前那個手足無措地想要幫助心愛的男孩的女孩，也像是終於得到了解脫。

深色內裝的房車裡，路子桓透過後視鏡窺視著林勁。車窗外，陰晦如墨的樹影任夜風簌簌吹動，輕刮著玻璃，在窗上留下急逝的痕跡。林勁閉眼休息，嘴角漾著淡淡笑意。一定發生了什麼好事，路子桓心想，也跟著開心。

可路子桓內心其實一直無法平靜。

他沒有一句告別就休學離去，人間蒸發了十八年後突然出現在林勁面前，林勁究竟什麼心情？路子桓一點也看不懂。見面第一天就乾柴燒起烈火，他能感覺林勁那天心裡有事，不只是他忽然現身所帶來的震撼，還有其他他不知道的事情影響著林勁，因此才會馬上對他寬衣解帶。

而林勁什麼都沒過問也令路子桓十分不解。

路子桓已經準備好坦然一切，無論林勁要生氣、埋怨，甚至最好使上全力揍他幾拳，他都接受。畢竟真要說，他就是為了償還而回來的，當然也是為了再次成為林勁身邊的那個人。可林勁毫無追究，就這樣順了他。

副駕駛座上的林勁抬手揉揉眼，看向儀表板上的電子鐘說：「已經這麼晚了啊？」

23:35。

路子桓說：「是啊，很累了吧，送你回家？還是想要再去哪裡？」

林勁肚子有點餓，因低血糖而混沌的腦袋忽地浮上奶奶白煙繚繞的小車攤，甘甜暖口的熱湯前是林少人笑著看著他的臉。

「今天是不是星期二？」林勁問。

「是啊，」路子桓點頭道，「怎麼了？」

「Vetus 沒開門……」林勁幽幽地說。剛才嚴苡緋說要慶祝，他自然就想到 Vetus，可林少人不在，去了也沒意思。他就是忽然好想見男孩一面，只要內心一飄就好想見男孩一面。

路子桓開口道：「沒想到你認識Vetus的酒保。」儘管那天在林勁家裡只是倉促一瞥，可路子桓還是認出了林少人。

林勁十分驚訝，醒了般說：「你知道少人？」

「誰？」路子桓聽見了，但他想要更確定那個名字。

「林少人，Vetus 的酒保。」林勁說。

「喔，對。其實也是陰錯陽差，我回來的那天因為時差睡不著，就去問飯店櫃檯台北有沒有鋼琴酒吧，他們推薦我 Vetus，我就去了。」路子桓瞥了林勁一眼，隨口問：「你常去嗎？」

林勁沒料到路子桓見過林少人，不知是否該誠實以對，維持著平淡說：「也不算常去，我是認識少人之後偶爾才會去。少人在那邊打工，他的主業是攝影師，我之前復出的第一組雜誌照就是他拍的。」

「你是說 Vetus 店裡貼的那張海報嗎？」路子桓問。

「對，那是當天拍的其中一組照片。」林勁答道。

路子桓記得那張海報。

白罌粟花堆裡，穿著淡粉色西裝、定睛注視著鏡頭的王子——那是一張帶著情意的照片，可能是林勁對攝影師，也可能是攝影師對林勁，總之那幅畫面裡明顯充盈著愛戀。其他人或許看不出來，但路子桓十八年前就看多了那些對林勁釋放愛意的眼。

路子桓忽地明白了什麼。

「拍得很好啊，」路子桓故作讚賞地說：「復出後的第一組雜誌照給他拍，你們一定很熟吧？」

林勁不疑有他說：「也沒有，我們是那次拍攝才認識的。」

「哦？他出現在你家裡，又幫你拍攝這麼重要的照片，我以為你們一定很熟。」

林勁這下聽出了路子桓話裡的含意，情急之下說了謊：「那天我工作太累，就請他幫我載東西回來而已。」

「你以後有事找我就好了，不必麻煩別人。」路子桓笑說，拍拍林勁放在大腿上的手。

「嗯。」林勁對謊言有些愧疚，暗暗低應一聲。

片刻，黑色房車駛進一整排灰白獨棟的社區，在林勁家門口停了下來。

時間接近零點，昏黃的街燈照在黑暗的窗台上。沒有蟲鳴鳥叫，也沒有夜歸的人聲，一切都寂靜得很。

「到了。」路子桓手離方向盤，看向林勁說：「你早點休息吧，明天一早還要工作，我把車開走，六點帶早餐來接你？」

要不就留宿下來吧？

六點太早了，我請司機載我去就好。

林勁腦袋瞬間閃過這兩種相反的回應，卻只是點了點頭說：「你別自己做，幫我買個飯糰跟豆漿就好了。」

「好，都聽你的，六點見。」路子桓鬆開搭在林勁腿上的手，就這樣放林勁回去了。

沒有一個吻，沒有煽情的舉止，林勁有些失落卻也鬆了一口氣。話說回來，他原以為路子桓會就此在他家裡住下，因為即使路子桓的舊家沒有賣掉，也已經十八年沒住人，肯定要打理一番；再加上，他們第一天見面就發生關係，住下來似乎也合乎情理。

但路子桓沒有這個意思，也沒有回家，而是住在市區裡的高級飯店。

林勁細想起來，這十足路子桓作風。路子桓是個非常克制、萬事照著計畫進行的人，不可能沒有準備，也必然會有備案。而且，路子桓是國王，除非國王開口，沒有人能對國王下令。

林勁暗自決定什麼都別提，順著路子桓。他想要相信十八年來音訊全無的路子桓現在選擇與他重逢，就不會做出傷害他的事。

林勁與路子桓道別，下了車，目送黑色房車在視線裡化為眼不可見的一顆小點，消失在黑夜中，才走上台階打開大門回家。

另一邊，黑色房車裡，路子桓將手機連接車內藍芽，打了一通電話。

「喂，我想請你幫我調查一個人。雙木林，多少的少，凡人的人。是個攝影師，可能二十五到三十歲左右，他也有在台北 Vetus 這家鋼琴酒吧打工。」

「我要知道他的所有資料、經歷、交友，還有他跟林勁有關的一切事情。」

15 相遇門司港

門司港外吹著冷冽的風。

位於日本九州正北端，面向瀨戶內海，以關門海峽與日本本島相望的門司港，在十九世紀末明治開港時期曾是日本三大港口之一，與各國的貿易往來十分頻繁。

林少人放眼望去，街上盡是洋派的歐風建築。打著名產咖哩的店家招牌上刻著細雕花紋的店名字，港風帶來海水乾澀的鹹味，撲上各國觀光客臉前寬大的帽簷，讓人幾乎感受不到身處日本的氛圍。

林少人來到九州已經過了一個禮拜。向全球徵才的攝影大師常盤聰暌違十年再次來到九州開展，就在門司港，於是實習的落腳地便也在此。然而，常盤聰相當忙碌，直到這天都仍未與通過第一階段的攝影師們會面，一直都是由助手帶領實習。

雖說是助手，幾乎也全是日本國內一等一的攝影師。他們自願加入這項企劃案，不僅是出於對常盤聰的崇敬，更是已如鷹視狼顧般瞄準這群由常盤聰團隊所精選出來的各國攝影好手。

林少人揹著背包、咬著從宿舍一樓餐廳隨手拿的火腿三明治踏進這天的實習地點時，常盤聰已經在裡頭了。

放置展覽備品的紅磚倉庫。

倉庫沒有隔間。一眼就能望盡的四面牆上，掛著一幅幅不同尺寸與風格的攝影作品。只有一點相同，就是拍的全是人像。林少人看出這是他們通過第一階段後，主辦單位要求他們補交的最好作品，如今被沖洗出來裱掛在牆上。

幾位身穿黑色大學T的年輕助手向林少人問早，以英語送上祝賀：「編號0601先生，恭喜您通過第一週的實習測試。」接著遞上一張單子，上頭印了兩個問題：

一、你覺得最好的作品編號？

二、你覺得自己的作品能得到幾分（1到10）？

林少人有些疑惑，工作人員為何說他通過第一週的實習測試？難道有人沒通過嗎？那麼，現在倉庫裡展示的應該就是通過的作品了。他很快就看見遠方牆上屬於他的那一張，Vetus 店內掛的那張海報。因為他履歷上的專業是商業攝影，於是選了為林勁拍攝那天準備萬全的內景照，而非最後在海邊臨時拍的外景照。

倉庫裡已有些人潮。匆匆一瞥，就能感到滿滿世界村的氣氛，金髮、黑髮、紅髮、甚至年邁的白髮落在一個個背對著林少人、面對著作品的身影上。每個人手上都拿著同樣一張單子，在各幅攝影作品前信步遊走。有人慎重沉思，有人輕鬆隨性，也有人緊張得左右顧盼，但無論何種樣貌，都沒有人去打擾常盤聰。因為常盤聰神情肅穆，不時皺眉駐足，無盡地搖頭，拿支筆擦擦擦地在紙上寫些什麼，氣氛凝重得讓人不敢靠近。

林少人將注意力轉回眼前的單子，逐步觀賞起牆上的作品。

雖說都是人像，但從照片主角、場景、時序到風格迥然不同。作品旁邊什麼也沒標註，無論是拍攝者的性別、國籍都全然無知。要在這麼多類型的作品中排出順序並不容易，林少人認真地觀賞，走完一圈後寫下了答案。

「填完單子請交回入口處。常盤聰老師正在為所有作品評分，結束後會講評。」門口的黑衣助手拿著大聲公宣布道。

場內沒有椅子，大家交上單子後或席地而坐或杵著發愣，林少人選了正中央不會影響到其他人觀覽任一面作品的位置，盤腿坐了下來，隔著一段距離重新欣賞所有作品。

一個多小時後，場內的人大致都坐下了，陸續響起聊天嬉鬧的話聲。林少人沒有與人交談，再次看完其他人的作品後，就一直面對著自己的那一幅，觀察其他攝影師的反應。同時，看著照片裡的林勁也能讓他的心情平緩下來——雖然不免有些落寞，關於路先生、關於程令歡，但人在異地就會特別想念遠方的美好。

常盤聰在紙上寫下數字，反貼上最後一幅作品的木框，蓋上了筆套，場內所有人便瞬間安靜下來。常盤聰接著走到其中一幅作品前面，只將這唯一一幅上面的評分紙轉了過來，10，最高分，然後再緩緩走回場地中央，與黑衣助手一陣耳語。

黑衣助手對攝影師們傳達道：「老師待會兒只會針對 7 分以上的作品和拍攝者個別講評，大家現在可以上前看自己的得分，7 分以上的人請留下，其他人請回去準備下午的實習課程，非常感謝。」

場內一陣窸窣騷動，攝影師們紛紛拍拍屁股起身，林少人沒有動作，看著所有人相繼走到自己的作品前方。他等待著，好奇那幅最高分的作品、以及其他他心裡高度評價的作品的拍攝者是什麼人。然而，遲遲沒有人走到那幅寫著10分的作品前。林少人顧盼四方，唯一和他一樣沒起身的，只剩下遠處角落一位短髮清秀的亞洲女生，她一身T恤牛仔褲，看上去十分年輕。

應該就是她了吧，林少人想著趕緊站起來，走向自己的作品。許多人都看了分數，有的默默離場，有的仍流連場內，不知都是7分以上的得主，還是像他一樣對其他攝影師也感到好奇者。實習過了一週，儘管大家每天見面，實際一起工作的情況幾乎是零，林少人與其他人保持著些微的距離。

林少人呼口氣，翻開自己作品上的評分紙，看到潦草的字跡寫著大大的「8」，這才鬆了一口氣。放下心中大石後，他注意到身後傳來細密的人聲，似乎在討論他的作品。

「不好意思……」旁邊一位金髮姊姊忽地開口道，「請問你是這幅作品的攝影師嗎？」

林少人點點頭。

金髮姊姊指向身後四、五位成群的攝影師說：「我們很好奇你這張照片是商業攝影還是私人作品？」

「是跟雜誌合作的商業攝影。」林少人答道。

「看吧！」

「我說對了！」

後方一陣討論，接著一位亞洲男孩出聲說：「你的模特兒好厲害，你一定超過7分吧？」

金髮姊姊搶著接話：「他的意思是你的構圖也很厲害，跟模特兒搭配得剛剛好。」

「對、對，我是這個意思，我原本以為最高分會是你。」亞洲男孩趕忙解釋。

「你們過獎了，我覺得很多都很厲害，像是……」林少人轉向場內另一幅作品說：「那張老太太的照片就好棒。」

「老太太，那是她拍的！」亞洲男孩馬上指向身旁一位看上去嫻靜羞澀的棕髮女孩。

女孩紅唇似揚非揚，禮貌地點點頭。

「和我們一起等吧？」金髮姊姊向林少人提議道，偏過頭瞥瞥其他人說：「我們也都是7分以上。」

後頭一位身材魁梧、單眼皮的韓裔大叔馬上向林少人伸出手，朗聲道：「你好啊，我是金民俊。」

「Eva Garcia。」金髮姊姊，美國人，7分。

「Fayola。」亞洲男孩，泰國人，7分。

「Monika Meyer。」棕髮女孩，奧地利人，9分。

「我是林少人，來自台灣。」林少人回握金民俊的手說。

短暫的相互介紹後，場內僅剩寥寥十餘人。常盤聰第一個便與那位滿分得主的短髮亞洲女子講評。女子的攝影作品是張黑白照，聚焦在中央一名看上去剛出生的嬰兒，僅有雙手足以捧起的大小，身上還沾著少許血絲，沒有啼哭，模樣十分安詳。林少人直覺嗅到一股近似死亡的氣息，他一邊遠遠觀察常盤聰與女子的對話，一邊聆聽身旁這群過關組攝影師的閒聊。

顯然是人群中心的金髮姊姊 Eva 問棕髮女孩：「Monika 的作品，拍的是妳奶奶嗎？」

Monika 點點頭說：「對，不過她已經過世了。」

「啊，真抱歉。」Eva急忙道。

「沒關係，奶奶已經過世好幾年了，那是我好幾年前拍的了。」Monika 靦腆笑道：「奶奶是我攝影的啟蒙。她經歷過世界大戰，又是女孩子，根本沒有學習的機會。但是她非常喜歡畫畫，在路上看到風景或是別人的畫作，回家就憑記憶畫下來。後來奶奶與爺爺結婚時沒拿聘禮，爺爺就送給她一台相機。從此奶奶也不畫畫了，盡是拍照。所以我一得知通過第一階段的甄選，就很想拿這張照片來紀念愛拍照的奶奶。」

Monika 的作品是她奶奶面對陽光、坐在藤椅上的背影，外頭是清閒無人的午後巷弄。雖說是照片，構圖及色彩儼然就是張歐風水彩畫。

「這麼年輕就拍得這麼棒，妳太厲害了！」金民俊不可置信地讚揚，接著看向自己的作品。那是一幅斑馬線上洶湧人潮中的女孩回眸照。他說：「你們不要看我這副模樣，我其實很孤僻，沒朋友，相機就是我最好的朋友。所以，工作之餘我沒事就上街拍照，一拍也三十年了，還是沒朋友。」說完自娛自樂地哈哈大笑。

「所以你照片裡那個女孩只是陌生人嗎？」Eva 問。

金民俊開朗的神色倏地轉為羞赧，摸摸後腦勺說：「當時是陌生人，但現在是我太太了。」

「哇，這是攝影情緣啊！」亞洲男孩 Fayola 投入地鼓掌，轉向林少人問：「你呢？你照片裡那位大帥哥應該是你們國家很熱門的模特兒吧？」

林少人沒料到會被提問，反射應道：「嗯，不過他主要在演戲，同時也作模特兒。」

「如果侷限在商業攝影的話，這肯定要拿第一的。」Monika 在一旁自言自語地說。

這時，常盤聰與助手們一同走近，黑衣助手以大聲公喚道：「0601，來自台灣的林少人先生，請到您的作品前接受講評。」

「是我，我就是林少人。」林少人舉手道。一旁的大夥兒輕聲鼓勵，齊身退到了遠方，將空間留給要講評的常盤聰老師與林少人。

8分，應該是不錯的成績了吧？林少人默默心想，但見常盤聰沒有落下肅穆的神色，虎視般的眼神令人生畏。林少人不禁在心裡打了個冷顫，也有些緊張張照新是否跟常盤聰提起過他，主動問候道：

「常盤老師您好，我是林少人。」

「0601……」常盤聰只瞥了林少人一眼，視線又回到照片上，沉沉開口說：「原來是你啊，跟想像中不太一樣。你這幅作品非常自傲，兩百分的模特兒，兩百分的構圖，兩百分的色彩表現，自傲到我看了都眼睛疼。」常盤聰說著轉向林少人問：「那你知道你為什麼只得到8分嗎？」

只，常盤聰用了這個字，就代表他的作品還完全進不了大師的眼。林少人反而緩下了緊張，有些大膽地說：「是因為太過完美嗎？」

這個答案顯然勾動了常盤聰的心。常盤聰睨起眼，凝神來回再看林少人與他的作品，應道：「對。其實我一般都鼓勵學生努力追求完美，但你卻像是被完美綁架了。明明應該是很自由的東西，成了你的緊箍咒，反噬了你的能力。你很害怕達不到完美，這幅作品顯現出你的恐懼。」常盤聰看向林少人問：「為什麼？真正讓你害怕的是什麼？」

林少人頓時愣住。他害怕的東西太多了，比如過去、比如與人交際、比如愛，他覺得自己能舉上一百種答案，卻思索不出常盤聰想知道的答案是哪一個。

常盤聰嘆口氣道：「你不必這麼害怕。你看，最漂亮的五官搭起來也不會是最漂亮的人吧？所以，世人認定的完美，需要一個很重要的前提，就是能夠引人共鳴，讓人親近。我問你，你是用什麼在評判美？」

眼睛？不對，這答案太簡單了，林少人答道：「心？」

「沒錯。所以，首先你要交出你的心。」常盤聰暗下瞥了林少人幾眼，又問：「那你知道，天主教說每個人生下來都帶有什麼嗎？」

林少人這下肯定常盤聰一定從張照新那裡得知了什麼，低聲回道：「罪……」

「對，」常盤聰的神情終於放鬆下來，說：「你為了掩飾你身上的罪，努力得很誇張，想把一切都做到最好。可是啊，我覺得，傷痕並不醜。活在這世間，誰的心上沒有一道傷痕？但你知道你有什麼別人沒有的能力嗎？」

「別人沒有的……能力？」林少人怔怔重複道。

「對，你有能力把人心上的那些傷，畫成最美的圖案。」常盤聰說，「因為你比任何人都懂，也能比任何人都更溫柔地去碰觸那些傷。你只需要鬆開你的心，讓拍攝對象看到更多的你，與他們產生連結。這樣做，你也才能真正碰觸到他們心上的傷，真正幫助到他們。」

「像我這樣的人……也可以嗎？」林少人反射地脫口而出。

常盤聰看向牆上聚滿燦白花束的照片說：「雖然還差那麼一點點，但這幅作品已經證明了你可以。」常盤聰邊說邊露出了這個早晨的第一抹微笑，拍拍林少人的肩道：「０６０１，你一定能為你的模特兒拍出更好的照片，加油了。」

隨著常盤聰的視線，林少人看向自己的作品。照片裡的林勁此刻也依然微笑著眼，專注地，只注視著他。

16　分手的決心

時間飛逝，一晃眼，為期三週的實習生活已到尾聲。

最後一天午後，所有攝影師及工作人員一同在紅磚倉庫外ＢＢＱ，展開別離的盛宴。半年後，他們之中將有五名幸運兒將再次回到這個國度，加入企劃案的行列，但其他多數人會就此分別，難有重逢的機會。他們曾在日本南方這個洋派小港上相遇的事情，很快就將被現實沖淡而不再鮮明，成為無數回憶裡一顆珍貴的寶石，拿出來看才會閃耀餘光。

晚冬的傍晚天色未暗，灰藍中帶著一絲白，太陽的尾巴折射在雲層上，映出火燒般的光芒。林少人在廣場上與大夥兒席地而坐，一旁幾組喇叭連接手機，播放著不知哪國的流行歌曲。來自中東的攝影師穿著色彩鮮豔的紗裙，與日本工作人員手搭手跳起舞來。陽光灑在身上，驅走了寒涼，帶來一股入夜前少有的暖意。

大夥兒閒散地聊著天，已不見實習時的認真模樣，有人喝起酒來，提前進入盛宴的高潮。林少人分心地看著手機上的通訊軟體，最上頭唯一一個標註了星號的對話串，已經整整三個禮拜沒有新訊息。他沒有聯繫林勁，林勁也沒聯繫他。但這很正常吧？林少人心想。他在海外實習，林勁又忙著新戲，那麼路先生呢？他跟林勁怎麼樣了？林少人之前一直專注在實習之中，無暇分神，現在一下要回歸原本的生活，所有煩心事也跟著回來了。

了。」

Fayola搖晃手上印著櫻花圖案的啤酒罐，望天嘆道：「再見了，日本，下次不知道什麼時候才會再來了。」

Eva從後頭推推Fayola肩膀說：「還沒結束耶，現在才要開始進入決選啊！」

接下來的兩個月內，所有通過第一階段的攝影師要再交出決選作品，必須是新拍的照片。常盤聰的團隊會依此選出最後五名優勝者，全部決選作品也將在幾個國家同步展出並舉辦頒獎典禮，包括與日本友好的台灣。

Fayola更仰頭看向Eva說：「我是絕對不可能的啦！回泰國之後要工作養家，兩個月內有時間去拍照就不錯了，不可能拍出夠格參加決選的作品，我看我直接放棄吧。」

「養家，你結婚了？」總是安靜的Monika問。

Fayola談話舉止都十分年輕，且一臉稚氣，看上去只有二十歲出頭。

「是啊，我都有兩個小孩啦，來來來，給你們看照片。」Fayola翻出手機相簿，裡頭滿滿的小孩照，圓嘟嘟的小臉十分逗趣。

「天哪，太懷念了，這是最可愛的時期啊！」金民俊激動道。

「金大哥也有小孩嗎？」Eva好奇一問。

「有啊，但已經長大了，都去外地讀書了。」金民俊感嘆地說，又打起精神道：「所以，我會卯足全力準備決選的！」

一旁的Monika細細笑了起來，說：「我們又要成為競爭對手了呢。」

「是啊，最後一天的夥伴，不如就來拍張合照吧！」金民俊接著提議。

「好啊，來拍來拍！」Fayola 積極應道，卻疑惑了：「可是……該由誰來拍好呢？」

一行攝影師這下你看我我看你，面面相覷起來。

「我來拍吧。」

忽地一個聲音傳來。在第一週的評選上得到10分的亞洲短髮女子看著他們說。

過去三週的實習裡，女子鮮少與人交談，沉默得令人畏懼；再加上她技法高超，不免讓人保持距離。因此看到她出現在此，大夥兒著實都嚇了一跳。

「哇……好啊，太好了，那就麻煩妳了。」Fayola 將相機遞給女子。

女子明快地看進相機的觀景窗，馬上換了個人似的，咧嘴而笑，手比愛心，活潑地帶領大家拍下了合照。拍完，她即刻卸下笑容，將相機交還 Fayola 便轉身離去。

林少人眼看是最後機會，起身追了上去，喚道：「星野玲西小姐！」

林少人幾次在宿舍大廳聽到櫃檯人員說她名字，儘管不太確定，還是依著印象喊了出來。

星野玲西回過頭，詫異有人喚她。

林少人疾步走到星野身旁，說：「我是來自台灣的林少人，可以跟妳聊聊嗎？」

星野的神情很快恢復平靜，點點頭，沒再多言就兀自往倉庫一側的牆邊走去，最後在有遮陰的石椅上坐了下來，拍拍椅身，示意林少人坐她旁邊。

「這麼唐突，真是不好意思。」林少人自覺失禮地說。

「不會唐突，」星野搖頭道，「我也一直很想跟你聊聊，但你總是待在人群裡。」

林少人有些驚訝，「妳說想跟我聊聊是……」

「第一週評選的攝影作品，不是一直掛在倉庫裡嗎？我每次經過，都會看到你在那邊看著自己的作品，看上很久很久，很滿足的樣子。」星野低下頭，任白色布鞋磨損的鞋底擦擦擦地踢著地面說：「我沒辦法像你那樣看我自己的作品，所以很好奇你到底在看什麼？有一天，你離開之後，我就去你的作品前面，學你那樣一直看。」

「呃……我有那樣嗎？」林少人難為情地問。

「有！而且看得好專注。」星野點頭道，語氣昂揚了起來，「你的作品色彩濃烈，模特兒的目光又緊盯著觀者，讓人無法移開視線，感覺被一股很強烈的情感包圍，彷彿那個華美又精緻的世界裡只剩下觀者與模特兒兩個人。可是，其實只要再細想下去，就會領悟那個世界裡，從頭到尾就只有攝影師跟模特兒兩個人而已。」星野說著停頓了下來，嘆道：「你和你的模特兒擁有彼此，而且也只注視著彼此，這份專屬感太令人羨慕。」

林少人摸摸頭，有些遲疑地說：「攝影師跟模特兒不都是如此嗎？」

星野搖頭說：「沒有啊，很多時候攝影師根本不必跟模特兒互動的，像是金民俊、Monika和我的作品，攝影師都只是在捕捉一個時機，模特兒也只是畫面裡的一個元素而已。」

「可是你們那樣更厲害吧？單憑一個人所思就能構築出接近完美的畫面。」林少人說。

星野輕笑道：「才沒呢，掌握自己比掌握別人容易啊。像我這樣不善交際的人，完全無法掌握模特兒。」

「我也很不擅長交際。」林少人應道，「而且，話雖這麼說，妳的作品在第一週的評選上得到了最高分。」

「嗯……或許是因為有祂在保佑我吧。」星野仰頭，望向逐漸變得靛藍的天色。名為藍的漸層在天空拉出一整片帷幕。雲層更遠了，似棉花被小手一絲絲地撕開，顯露出擬態的灰白色月亮的一角。

「誰在保佑妳？」林少人看向星野。少女的臉龐綻放一抹世故的微笑。

「我來不及出生的孩子。」星野說，眼裡似星辰一閃一閃，「那張照片裡的嬰兒，是我還未出生就死去的孩子。」

「對不起，我不知道這些事。」林少人趕緊道歉。

「沒關係。年輕的時候，總會犯下一些錯吧？我從小只會拍照，完全不讀書，就是個到處鬼混的不良少女。連孩子的父親是誰都不知道。明明懷孕了，還上山下海到處去，一點都沒把祂放在心上。或許祂發現我不是個好媽媽，就離開我了。」星野邊說邊牽動嘴角，努力微微低揚。

林少人被星野的話憶起了自己破碎的家庭，默默無語，也跟著望向天邊倒掛的白月。

星野緩和下氣氛說：「不過，我已經振作起來了！從那之後我就改頭換面，決心好好活著，做我唯一能做的事，」她舉起雙手，在面前比了個拿相機拍照的動作，「攝影！所以我現在才會在這裡啊。」

「我好像能懂……」林少人兀白回想著說，頓了頓又補上道：「我年輕的時候也犯過大錯，後來每年生日，我的第一個願望就是好好活下去，活著贖罪，或許這就是我唯一能做的事情了吧。」

星野看向林少人說：「雖然不知道你犯過什麼錯，但是，相信我，你能做的事情多得多了！像是，夏天的時候，我們再在這裡見面吧！」

林少人遲疑地看向了星野。老實說，他對決選一點信心也沒有，他肯定處處透露著天才氣息的星野一定能通過決選，但是他自己呢？張照新要他從心生出美，常盤聰要他交出自己，與人連結，對他來說都好困難。他的心很黑暗，人也沾滿了鮮血。

星野偏過頭說：「你不會是沒有信心吧？第一週的評選我可是給了你最高分呢。」

星野直接且毫不保留的讚美讓林少人忽地就想起了誰，那個他誓言要為他成為更好攝影師的人。

星野撇撇嘴說：「常盤聽那個老傢伙，竟然只給你8分？我都要替你抱不平了。他說你那幅作品哪裡不好？」

「他說我一心只想追求完美，沒有放開自己的心。」林少人應道。

「哈哈哈哈哈，」星野倏地朗聲大笑，「要瘋了，誰能隨隨便便就做到完美？他是故意要打擊你，想看你還能拍得多好吧。你那張照片大家早傳遍了，大家都對你的新作很期待呢。」說完，星野向林少人伸出了手，「答應我，你一定會再回來這裡。」

林少人猶豫須臾，鬆緩下怯怯，握上星野的手說：「好，就這麼約定了。」

沁涼也溫暖，曾與母親這個身分擦身而過的手，不管怎麼觸摸都是少女的柔嫩。林少人深深意識到自己與星野都曾毀掉過相同的什麼，在不可切斷的血緣關係裡，下手一次屠殺，而這應該就是他第一次看到星野作品時所感受到的死亡氣息了。

「你們在約定什麼啊？」Eva 的聲音遠遠地從廣場上傳來。

一旁的 Fayola 也大聲朝星野說：「原來妳也是很爽朗的嘛！」

星野的嘴角自在地揚起，看向林少人說：「那是因為少人的作品實在太厲害了。」

「就是啊，」金民俊同意道，走近他們身邊說：「大家都想去預約少人的模特兒了。」

林少人偏過頭笑道：「你們別打他主意。」

落後大夥兒一步的 Monika 也微笑走上前，定定下了結論：「夏天，我們再在這裡相會吧。」

「沒問題！」

「嗯。」

「Fighting！」

傍晚的風帶上港口的鹹澀，從船隻來去的碼頭一路吹上石子地磚的廣場，鑽入亮起夜燈的紅磚倉庫，躲進被保暖衣物烘得溫熱的身體。離別若有溫度，林少人從沒想過會是此般熱切。大夥兒手搭著手，心知沒有可能，仍同聲預約好下一次相會。畢竟，只要持續按下快門，不管在哪裡，總有一天會再相見。

■

飛機告別紅日，從平流層滑入黑夜之中。熟悉的城市上空飄著瀟瀟細雨，無聲地打上機窗。

林少人拉起白色窗板，伸手觸上冰冷的窗框，向下俯視。底下是閃著點點燈火的家鄉。他輕撫著懷裡的相機，螢幕上是先前去花蓮時，他一早與林勁上山拍的照片。

眼下，深黑的、樂高玩具般大小的建築、街道、船隻、車子一字排開，就連鄉間水塘都清楚可見。小車子緩緩移動，大飛機也彷彿跟著緩緩移動。林少人轉回視線，看向照片裡笑眼盛放的男人，心事重重。

三週前前往日本的前一天，他因為捨棄不下良知而拒絕了林勁，結果被路先生捷足先登。後悔，這兩個字時隔多日再次浮上林少人腦海。目睹鮮血湧出的後悔，目睹林勁被別人擁抱的後悔，接著便是殺意。

林少人甩甩頭，揉揉眼，向空服員又要了杯水，試圖沖淡這駭人的思緒。

片刻後，一陣轟隆震動，機輪碰上機場跑道的瞬間，林少人手上的手機螢幕亮了起來。一行訊息寫著：「Baby，歡迎回國♥」他關上手機畫面，揹上手提行李，沒入等待下機的人群之中。

過海關，等行李，沒有起伏的長扶梯將林少人一步步送進國門。出關時已過深夜十一點，閘門外的旅客與等待的親友零星可數。林少人沒有與誰約好，拉著行李箱，默默就朝機場捷運的方向走去，這時間還有車能搭。

「少人！」忽地，熟悉的聲音傳來，劃破寂靜的機場大廳。程令歡來了。

林少人並不非常吃驚，卻仍木然，因為過去三週他幾乎沒有與程令歡聯繫。並非刻意，就是忙碌與逃避同時使然而已。

程令歡一身休閒服，明顯是從家裡特地出門的模樣，快步奔向林少人，親密地挽上他的手說：「Surprise！有沒有嚇一跳啊？」

「嗯，很驚喜。」林少人趕緊應道。然而，隨著驚喜而來的卻是強烈的愧疚感，因為直到剛才，他整顆心裡想的都是林勁，煩惱是否該主動傳個回國訊息，又不確定傳了之後該如何應對。總之，只要想到林勁，林少人腦海就完全容不下其他東西。

「我開車來的，載你回去吧，攝影師大人。」程令歡緊摟著林少人的手，笑盈盈地拉著他走往停車場。

一坐上熟悉的車裡，林少人馬上感到一股倦意。一來他在九州時幾乎毫無歇息，一天十幾個小時腦袋都在運轉，不僅眼睛疲勞，感知也乏了；二來程令歡的出現讓他必須強制趕走心裡的林勁。不能再思考那個男人的事情，他一下子便放鬆了下來，疲倦感也跟著湧上。

程令歡見林少人頻頻揉眼，遞上外套說：「你睡一下吧，到家再叫你。」

「謝謝。」林少人朦朧地接過外套，憶起以前還在獄裡時，晚上作噩夢睡不著，典獄長會特許程令歡跟他通電話。聽著程令歡的聲音，他也就慢慢能夠入睡了，因此，此刻程令歡的聲音也似一道催眠之咒，即刻就讓他墜入了夢鄉。

告別舊屋外的海色，通往山上的小徑是一片一眼望不盡的芒草。林少人踏著未知的步伐，拿著相機跟在林勁身後一小段距離，喀擦喀擦地記錄著這一刻的山色。滿目蒼茫，萬鳥失蹤，不聞蟲鳴，只有隨著冬風自海邊帶來鹹澀的氣味，襲上整座芒草山谷。他們腳下也沒有所謂的路，僅由天上直射的太陽與遠方廣漠的海水指引方向。林勁對這荒山很熟似的，偶爾回眸笑笑，像是在關心林少人有無跟上，便又自在地快步走向前。

須臾，芒草漸矮，少許蔥綠進入眼簾。林少人邁步追上林勁，與之並肩而行，一邊持續按著快門。

「你靠得太近了。」林勁深粉色的脣角高昂，伸手揮揮要林少人退遠一點。

「你讓我拍幾個特寫就好。」林少人稍微停下，穩住腳步又一陣連拍。

「我沒上妝，你不要靠這麼近。」林勁斜眼睨向林少人說。

「沒關係，我比較喜歡這樣的你。」林少人按著快門，直覺就脫口而出。他馬上意識到自己的突兀，竟把心裡所想說了出來。但林勁僅瞥了他一眼，便沒事般地繼續往前走，腳步越來越快，轉眼已到山頂。頂上是一望無際的青綠草地。

林勁的步伐更快了，幾乎在草地上小跑步起來。

林少人沒有跟上，而是遠遠地拍著林勁越來越小、直到躺上草地而消失在觀景窗裡的身影。接著，他信步朝那個方向走去，也在林勁身旁躺了下來。

一切都消失了。

風消失了。雲消失了。海消失了。只剩下眼前時時燃燒著，令人備感溫暖的太陽，與身邊伸手就能觸及的，喜歡的人。比起一起關在密閉房車裡，或者握著手躺在身旁，此刻遼闊的天地間沒有任何阻擋與限制，彷彿只屬於他們倆，不可能存在的時間。

林少人偏過頭看向林勁。

俊美的側臉雙眼輕閉，像是在感受著什麼。

「你有想過遇到下一個人嗎？」林少人沒來由地脫口就問。

林勁笑了起來，露出深深酒窩，仍閉著眼說：「有啊。」

「如果下一個人出現，你會跟他在一起嗎？」林少人再問。

細密的睫毛輕輕眨動，林勁蹙起眉頭說：「可是他已經有對象了。」

林少人感覺胸口有什麼東西猛地鬆開，怕落到地上會碎裂扎人，然而卻化成了水，擴成一灘。

「那……如果他分手的話，你會想跟他在一起嗎？」林少人說著轉開了視線，不敢聞答。

但林勁睜開了眼，側過頭面向林少人。深邃的眼裡不見一絲閃爍，誘人的唇瓣微開。

林少人後悔了，想伸手覆上林勁的脣要他別答，已來不及。

「當然想。」林勁說。

「少人，到家了喔。」程令歡模糊的聲音傳來。

黑幕似蒼鷹掠過草地，一瞬就帶走林少人眼前的整片青綠。

林少人醒了，已過半夜零點，車窗外一片深黑。他揉揉眼，拿起背包說：「謝謝，那我回去了。妳回家路上小心點，到家跟我說一聲。」說完，他拉開門把要走，但車門上了鎖，打不開。

林少人轉向程令歡說：「妳忘了開鎖了。」

程令歡的眼神有些飄忽，又轉而盯向儀表板，語氣平和地說：「你之前說回國就要告訴我的事，是什麼？」

林少人沒料到這一句，卻覺得程令歡僅是一提，便說：「下次再說吧，現在已經很晚——」

「我現在就要知道。」程令歡打斷道，話聲急促卻克制，情緒已然轉變。

林少人放下背包，思考是否現在就要向程令歡攤牌。

程令歡兀自說了起來：「我去問了N台，他們說之前根本沒有去花蓮拍外景，還說你檔期很滿都敲不到。我不相信你會騙我，所以又去問了周大哥，他支支吾吾講不出個所以然，只一直要我別生氣。」程令歡說著看向林少人問：「你到底去幹嘛了，為什麼要騙我？」

林少人腦子糾結成一團。

他必須跟程令歡分手，且時機已到，可他沒想到要說出那幾個字這麼困難。正愁煩時，他手上的手機螢幕亮了起來，一則來自林勁的訊息：

00:19　到家了嗎？歡迎回來，早點休息，再聊。

「是他嗎？」程令歡問。

「誰？」林少人不覺得程令歡有看到訊息上的人名。

「林勁啊，是他吧？」程令歡說著手伸了過去，放上林少人大腿，語氣緩和下來說：「你是陪林勁出去嗎？這有什麼好隱瞞的？緋姊之前說你們很常聯繫，我還覺得怎麼可能，林勁那麼忙。」熟悉的手感在林少人的卡其色休閒褲上細細摩娑，帶起一陣燥熱，程令歡更柔聲說：「我一直都很相信你的啊。我知道，你們那行交際很重要，何況那是林勁，如果能得到他的青睞，對工作肯定很有幫助。可是，大家都知道的嘛……林勁是同志，他喜歡男生耶，像這樣一回國就傳訊息給你，我當然會擔憂啊。」

林少人覆上程令歡的手，輕輕移下他大腿。

是時候了。

林少人說：「對，我是陪林勁出去沒錯，因為我喜歡上他了。」

「喜……」程令歡甚至說不完這個詞，一雙大眼瞪大，紅脣綻開，愣著看向林少人。

「對不——」

啪地一聲，林少人道歉還沒說完，程令歡已經一巴掌打上他的臉。沉重的一聲響，讓他別過頭去，啐出一絲血。

「對不起，」林少人側著臉，緩聲將話說完，「對不起，我知道我不該喜歡上他，也不該離開妳，但我不想再欺騙自己，也不能再欺騙妳，所以……」

「下車……」程令歡低聲說，渾身顫抖起來，「你給我下車！」說完大力解鎖車門。

林少人慚愧也難受，女友憤恨的餘溫在他臉上熾熱地燒著。程令歡別過頭去，望向黑夜裡的一片空無。林少人心知無法繼續，默默拿了行李，沒再多說便關門離去。

片刻後，連幢電梯公寓的六樓邊間亮起了燈。這萬戶皆眠的時刻，一點光亮就能傳得很遠。日光燈清白的光被距離削弱，遠遠映在樓下車子的擋風玻璃上，滲進女孩獨處的空寂密室裡。晚冬的凌晨很冷，即使被密室鎖住也不怕讓熱度悶死，程令歡雙手搭在方向盤上，無助地低泣起來。

17 四人交鋒

淡雅的玫瑰花香盈滿車內。

林勁在副駕駛座上滑手機。通訊軟體上他與林少人的對話串，還停留在幾天前最後的兩則訊息。

2/9 00:19　到家了嗎？歡迎回來，早點休息，再聊。

2/9 01:34　剛整理完，你快睡吧，晚安。

「這幾天有空見個面——」倒退倒退倒退，林勁按下叉叉一一刪去文字。

「實習有沒有什麼有趣的——」倒退倒退倒退，又一一按下叉叉。

林勁雙手飛快地在手機上打字，刪去，打字，又刪去，反覆好幾回，就是無法決定該送出哪一句。

一旁的路子桓打著方向盤問：「你還想去哪裡嗎？明天不必工作，今天可以待晚一點。」

林勁看看時間，21:48，以夜生活來說算早，酒吧應該都還有位置。他今晚想喝點酒，整理心情放鬆一下，但這幾年台北酒吧關關倒倒，復出後他只去過 Vetus，更不用說路子桓根本半個美國人，不會知道哪裡有適合他們現身的酒吧。

該去 Vetus 嗎？林勁心想，在這種特殊節日偕同男性一起出現，被拍到肯定要上新聞。他瞥瞥身旁的路子桓，無法下決定。他其實很想見林少人一面，但又覺得林少人可能去約會了不會上班。

「要去 Vetus 嗎？」路子桓忽地問，「上次周老闆很熱情，邀請我一定要再去。」

「好啊。」林勁隨口應道，停下打字的手，慶幸路子桓幫他作了決定。

「叮鈴——」，風鈴幾聲輕響，路子桓推開 Vetus 的門，讓林勁先進去。剛過晚上十點，店裡已有些人潮，大桌都占滿了，僅剩吧台前最後幾個位子。林少人從德布西桌上完酒，匆匆回到吧台時送上一句「歡迎光臨」，就發現來客竟是林勁與路先生。

「路先生！」周毅凡從後頭愉悅地打招呼，走到吧台前，「你真的來了。不好意思，今天客人很多，坐這邊可以嗎？」

路子桓看看林勁。林勁摘下黑色鴨舌帽，身穿米白色大學T、淺色牛仔褲，與螢幕上十分不同的輕鬆打扮。路子桓向著林勁問：「會不會太多人了？」

「沒關係，都來了。」林勁笑道，走到吧台前入座。

周毅凡看到林勁，一時反應不過來，碎碎地說：「林勁……也來了啊，那我們先放上客滿的看板吧。少人，你去外面看板寫一下今日客滿！」

林勁急忙阻止道：「沒關係，周大哥你不用刻意。」

「有關係、有關係，你跟路先生都來了，當然要好好招呼一下。」周毅凡邊說邊幫路子桓拉開椅子，問：「路先生跟林勁認識？」

路子桓坐上吧台高椅，默默瞥了一眼朝外頭走去的林少人，又轉回林勁說：「嗯，他就是我回國要找的人。」

「什……麼？」周毅凡左右看看林勁與路子桓，內心升起一股不太妙的預感。

路子桓笑笑，輕拍周毅凡肩膀說：「今天沒有要你請客，一定幫你們多做點業績。先來兩杯長濱蒸餾所 AMAHAGAN 的山櫻桶，純飲。」

「好、好，馬上來。」周毅凡滿心疑惑地回到吧台，見林少人正從外面回來，便把備酒的工作交給林少人，試探地與桌前兩人聊起來：「所以……路先生跟林勁是高中同學？」

「是啊，這樣一想，我們認識都快二十年了。」路子桓看向林勁說。二十年，這麼長，他懊悔自己竟然放任其中十八年平白溜去，落得這天必須在台北狹隘的、不上道的鋼琴酒吧裡和可能的情敵面對面，分享他與林勁的第一個情人節。

「別提了，說得我們好老。」林勁笑道。看到林少人令他有些開心，難掩喜悅。

「但你還是跟當年一樣啊。」路子桓說，再次瞥向吧台裡的林少人。

林少人沒有漏看這敵視的一眼，拿出 AMAHAGAN 山櫻桶放上吧台，介紹道：「長濱蒸餾所出產的山櫻威士忌，口感豐富，帶了一點陳皮與黑糖的甜味，麥芽及山櫻木的香氣也十分濃郁，是一支非常精緻的酒。」說完，將淡琥珀色的酒飲倒入鬱金香小杯，分別遞向路子桓及林勁。

「謝謝。」林勁接過酒，直盯著林少人想搭話，但林少人又繼續備起別桌的酒，他找不到空隙。

唯一不在這三人弔詭關係裡的周毅凡好奇道：「你們這麼久不見，再見面是什麼感覺？能跟以前一樣嗎？」

「當然不可能完全一樣，不然中間這麼多年都白過了。」路子桓笑道，換上正色說：「但一個人的本質是不會變的。越年輕的時候呈現出來的人格特質越接近本質，在那個時候相合的朋友，本質上就是相合的。你想想，小時候的情誼通常都可以維持很久，出社會後卻越來越困難，就是這個道理。」

「好像真是如此……」周毅凡聽得一愣一愣，一下就被說動。

路子桓接著說：「所以悲觀點來看，小時候如果走歪，比如經常偷竊、做真正的壞事、甚至被判刑的小孩，長大後大多很難走向正軌。這多少和本質有點關係。」

周毅凡默默點著頭，不意看到一旁的林少人，馬上轉了態度說：「好像也不能──」

「也不能完全這樣講。」林勁接道，「每個人出生的環境不同，得到的資源也差很多，可長大後都是靠自己了，也是有很多改過向善、努力生活的人。我覺得看一個人，本質跟當下都很重要。」

「對，你說得都對。」路子桓以充滿愛意的眼神直注視著林勁說：「你從以前就這麼會為人著想。」

「我可差得遠了。」林勁嘆道。每次聽到這種讚美，他就不禁要想起死去的尹懷伊。林勁想趕快結束這話題，於是轉向林少人問：「少人今天怎麼沒去約會？」他心知這個問題很魯莽，但自從他進店後林少人就沒看他幾眼，即使魯莽他也要取得林少人的注意。

而林少人在逃避的並非林勁，其實是林勁身旁的路子桓。可這個問題確實抓住了林少人的心神，他回過頭看向林勁，這時──

「不好意思……」一個怯怯的女聲從他們身後傳來，「請問你是林勁嗎？」

林勁、路子桓、林少人、周毅凡四人同時抬頭看去，三個約莫二十出頭的女孩子不好意思地推擠著，其中一個大眼鬈髮的女孩開口道：「請問你可以幫我們簽──」

「不好意思，」路子桓站起身，帶著和善的笑容說：「現在是林勁的私人時間，如果他幫妳們簽了名，等下說不定就有人要來排隊了。妳們可以理解吧？所以不好意思，恕我幫他婉拒。」

林勁推推路子桓肩膀，跟著起身說：「謝謝妳們。簽名就留到以後公開活動的時候再簽吧，謝謝。」與林勁對話一句顯然超越獲得簽名的喜悅，三位年輕女孩飄飄然地離開了。

路子桓鬆口氣，坐回位子對林勁說：「她們不會生氣吧？不會影響到你的形象吧？」

「當然不會。」林勁看著路子桓，忽然有些感慨。路子桓直率大器又情深似海，自己很有可能會被打動。林勁不禁又要看向林少人。

林少人的目光也在路子桓身上，心裡想著跟林勁一樣的事：路子桓對林勁百般呵護，林勁一定會被打動。

一旁的周毅凡對眼前三人之間流動的暗情毫無所覺，開玩笑道：「路先生好帥喔，反應這麼快，要不要考慮來我們這裡工作？」

「我時薪很貴的喔。」路子桓也回以玩笑。

「他還很會做菜。」林勁補充說。

「還會彈琴。」路子桓自己追加道，笑了出來。

「我怎麼有種老闆這個位置也該讓路先生來做的感覺啊……」周毅凡順著場面說話，也跟著笑起來。

吧台裡，林少人默默清洗著酒杯，在心裡消化著他與路子桓本質上的天差地遠。路子桓出身醫生世家，在美國從醫，雖然離婚還有一個女兒，但無論社會地位或財富權力都跟他完全不在同個檔次，更別說路子桓是林勁的初戀情人，這關係哪裡有他能插手的位置？

周毅凡瞥見林少人神色黯然，刻意轉道：「哎呀，路先生太優秀了，我擔待不起。我有少人就夠了。

少人會調酒、會做菜，還是未來的攝影大師呢！」

林勁逮到機會，馬上接著問：「少人去九州實習有趣嗎？還是很辛苦？」

選擇題比論述題容易回答。

林少人這下終於實實在在地看向了林勁，說：「滿辛苦的，不過認識了來自世界各國的攝影師，所以也很有收穫。」

「那常盤聰呢？跟崇拜的大師一起工作，一定很棒吧？」林勁追著問，向林少人投以熱烈的眼神。

林少人捱不住那眼神，更不明白林勁心思何在。他去日本實習之前，林勁確實對他釋放明確的好感，甚至要他抱他。可他錯過了時機。眼下林勁身旁坐著的，談話、分享著氣息，無聲地對所有人宣告的都是路子桓。那麼這灼人的視線又是什麼？

林少人垂下眼，一邊整理著桌面也一邊憶起了常盤聰給他的建言，答道：「常盤聰本人確實令人敬佩，能從一張照片就看出很多事情──」比如看出他的心。

這時，「叮鈴──」的風鈴聲再度敲響，可聲音並不輕盈，是一連串躁動的群聲。

周毅凡反射地開口道：「不好意思，我們現在已經客──」

話聲未落，登愣踏著的高跟鞋聲已急速朝他們而來。程令歡伸手奪過路子桓桌前的水，就要往吧台裡的林少人身上潑。

路子桓反應快，一把抓住程令歡。玻璃水杯砰地應聲墜地，碎裂成片。水色在路子桓身上的深藍色襯衫急速暈開，也濺到了褲管，溼了大半。而路子桓毫無慌亂，看出眼下女子是衝著林少人來的，但他不認得程令歡，緊拽著她的手不放。

周毅凡被這突來的情景驚得後退好幾步，撞上身後酒櫃，說不出話。店裡原本鼎沸的人聲也瞬間寂靜，連琴聲都停下。客人紛紛望向吧台的方向，窸窣耳語起來。

「令歡，我們晚點再談好嗎？」林少人出聲道，想從吧台裡出來收拾，卻被路子桓以眼神制止。

路子桓這下大概明白眼前女子與林少人的關係了，他抓著程令歡的手說：「如果妳要找林少人的話，他現在在上班，有什麼事情請等他下班再說，妳已經打擾到其他客人了。」

程令歡一臉怒容，狠甩路子桓的手，卻怎樣也甩不開，「你是什麼人？不關你的事，快放開我！」

「當然關我的事。」路子桓不很高興，仍努力維持平靜說：「我剛才已經說了，妳打擾到其他客人了。一個女孩子這樣子多難看？妳請回吧。」

一旁的林勁默默看著程令歡。

女子上了全妝的面容相當精緻，大眼柳眉，櫻脣小臉，流露著一股初生的成熟。她就是林少人的女朋友。那個被他和林少人的謊言欺騙、從林少人在獄裡就一直相互扶持的女子，如今披頭散髮地在情人節晚上的酒吧裡潑水罵人。

林勁起身，撫上路子桓的手說：「子桓，你先放開人家，不要這樣。」

方才林勁被路子桓擋住，加上室內昏暗，程令歡只看到林少人在吧台就衝了過來。現在發現林勁竟然也在，她更加忍無可忍，抄起桌上的空杯就往林勁砸。

說時遲那時快，路子桓一把揮開程令歡的手，再度擋了下來。酒杯哐地大聲砸上林勁身後的牆，力道大到讓整個杯子碎裂開來，細玻璃片四處飛散。

「妳夠了沒！」路子桓非常生氣了，雙手緊抓住程令歡，怕她又要向林勁出手。

這劍拔駑張的時刻——

喀擦喀擦喀擦，轟鳴般的手機拍照聲在他們身後齊響，幽暗的酒吧裡乍現少見的鎂光燈閃，一明一滅刺得人睜不開眼。

實在不妙。路子桓即刻鬆開程令歡的手，快步走到人群前阻止道：「不要拍了，不要拍。」

周毅凡也從驚嚇中回神，飛也似地衝出吧台，向興起圍觀的客人道歉：「抱歉、抱歉，請不要再拍了，不好意思，麻煩不要再拍了。」

而鎂光燈的主角——林勁，木然地怔在吧台前。

應該要馬上離開，不然也該轉身迴避群眾……但林勁只是凍結般地看著怒瞪著他的程令歡。經過方才那一砸，他知道程令歡肯定發現了他與林少人之間的關係。無論那關係現在如何，都是他先對林少人出手再相逼。他明明什麼都知道，卻耐不住脆弱，傷害了眼前的女子。

「對……」林勁正要開口——

「林勁！」路子桓出聲阻止，疾步走回林勁身邊說：「勁，我們走吧。」

「不……」林勁以滿是哀悽也自責的眼看向路子桓。

「勁！」路子桓拉上林勁的手。他非常確定眼下只有離開一途。

然而——

「對不起！」他們身後，吧台裡的林少人猛地說，朝程令歡九十度彎身道：「對不起！跟他們都沒有關係，是我對不起妳，我——」

「你們都別說了！」路子桓即刻打斷。直覺告訴他不能讓林少人繼續講下去，不然只會更拉近林勁心裡與林少人的距離，他於是說：「現在都什麼狀況了，難道你們想在等下的新聞上看到自己嗎？」接著轉身對程令歡說：「很抱歉，但拜託妳回去吧，不要把私人的事攤在大眾面前。」

程令歡怔著，一動不動，眼眶任淚水泛熱，憤怒退了下來。她看見林勁開口了，揚著犯錯的眼神，於是其他話語皆似深冬的海沙，在她耳邊飄散成碎。

她想起第一次見到林少人的那個晚上，被罪過逼到谷底的男孩那麼空洞無助，只剩下空殼一副。然後畫面緩緩淡出，男孩恢復了生氣，認真又溫柔，深得大家的喜愛。可男孩始終與人保持著距離，只有待她不同，如親人般。

她一直以為自己是特別的，直到——她抬起視線對上林勁的眼——這個男人出現，男孩不一樣了，時常心事重重，想著什麼出神。她怎麼可能看不出男孩的變化？她只是選擇了逃避而已，畢竟誰會想到林勁真會喜歡上男孩？

「不用再說了……」程令歡直看著林勁，「沒什麼好說的了，我知道了……」接著轉向林少人說：「就這樣吧，我們就算分手了。」說完，踏著沉沉的步伐離去。

「叮鈴——」，幾聲風鈴低響，店內沉寂了下來，喧鬧、議論、拍照聲皆歇停，偌大的酒吧裡一點聲音也沒有，冷冽的空氣中流動著愧疚、不捨、憤怒、困惑等種種此刻被放大到無限而在耳邊轟隆作響的情感。吧台前無人吭聲，各自思忖著這短短幾分鐘內發生的事，路子桓看著林勁，林勁看著林少人，林少人撇過頭垂著視線。

周毅凡從好不容易平撫下來的大桌區走回來，見三人毫無動靜，自己也沒說話的餘地，默默收拾起殘局，盛起滿地的玻璃碎屑，倒進另一個更大的玻璃瓶裡，發出叮鈴叮鈴的清脆聲響。

美麗的輕響中，林勁首先發聲，卻是喚了周毅凡說：「周大哥，不好意思，可以幫我準備馬丁尼嗎？我想請在場一人一杯，算我帳上。」

「勁，」路子桓莫可奈何，「你不必這樣，不是你的錯。」

周毅凡也急著說：「不必、不必，是我們該說抱歉，讓你們受驚了。」

「沒事，不是誰的錯，」林勁極力緩下心情說，「我只是想紓緩一下氣氛。今天大家都是高高興興來過節的，不要讓人家走得不開心，而且如果給店裡留下壞評就不好了。」

「都什麼時候了，你還在擔心他們？」路子桓實在惱怒。

「沒關係。」林勁深邃的眼帶著些許哀求，看向路子桓說：「幾杯酒而已，就當是賠個罪，讓客人別把事情傳出去。」

周毅凡回望一圈店裡人群，雖然抱歉也只能接受地說：「好吧，那我就恭敬不如從命了。林勁，真的很謝謝你。」他推推一旁的林少人說：「少人，你算算有多少客人，去準備酒了。」

林少人無動於衷，一臉愁眉地看著林勁心想：能有比這更糟糕的狀況嗎？連解釋都不得了。他接著想起在花蓮的那晚，寒風自破屋各處縫隙鑽進來，他握著林勁的手，林勁叫他不要可憐他。他此刻也想這麼做，拜託林勁別愛他、別管他了。可是，經過這一晚荒唐，林勁注視著他的眼仍毫不掩飾含情脈脈，像是在渴求他一眼回望。他開不了口，更不敢承認這樣低劣的自己還妄想擁有林勁。配不上就是配不上，天與地永遠接不在一塊兒，他實在錯得離譜。程令歡離去的背影，路子桓剛強的姿態，還有林勁……

林少人想著更感難受，再次九十度躬身道：「對不起！路先生、林勁、周大哥，非常抱歉，真的非常非常抱歉。」除了道歉，他說不出更多。

路子桓看向林少人，十分不悅自己與林勁共度的第一個情人節被如此搗亂，同時——他又不禁瞥向林勁，林勁直望著林少人的視線令他莫名煩躁。

必須更大器才行。

路子桓回應道：「你請起吧，沒人受傷是萬幸，這事也不能全怪你。但是讓一個女孩子來店裡鬧，人際關係還是要處理一下吧。」

「謝謝路先生諒解，真的非常抱歉。」林少人沒有抬頭，仍彎著身說。

「少人，快起來吧。」林勁開口道，萬分心疼。

周毅凡再次推推林少人，硬是扶他起身，對他耳語說：「你去後面備酒吧，這邊交給我就好。」

林少人看向面露難色的林勁，以為自己在林勁心裡真是卑下了，難受地默默離開。

林勁眼睜睜看著林少人離去，黯然地轉向路子桓說：「我們回去吧。我得趕快跟經紀那邊說一聲，請他們準備好應對後續可能的狀況。」

「好，」路子桓心煩也心疼，拿外套為林勁披上，對周毅凡說：「那我們就告辭了。」

周毅凡萬分抱歉地送林勁與路子桓到門口，望著他們遠去的身影淡至融進街燈的暗影裡，沒有收起外頭寫著客滿的看板就返回店裡。

■

手機嘟嚕嚕的震動在漆白的床頭櫃上躍出聲響。

路子桓眨眨眼，往床頭櫃上摸，拿起手機一瞥，凌晨 03:52。

路子桓轉向另一邊。林勁裹著被子睡著，白皙的脖頸、胸口隨著呼吸沉沉起伏。

路子桓掀開被子，拿著手機輕聲下了床，推開玻璃拉門又關上，走至從寢室看不見的廚房接聽電話。

「喂，什麼事這麼急，非得這時候說？」

「你上次要我調查的那個人，跟你什麼關係？」

「跟我沒關係，是林勁的一個朋友。」

「不會是情敵吧？我看你是抽中上上籤了。」

「什麼意思？」

對方語帶保留，僅略提幾事。

「什麼……你確定你們的調查沒有問題？」路子桓問。

「當然沒問題，沒憑沒據地我怎麼敢講？你明天直接來我辦公室吧。」

路子桓滑開手機行事曆，看了看說：「下午我送林勁去攝影棚後就過去，大概兩點左右。」

「好，明天見。」

路子桓掛上手機，仰頭長吁口氣，心想：命運之神，果然離太陽比較近吧。

18 攤牌時刻

酒吧事件靠著冥王娛樂在業界的龍頭地位，以及林勁的好名聲被壓了下來，只在網路上短暫喧囂，很快就消停。幾天過去，林勁向路子桓提議在這天晚上的工作開始前先去看看尹懷伊，於是他們驅車萬里，此刻身處近海的靈骨塔上。

「21、22、23……」路子桓數著大爐鼎裡一柱柱半燒的香，從深紅色香身的間隙望進去，林勁正蹲在裡頭數排小道之一的盡頭，合掌默禱。大爐鼎的另一面是蔚藍的午後海色，他們位在山上十三樓高的高度，沒有任何東西能阻擋視線。

林勁看著眼前打開的小窗，持續唸著。

路子桓朝林勁走去，站到林勁身後，跟著看向打開的那一扇小窗，裡頭是尹懷伊和邵宇希的骨灰罐。邵宇希沒有家人，因此他們破例地將尹懷伊和邵宇希的骨灰放在一起，這是尹懷伊妹妹尹婕伊唯一的堅持。

林勁緩緩停下默禱，依然看著小窗裡尹懷伊和邵宇希的合照，神色釋然。那張照片是林勁和尹婕伊一起從尹懷伊與邵宇希少少的幾張合照中，艱難地選定的一張。因為只要是跟邵宇希在一起，尹懷伊總是笑得非常開心，林勁一開始總是嫉妒，現在已經不會了。

路子桓出聲問：「你都跟尹懷伊說些什麼？」

林勁收拾心思，答道：「通常就說說最近發生的事，像是哪些他熟悉或喜歡的作家出了新書，我們的共同朋友發生了什麼事情之類的。」

「那邵宇希呢？你也會跟他說話嗎？」路子桓又問。

「會啊。」林勁抿起嘴，微微嘆氣道：「我會跟他說些懷伊以前的事，想到什麼就講什麼，或許他知道了也或許不知道，但……反正他也不會回應了，然後我會請他好好照顧懷伊。」

林勁看上去並不哀傷，可路子桓不喜歡林勁這樣，更不懂林勁為什麼還要對邵宇希好。

「你是怎麼原諒他們的？」路子桓不忍問道。

林勁將小窗的門關上，平靜地說：「也沒有原不原諒。懷伊走得很突然，當時我對接下來的一切都沒有心理準備，只能不斷地往前，一件一件地幫他把事情完成。直到終於有空想起自己的時候，很多感覺都已經不在了。」

「你是說……不愛他了嗎？」

「我也不確定是不是不愛了，但就是感覺消褪了。」林勁邊說邊邁步往外頭走去。午後斜陽穿過一柱柱燃燒的香，在石灰地板上映下細瘦的長影。「聽說人的五感當中，觸感是最容易遺忘的，聽覺則會留得最久。」

「所以聲音會比長相還容易被記住嗎？」路子桓好奇道。

「對。我們一般都會覺得長相最不會忘記，但其實只要細想過去某個朋友的樣貌，就會發現大多只能想像出一個輪廓，無法再把五官想得更清楚了。可是聲音不一樣，只要記得就永遠都是那副聲音，不會有灰色地帶。」

「那麼你剛才說的感覺消褪了，是什麼感覺？」路子桓問。

「觸覺、氣味，這些我們和情人之間比一般人只是視覺或聽覺來得更加緊密的連結，第一個就會消褪。我忘記懷伊是怎麼觸摸我的，他手指的溫度、撫摸的力道，怎樣都想不起來了。」林勁說。

「就這樣忘了不也很好？」路子桓看向林勁說，「再記下下一個人就好了。」

林勁也看向路子桓，應道：「或許吧。但是要取代一個人，沒有那麼容易。」

林勁不確定自己為何會講出這句話，但他就是忽地想起了林少人。林少人溫熱的手那麼溫柔，打開他的心，取代了尹懷伊；可之後卻逃避著他，讓他無所適從。他怕自己很快就要忘記那份溫熱。

路子桓撥開林勁被風吹散的瀏海，笑著說：「確實不容易吧。但我沒有要取代任何人，我一直都在你心裡唯一的那個位置。」

林勁木然地看向路子桓，詫異被看出來了。路子桓從一開始就一直在他心裡那個唯一的位置——初戀的位置，沒有任何人能夠取代。

「走吧，我送你去工作。」路子桓的神色更從容了。他牽上林勁的手，任冬季外套的袖口掩蓋過交扣的十指，像是學生時代收到後便默默藏在抽屜裡的告白情書。只想自己獨自感受的美好，路子桓絕對不會與任何人分享。

林勁這晚的工作是去圓山攝影棚，與預定演出《小說家沒有告訴你》裡邵宇希的人選王彤會面。

掛滿廉價到高級品牌服飾的帶輪衣架在攝影棚裡快速來去，絲質裙襬飛揚，流蘇咻咻咻地被速度揚起。助理們拿著高矮胖瘦各色帽子，提著高跟低跟靴子涼鞋，腳步紛沓地穿越只有台前才有燈光照射的偌大空間。林勁直往第一攝影棚的方向走，路子桓緊隨其後，一路上人們紛紛向林勁問候，所經之處隨即就是一陣雀躍。

進入第一攝影棚時，正值拍攝的休息時間，台前只有工作人員與拍攝的主角王彤，不見攝影師的身影。王彤單穿一件無袖的連身白色寬褲，及腰的長髮綁成一束細細馬尾垂在身後，妝容清淡，坐在幾朵雲狀的大型布景之中，雲朵與雲朵之間拉著實為鐵絲但遠見如線的銀絲，讓王彤整個人看上去似仙非仙，非同常人。

一年前，王彤以爵士鋼琴手的身分發行專輯出道。台英混血，年僅十九歲，蓄著一頭如絲長髮，清秀的臉蛋與削瘦身形亦男亦女，教人難以分辨。之後出乎意料地獲選為串流平台的戲劇主演，以與本身形象截然不同的角色展現精湛演技，從此也踏上演員之路。

林勁在整個拍攝小組後頭數公尺處停下腳步。他與王彤相約工作結束後，不想因為自己提早出現而影響到拍攝。

路子桓走到林勁身旁，也看向遠方的王彤問：「你為什麼要找他演邵宇希？」

林勁望著王彤，答道：「我跟他沒有合作過，但我聽過他的鋼琴演奏。他的獨奏非常鮮活，充滿年輕才有的那種無所畏懼的生命力。過去一年我心情低弱的時候，就會把他的專輯拿出來聽，所以一直很想見他一面。可是，實際與他見面後我就發現，他本人非常冷漠，沒有情感，似乎只對彈琴和演戲這兩件事感興趣。這一點，跟邵宇希很像。」

路子桓琢磨著眼前布景說：「這拍攝的確挺像你說的。雖然他長得很精緻，場景也很可愛，但光是銀線就把他和外界拉出了距離，再加上他那副神情，我感覺銀線都像是給通了電，禁止靠近。」

聽路子桓這麼一說，林勁也跟著細究起台前布景，感到一股莫名熟悉。

「你為什麼要改編《小說家沒有告訴你》？」路子桓又問。

林勁與嚴苡緋當初在改編的記者會上，僅以「因為這是尹懷伊最後的作品」為由匆匆帶過這一題。

林勁笑了笑，仍望著台前說：「因為那是我原以為唯一能在我心裡劃下句點的方式。」放下尹懷伊，放下自己被背叛、以及他們都不在了的事實。

路子桓很聰明，自然捕捉到「原以為」三個字。難道這意味著林勁已經放下了嗎？

片刻後，台前的助理小弟拿著大聲公喊道：「準備開拍！第一攝影棚準備開拍！」

攝影師從另一側的休息室裡走出來，直直走往王彤的方向。熟悉的身影讓林勁即刻揚起了笑容。

林少人走到王彤身前一步，回頭喚助理過去，看似在指揮什麼。助理接著將王彤的馬尾披上肩膀，散到身前。林少人又指示了下四周布景及燈光，一旁的工作人員便紛紛動了起來。

林勁自酒吧事件後就沒再見過林少人，一方面不知道該如何應對林少人與女友分手的事，另一方面更不確定林少人此刻對他到底什麼情感，畢竟他因為耐不住寂寞而投向了路子桓，實在不該對林少人有所希冀。可再次看到林少人，林勁心裡還是不禁開心。

一旁的路子桓見林少人突然出現，心生煩躁，又發現林勁神情轉變，心裡實在不是滋味，忍不住開口道：「上次在 Vetus，我好像說了不該說的話。」

「有嗎？」林勁注視著林少人，隨口應和。

「我說犯過法的小孩很難走上正途。」

「沒關係，少人他不會在意的。」林勁輕快地說，意識到自己對布景產生的那股熟悉感正是源自林少人，卻沒有發現路子桓不該知道林少人的過去。

「所以你曉得他坐過牢？」路子桓看著林勁問。但林勁的目光始終落在林少人身上。於是他說：「那你也知道他殺死的是他爸爸嗎？」

林勁整副心思都沉浸在眼前的拍攝中，卻也不可能漏聽那幾個字，詫異地轉向路子桓。

「他沒有告訴你嗎？」路子桓說：「那你應該也不知道，林少人不是他的本名吧？」

「林勁哥，你怎麼來了？」一群助理從他們身旁快步經過，打招呼道。

林勁大感不妙，拉了路子桓就往外走，穿越來時的廊道，一路走出圓山攝影棚的大門。外頭高掛著夜色，天空飄起細雨，初春已至。

「你去調查少人了？」林勁問。雨絲打在他身上，在淺藍色襯衫上暈出一個個小圓——再大的黑洞都是從一個小圓開始的。

「對。」路子桓坦然道：「只要稍微查一下，就會發現完全找不到他二十二歲以前的紀錄。你不好奇嗎？這很不尋常。」

突來的震撼一下進入林勁腦海，他無法思考，又升起一股罪惡感——若不是自己一直釋放喜歡林少人的訊息，路子桓根本不可能去調查林少人。

路子桓說了起來：「他的本名叫作徐世偉。雖然有點久了，但十二年前他殺了親生父親的新聞鬧得很大，你一定有印象。他媽媽在他殺了他爸的幾年前因病驟逝，他爸爸傷心欲絕，後來又被當時年僅十五歲的兒子，也就是林少人一刀斃命。開庭時他完全沒有反駁自己弒父的行為，但法官最後卻輕判他十五年的刑期，引起衛道人士的強烈抗議。」

徐世偉這個名字激起了林勁的記憶。那時他才剛進演藝圈沒幾年，許多編劇還討論要以此驚世新聞改編成電視劇。

不可能……林勁心想，內心無比混亂，直覺地問：「你說判刑十五年？但少人現在才二十七歲，這個時間點不符吧？」

「據說他後來在獄裡表現得還可以，加上他未成年，就再減半刑期，剛好是二十二歲的時候出獄的。至於名字，他在被判刑之後就馬上改名了。父母雙亡的狀況，若小孩有不得已的原因，可以訴請更改姓氏與名字。」路子桓說，「你只要用他的本名去查，就會知道我說的都是事實。」

林勁更感到錯愕。他當然很好奇林少人究竟殺了什麼人，可他一直告訴自己或許只是過失誤殺之類的，畢竟林少人那麼溫柔那麼好，怎麼可能會對親生父親狠下毒手？

「不會的，少人一定有什麼隱情……他絕不是那種人。」林勁混亂地說。

路子桓脫下身上的擋風外套披到林勁肩上，握住林勁的手說：「當然他有隱情也不無可能，我只是告訴你他背後還有這些事。我以為你已經知道了。」他輕撫林勁的臉，揚起下巴與他對視，「你知道的吧？我很擔心你復出後的狀況，還有你身邊的交往，當然……我也承認我忌妒你對他好，但是身為公眾人物，如果被知道跟那種人太過親近，總是會有不好的影響。我不希望你又因為任何人而痛苦，像尹懷伊那樣。」

路子桓心疼的神情似幻似真，林勁忽然懊悔自己低估了國王。國王極度自信，因此更害怕失敗，一定會預先斬斷眼前所有阻礙。林勁感到後悔莫及，卻沒有鬆開路子桓的手。他太想要有人愛他，也知道路子桓會給他全部的愛，這就是必須付出的代價，他只是沒想到會如此沉重。

林勁垂下視線說：「我知道了。你先回去吧，結束後我自己叫車回家就好。」

「勁，你知道我不是——」路子桓急著解釋。

「我沒怪你，我只是想要自己靜一靜。你陪我一整天也累了，回去吧，我去找王彤了。」林勁回以路子桓一個安心的微笑，遲疑是否該褪下外套卻放棄，就這樣離開了。

19 男孩的祕密

「徐……世……偉。」

林勁邊唸邊在瀏覽器的搜尋框裡敲下這三個字，按下確認鍵，內心翻攪。

那天返回圓山第一攝影棚時，他大可第一時間就詢問林少人，卻問不出口，而林少人也像是在迴避他，簡單打了招呼便匆匆離去。自酒吧事件以來他們不僅沒講到話，訊息更是從林少人回國那天就沒再傳了。林勁感到萬分失落，又得知了林少人入獄的真相，備受衝擊。

然而，面對面聽到路子桓述說的那股震撼過去之後，將恐懼的情緒推開的，還是林少人握著他手的溫熱，以及為他心疼的神情。打從他們認識開始，男孩就一直這般柔情似水也暖若朝陽地撫慰著他受傷的心。

既然如此，真相重要嗎？對林勁來說，林少人殺了一個人、兩個人，又或者是殺了無辜者、至親之人，難道就會減損他對林少人的喜歡，將他們一起經歷的全都抹滅？

林勁不想要這樣。他想要相信男孩，用自己的眼和心。於是他打開了潘朵拉的盒子，在搜尋框中輸入了男孩的本名。

沒有一點遲疑的時間，瀏覽器上立刻冒出一整排新聞標語及照片，寫著：「少年冷血弒父，鄰居朋友震撼！」「乖巧開朗，十五歲少年無預警殺父！」「單親爸遭獨子一刀斃命，親友哀切。」十五歲的林少人被打上馬賽克的照片出現在每一則報導裡，還有被滿滿的記者及警方推擠得無法前行的模糊網路影片，看得教人怵目驚心。

林勁試著平靜心情，挑了一則標題較為平實的報導看。

台北市木柵區今發生一起人倫悲劇，十五歲徐姓少年在家中持刀刺殺父親，父親當場斃命。徐姓少年剛於國中畢業，突然發生這起驚人事件，親戚、老師與同學都十分震驚。學校老師表示徐姓少年個性活潑，與同學相處融洽，雖年幼喪母，但並未發現家中有任何異狀。

徐父原任職於大企業，前同事表示他家庭生活美滿，時常炫耀妻子孩子，令人印象深刻。但妻子過世後，徐父因無法就近照顧兒子而提請離職，之後便失去聯繫。鄰居則表示徐姓少年平日乖巧懂事，與父親少見爭吵，案發當日也無聽到特殊聲響，僅疑似有過短暫爭執，但不確定是否是徐姓少年及其父親所為。

接獲報案的當區員警表示，報案者就是徐姓少年本人，警方到場時場面皆未處理，徐父臥倒在血泊中，明顯從心臟一刀斃命，徐姓少年也坐在血泊裡，情緒失控。目前將以過失致死的方向進行調查。

林勁繼續往後翻閱新聞，數個月後終審定讞。因徐姓少年不肯說出事發之因，堅持自己殺了父親，人證物證確鑿，法官判處他未成年弒親罪最輕十五年的刑期。這在當時引起強烈的社會反彈，輿論甚囂塵上，網路上仍留有許多過去的社論文章及新聞談話節目的影片存檔。

林勁返回瀏覽器的搜尋畫面，陷入沉思：林少人為何寧願犧牲未來，可能頂上數十年的刑期也不願說出背後原委？十五歲的少年能將四十多歲的壯年人，何況是自己父親，正面就從心臟一刀斃命？這樣一想，若被認為是準備多時的蓄意殺人也不奇怪。那麼法官為何只判處他最輕的十五年刑期？林勁越想越覺得有異，再次以關鍵字搜尋各大論壇及記者圈的私密網站。

出現了一些不一樣的東西。

自稱與徐姓少年及其父熟識的網民表示，徐父已數年沒有工作，遠離親戚朋友，沉迷酒精。曾有人見徐姓少年深夜提著裝滿酒瓶的大垃圾袋出來，在附近社區遊走。再往後推近至徐父被殺的一年多前，徐父就幾乎沒有外出了，但不知是徐父指使還是徐姓少年自發，故意在家門口製造徐父出門的假象。

另有疑似徐姓少年同學的網民，在七年後他出獄的消息公開後發表言論，說徐姓少年在殺害父親的半年多前即出現異狀。當時國三課業繁重，徐姓少年突然不願意回家，主動要求到好幾名朋友家裡留宿。網民說從未見過徐姓少年那樣害怕，顯然並非課業壓力之故，可那時大家都只是十五歲的青少年，不可能預料到之後會引發如此大事件，感嘆若曾幫助徐姓少年，結局可能不一樣。

林勁關閉瀏覽器，一時接收過多訊息讓他的腦袋更加混亂，於是轉向手機上與林少人的對話串，默默看起林少人之前傳來的照片。從他復出第一天去嚴苡緋的新戲客串開始，到拍攝雜誌、去NO NAME與花蓮海邊，直到最後一張：林少人出國前一天，去松仁攝影棚找他時所拍下休息室外寫著他名字的字牌。

林少人曾說很後悔殺了人，一直在贖罪。如今林勁得知那人竟是林少人父親，他突然氣惱自己為何如此後知後覺？只沉浸在自己的悲傷裡，享受林少人對他的好，完全沒想過對方身上的傷。林少人已經負罪整整十二年，那種痛苦莫要說忘，更不可能親口說出來。

林勁內心湧上更多酸楚。所有情感又回來了，過去兩年他每天逃避、壓抑，直到林少人出現才終於得以撫平的傷痛——自尹懷伊離開之後，他一個人被留下，打從心底知道沒有任何人會前來營救自己的那股絕望。而他更同時想了起來，第一個出現在他身邊的人，那個大雨的清晨，男孩擔下了他的痛苦，毫無遲疑地擁抱了他。

如果男孩願意，林勁現在也想毫無遲疑地擁抱男孩。

然而，現實的地牛一震，轉眼萬城崩塌，醜惡畢現——

「欸，你聽說了嗎？那個攝影師林少人坐過牢耶。」

「就是啊，好可怕！什麼殺死親生父親，還改過名。」

「林少人……是不是之前入選常盤聰那個全球計畫的攝影師啊？」

「是啊，台灣只有他入選。我們的國家代表是個殺人犯，感覺真差。」

林勁壓低鴨舌帽帽簷，快步走過「BLANK」私人攝影棚裡喧囂的人群，打開其中一間休息室的門竄了進去。嚴苡緋正倚著裡頭大桌讀劇本，一看到林勁進來馬上起身。

房裡沒有其他人，地上散落著前幾場戲換下的戲服及首飾，桌上還有沒吃完的泡麵與各式零食，空啤酒罐堆滿垃圾桶，一次性化妝用品溢了出來。林勁看一眼就明白，這是上戲一整天後的景況。他彎腰撿起幾個從垃圾桶滾出來的空罐子，丟進門邊的大塑膠袋裡。

嚴苡緋開口道：「葛姊說，如果流言鬧得太大，就要取消跟少人的合作。」

林勁拾起地上落單的耳環與戒指，放上化妝台說：「少人不是主要攝影師，應該影響不大吧？而且等到開拍的時候，事情早就過去了。」

「我也希望如此啊，但現在情況有點失控，我好幾個導演朋友跟雜誌總編都取消未來幾個月跟少人的合作了。」嚴苡緋放下劇本，焦急也無奈地說。

林勁默默凝思，拉開大桌旁的鐵椅坐了下來。

嚴苡緋不忍嘆道：「真的是……誰會料到竟然發生這種事？少人坐牢的事情怎麼會被挖出來？」

「……可能是我造成的。」林勁懊悔地說。

「你造成的，什麼意思？」嚴苡緋不甚明白。

「可能是我讓這件事流出去的。」林勁說，「前陣子我去圓山攝影棚見王彤，子桓也跟我一起去。去了之後就發現當天幫王彤拍攝的攝影師就是少人。我好久沒見到他，可能表現得太過頭。總之，我也不知道子桓已經去調查少人了，他當場就告訴我少人殺死的是他父親。應該是被現場的工作人員聽到了吧？那天人挺多的。」

嚴苡緋困惑又詫異，說：「你的意思是，這件事是路子桓去挖出來的？」

「不能全怪子桓，他只是想要查明真相而已。」林勁為路子桓辯護道。

「都什麼時候了，你還幫他說話？」嚴苡緋不悅了起來，「不怪他的話要怪誰？你嗎？少人嗎？我真是越來越不懂你了！從你答應要跟少人玩那個什麼代替遊戲的時候我就想阻止你，果然現在你就——」

林勁揚起視線看向嚴苡緋，但並非是因為挨罵而受傷的神情，而是防禦的微微敵意。

嚴苡緋咬著下唇，難忍忿忿道：「少人小你八歲，就算你之前不知道他殺了什麼人，也至少知道他殺過人坐過牢，還有一個認識多年、從他在獄中就一直幫助他的女朋友，你沒事去搭惹這種人幹什麼？然後路子桓……對，他是你的初戀，但你不想想他當年是怎麼對你的？而且他的人生、事業全部都在美國，還結過婚、有小孩了！你為什麼要搞上這兩個人？我情願你還陷在尹懷伊死去的陰影裡走不出來，也不想看你跟這兩個人糾結在一起！」

林勁瞬間靜默。

這是他與嚴苡緋相識近二十年來，嚴苡緋第一次如此斥責他。可他已經好脆弱了，不想再在嚴苡緋面前示弱。自從十八年前路子桓離開之後，他自知已經讓嚴苡緋操了太多心，也傷了太多心。他虧欠嚴苡緋太多，不可能還。

林勁又嘆口氣──必須靠嘆息維持住哀怨的情緒，否則隨時都會崩潰──說：「妳說得都沒錯。我知道，少人小我八歲，殺過人、坐過牢還有女友，但我一開始真的不認為他要跟我玩那個什麼代替遊戲是認真的！而且哪個直男會送花給同志？更何況我跟他根本不算朋友！我也不樂見他跟大學就去獄裡為更生人作輔導的女朋友分手，可是，我……」林勁直直看著嚴苡緋，停下了話語。

「你怎樣？」嚴苡緋的話聲沉了下來，卻也實在忍無可忍，說：「你既然喜歡少人，為什麼又要跟路子桓在一起？」

「因為我很寂寞！這樣可以了嗎？妳也不是第一天認識我，我就是個無可救藥的人！」林勁大吼道，「少人一直避著我，我像個乞丐等待他的施捨，求他看我一眼、求他傳個訊息、求他說一句喜歡我，我甚至要他抱我，他都拒絕了！所以……我跟子桓在一起。子桓從沒問我喜不喜歡他，無條件地接受我，陪著我。我知道我很差勁，但我只是需要這樣而已，不然……」

「不然怎樣？不然你也要去死嗎？」嚴苡緋吼道，「你如果真的喜歡少人，就應該去理解他、幫助他，而不是這樣重蹈覆轍地逼迫他，像你逼尹懷伊那樣把他逼上死路！你不也是需要這樣嗎？需要另一個人來幫助你。」嚴苡緋說著忽地意識到，可她又為林勁做了什麼？

逼上死路，這四個字在林勁心裡猛地炸開，他直盯著嚴苡緋，眼眶閃動——不能不能不能，不能崩潰，林勁感覺心臟就要蹦出胸口，立馬轉身就走。一打開門，正好撞上買了咖啡過來的路子桓。

「勁，你怎麼了？」路子桓捧著咖啡，看到林勁這副模樣，不明所以。

「別管我，讓我靜一靜。」林勁說著逕自快步離去。

休息室的門嘎地一聲緩緩關上，房裡瞬間沉靜下來。林勁一走，路子桓馬上收起茫然的神情，將咖啡放上桌，漠然地看向嚴苡緋。

「你都聽到了吧？」嚴苡緋說，在鐵椅坐下。

「妳為什麼要把我當敵人？」路子桓反問道，「我跟林勁在一起哪裡誤著妳了？」

「你自己知道為什麼。」嚴苡緋瞥了路子桓一眼說。

路子桓也拉開椅子坐下，拿杯咖啡啜了一口說：「是因為我還沒跟范晴離婚嗎？」

嚴苡緋不禁瞪向路子桓，「你可不可以不要這麼可惡？」

路子桓將另一杯咖啡推到嚴苡緋面前，「那妳剛才為什麼不跟林勁揭穿我？」

「我不想再打擊他了，你自己離開他吧。」嚴苡緋嘆道。

「我會跟范晴離婚，只是還需要一點時間，所以會離開他的人不會是我。」路子桓說，轉了話鋒：「林少人是個殺人犯，你要林勁跟這麼危險的人在一起？」

「少人他不危險。」嚴苡緋回道。

「不危險？妳敢說妳沒有被他的過去嚇到？我不管他現在怎樣，十五歲的小孩一刀刺死父親，一般人做得到這種事？我跟妳保證他肯定蓄謀已久。」路子桓說。

嚴苡緋無法反駁，說：「好，我承認我嚇到了。但你跟勁已經分開十八年了啊，勁已經不是當年的他，你也不是當年的你了。你有家庭有事業有美好未來！你就放過勁吧，不要再打亂他的人生了。」

路子桓很想反駁，卻吸吐著緩下情緒，看向咖啡杯裡深黑色的苦澀說：「妳覺得妳這輩子能愛幾個人？」

「什麼？」嚴苡緋不明白這突來的轉折。

「對，我有家庭有事業有美好人生，但我不可能再去愛下一個人了，我這輩子只會愛他一個。如果不回來找他，我就要背負這個遺憾一輩子。」

「你到底在說什麼……」嚴苡緋怒道：「你有家庭了所以不能再愛上下一個人，這是勁造成的嗎？你根本只是為了你自己，有沒有想過范晴跟勁的心情啊？」

「誰不是為了自己？」路子桓睨起眼，不屑道：「妳敢說妳沒想過勁有一天可能會放棄男人，選擇和妳這個女性好友偽裝伴侶共度一生？」

嚴苡緋實在不可置信，瞪大了眼，「路子桓，你什麼時候變得這麼扭曲？」

「我扭曲？你們這些不願意面對自己的人才扭曲吧！」路子桓駁斥道，「我很誠實！我想要他！我已經錯過十八年，人一生能有幾個十八年？我愛他，我需要他，就像他需要我一樣。妳也許覺得我很可惡，但是不管怎樣，他現在想要的只有我能給。我會傾注一切得到他。」

嚴苡緋搖搖頭，一臉驚異轉為無奈說：「勁不需要別人為他傾注一切，尹懷伊就是為了他傾注一切，他也為了尹懷伊傾注一切，你看看他們最後什麼下場？」

「我不是尹懷伊，我跟他不一樣。」路子桓說，眼神卻莫名飄移起來。

嚴苡緋偏過頭，打量著路子桓說：「喔……我知道了，你心急了。」

「我幹嘛心急？」路子桓不悅道。

「勁喜歡少人啊！你已經打出最後的牌，連少人的過去都挖出來，但勁還是沒受影響不是嗎？」嚴苡緋自覺抓到了路子桓的心思，說：「我剛說過，勁已經不一樣了，他把你的離開跟尹懷伊的死都怪罪到自己身上，變得對感情非常畏縮。你如果想要靠強奪獲取他的心，是不可能成功的。」

「那林少人憑什麼可以？」路子桓不甘地問。

嚴苡緋吁口氣，看向死白的天花板，「我這麼說並不代表我就認同少人了，但是對勁來說，少人是尹懷伊死後第一個對他伸出援手的人，也是第一個不去迴避他跟尹懷伊之間關係的人。少人自己也傷痕累累，但他一直正視勁身上的傷，而且非常努力地想要幫勁撫平……雖然我不完全清楚少人做了什麼，可是看勁的改變就知道了，少人治癒了他。」

嚴苡緋轉向路子桓問：「你有為十八年前的事向勁道歉嗎？或者跟他好好談過你們之間？你是真心想要面對他心上那些傷，不是想跟他一起逃避？」嚴苡緋說著神色黯然下來，「我也是選擇逃避的那一個，所以我懂，少人有多特別。」

路子桓定定看著嚴苡緋。

關於逃避這件事，路子桓看得夠透徹了。因為他正是這麼對林勁做的，而這讓林勁，為此折磨了十八年。

林勁一把推開 BLANK 的旋轉門。

外頭剛沒入夜晚，城市一棟棟大樓後頭仍可見紅色藍色紫色漸層的最後一絲晚霞。太陽墜落地平線下，金黃色的餘暉被夜色無聲地覆去——沒有人會在意這日復一日，尋常卻血腥的吞噬。

BLANK 對面的平房一樓是一家傍晚才開門的早餐店。林勁在人行道上停下腳步，看著眼前不再熟悉的店家，憶起了曾經。BLANK 是私人攝影棚，不允許外人隨意進出，因此以前他來這裡工作時，尹懷伊總會到對面的小吃店等他。這附近的客人幾乎都是來攝影棚拍攝的模特兒及工作人員，跟店家都很熟，老闆總會特地為他和尹懷伊留下小菜與清湯，讓他每次都十分期待拍攝結束後和尹懷伊一起吃宵夜。

然而，如今小吃店已經成了早餐店，尹懷伊也不在了。林勁倚著人行道外停得橫七豎八的摩托車，仰頭看向被夜色吞噬的天空，此刻已完全深黑。嚴苡緋說他逼迫林少人就像他當初把尹懷伊逼上死路那樣，他的心仍為此陣陣犯疼。

十八年，人生最精華的一段時間，多少人談了多少戀愛，走進婚姻，從此白頭。但自路子桓離開之後，破碎又殘暴的初戀讓他不會愛了。他嘗試跟女孩子交往，想要忘卻喜歡同性的那份異常，最後卻只是一次次傷了女孩的心；他索性跟男孩子交往，希冀能在自己歸屬的世界裡找到下一個人，但男孩之間的性愛太過輕易且速食，沒有人想要地久天長。大學畢業進入演藝圈後，他便順勢遵從經紀公司的戀愛禁令，不再去想名為愛的這份情感——直到遇見尹懷伊。

高雄一年如夏的攝影棚上，身為編劇的尹懷伊主動向林勁搭話。尹懷伊生著一雙熱切又精明的眼，好似隨時都能把人看穿，卻又總是帶著一副和煦的笑容，讓人不介意被他看穿。戲劇殺青那晚，林勁在慶功宴的會場外跟尹懷伊直球告白，尹懷伊也不意外似的，兩人就這樣展開長達五年的交往。炙熱的、甜美的、失速的，痛苦卻遲遲分不了手的五年裡，尹懷伊對林勁極度寵溺，養大了他心裡自卑不安的怪物——自失去路子桓之後就沒人安撫的怪物，扒著愛人的血肉不放；而被剝皮拆骨的愛人也不逃離、不反抗，終於成為了星星。

林勁再次仰頭望天，深黑無雲的帷幕上閃著極亮的兩顆光點，讓人不敢確定那是星星。即使思念再深，尹懷伊離世之後就從沒入過他的夢，彷彿終於能逃離那般，再也沒有回來找他了。而他也不曾著迷觀星，始終信奉著太陽。然而這一刻，他卻不禁要向星星伸出手，想要抓住那光年遠外的光芒。分明如此遠，卻能毫無阻礙地照進萬戶人家的窗櫺，成為這晚美夢的指引。

林勁很想問尹懷伊，他究竟該怎麼做？他明明好怕一錯再錯，難道還是錯了嗎？他早知道林少人治癒了他，把他從失去尹懷伊的黑洞裡拉了起來，但他都對林少人做了什麼？

「別害怕，」記憶裡，尹懷伊笑著說，搔搔林勁的頭，「大家都好愛你。或許愛的形式並不相同，有些愛可能會傷人，有些愛卻能溫暖人。你想要為你的愛，成為哪一種人？」

林勁吁口氣，甩甩頭，甩去困惑與苦惱，滑開手機傳了訊息給助理 Angel 問：「妳能幫我拿到少人近期原定的工作計畫嗎？」

20 最後一曲

手機在口袋裡震動，林勁向路子桓比個手勢，快步到一旁接聽電話。

「喂，我是林勁。對……現在時間很趕，你們也找不到其他人選了吧？拜託你了，崔大哥，我知道攝影棚有些狀況，但你跟少人合作過很多次，他原本就是你們的第一人選不是嗎？好……好吧，我知道了，謝謝你特地打電話來，下次見。」

林勁掛上電話，嘆口氣，倚向電影廳外深黑的隔音牆。距離林少人的過去被揭發已經過了兩週，攝影圈仍未平息，戲劇圈也受影響。據嚴苡緋說林少人所有影視拍攝工作都停擺，平面部分她不清楚，於是林勁私下拜託熟人不要取消林少人的工作。但每個案子狀況不同，也非一人能決，林勁感到既懊惱也心煩。

遠遠地，路子桓將沒吃完的大桶爆米花及可樂丟進垃圾桶，向林勁走去。這些天來他已經看膩林勁焦慮的神色，更心疼林勁為林少人求情而到處低聲下氣，於是提議休息一天出去走走。林勁也有些疲了，很快答應。

平日下午的電影院遊人寥寥。路子桓穿越空蕩的大廳，走到林勁面前時，林勁的手機又響了。

林勁向路子桓比了個等等的手勢，退到一旁接起電話說：「我是……對，盧總編跟少人很熟，這個月的封面模特兒就是少人拍出道的……不，大家都知道少人不會對模特兒出手，我知道……是有點難接受……算了。」林勁沒說完就掛斷電話，忿忿瞪著手機螢幕，對忘恩負義的人們感到無語。

路子桓走上前，拿過林勁的手機說：「別生氣了，沒收。」

「可是……」林勁想拿回手機，卻見路子桓立刻收進自己包包說：「一天不接電話沒事的。他們願意就願意，不願意你也沒辦法。」

林勁又嘆口氣，心知路子桓說得沒錯而不再反駁。路子桓拉拉林勁的手，撫觸的溫熱隨血液流動，平撫了他因煩躁而快速躍動的心。林勁轉了話題問：「你覺得剛才電影的男配角演得如何？」

「溫如夏嗎？」路子桓說，「他在國外的華人圈也很有名。演得不錯啊，跟幾位資深演員的對手戲都很自然。」

「我會找他來演《小說家沒有告訴你》裡面的我。」林勁接著說。

「哦？很不錯啊。」路子桓感到有趣，又說：「不過他比你差多了，誰都比你差多了。」

林勁感嘆地笑，自然地迴避開路子桓的每一次訴情。他越來越明白，即使再怎麼寂寞，都不該與路子桓繼續牽扯不休。可是，唯有跟路子桓在一起時，他特別能感受到愛。有人愛著他、保護他，這般備受呵護的溫暖能將一切融化。

林勁當然也知道，路子桓益發忍耐不了對林少人的敵意。可這只是讓林勁更心疼了。一般人或許不明白，但林勁比任何人都曉得愛上一個人的瘋狂，以及對愛有可能消逝的恐懼會令人做出何等犧牲，因此只要路子桓還愛他，他就不會去責怪路子桓。他不可能去責怪此刻這世上唯一一個願意對他付出所有的人。

路子桓一雙精明的眼思考著，說：「莊禮維、王彤、溫如夏，他們三個人都很有潛力，外型也各有千秋，但能有化學反應嗎？」

「這確實是個關鍵，」林勁說，「所以我們之後馬上就會讓他們試演，看看他們之間有沒有化學反應。」

「如果沒有呢？」

「我的角色戲分比較少，加上衝突大，只要能演出足夠的戲劇性就行了，倒是莊禮維和王彤之間如果沒有火花就比較麻煩。總之，試演之後就知道。」林勁說著沉思起來。無論是莊禮維、王彤或溫如夏，他之所以選擇他們，多少都跟本人的性格有關。可若他們真的與角色本人相似，他又不禁要擔心起這三人共演時能否融洽相處。

路子桓問：「試演的時候我可以去看嗎？有點好奇你工作時的樣子。」

「可以啊。」林勁點頭道。

其實，與其說是好奇，路子桓真正擔心的是林勁開拍後會產生更多複雜的情緒，必須好好陪著。不過這也並非路子桓最終的目的。路子桓不在《小說家沒有告訴你》的劇情裡，可說是完全的局外人，他和林勁的故事發生在更遙遠的時間線上，任千沙深埋，若去挖掘就會立刻流瀉琴音、花香與無盡歡聲的地方，而後被淚水凝滏固封，只有一個人打得開。

是時候了。

路子桓看向林勁說：「陪我去一個地方。」

標示著熟悉號碼的公車變得陌生，底盤更低了，座位更多了，前後門都安裝上儀器，沒有人投幣了。窗外風景也不同了，行道樹更高了，行道樹被砍了，公寓都更了，大樓一棟棟遮著午後斜陽，斑駁的樹影映在林勁黑色的牛仔褲上，如黑白萬花筒般照出一幕幕過去的剪影，裡頭不曾有過一幅似此刻路子桓握著他手的情景。

目的地是一切的開始——羽山高中。

下了車，校門外已不見熟悉的圍牆，外牆重漆了，植栽死去又再生。這十八年間，校園的外貌變換了無數回，然而對他們來說，就只是此時彼時之差而已。

這天學校有課，非下課時間特別寂靜，倒是和十八年前同個模樣。

路子桓看看時間說：「快下課了，我們等會兒再進去吧，遇上人群很麻煩。我跟學校打過招呼，警衛知道我們要來。」

林勁驀然地看著眼前熟悉也陌生的建築，不知該悲該喜。自路子桓回國之後他們就沒聊過往事，他當時連畢業典禮都沒能參加，路子桓應該不知道吧？而路子桓則被久違的景物帶起了情思，看向林勁問：「要吃冰嗎？」

與路子桓共有的回憶太過甜美，瞬間就沖散哀傷，笑意浮上林勁的臉，他回道：「好啊。」

便利商店擦得不能更晶亮的門「叮咚」一聲打開，沁涼的冷氣即刻襲來。上課時間，學校附近的商店百家沉寂，浪狗浪貓賴在自動門前等涼，世界靜得聽得見蟲鳴。

林勁期待地走到結了冰的冰櫃前，看著教人目眩的折扣廣告及冰品包裝，一會兒後笑了出來說：「欸，有你喜歡的。」

路子桓沒在看冰品，而是一直注視著林勁。十八年前，他所有高中記憶裡，幾乎沒有見過林勁露出這般笑顏。林勁以前總是很淡然，倔強著不肯透露一絲對他的喜歡，更少在相處時表現得歡快。

路子桓不捨地將視線移向冰櫃，順勢回道：「那就選它了。」

「我也一樣吧。」回憶在林勁臉上帶起波波笑靨，他推開冰櫃的門，拿了兩只淋了草莓糖霜的聖代杯。不自然的深粉色色素在聖代上流下曲流般小河，還沒入口就能嗅到那股化學原料的死甜。路子桓接過林勁手上的兩只聖代杯說：「今天我請客。」

草莓聖代，少年路子桓的最愛，以前的聖代主體還是米白色的香草冰淇淋，現在已進化成淡粉色草莓口味的冰淇淋。十八年前，林勁就是用這只聖代向路子桓表露心意。雖然沒說出那幾個字，只是問：「你不會不知道吧？」一個單純的問句，背後卻是無庸置疑的肯定。就在那一刻，路子桓確定了林勁的心意。

一只淋了草莓糖霜的聖代杯。

此刻他們正各自拿在手裡。

路子桓以木片小匙挖著聖代，看著身旁的林勁，一步步踏往前，任一旁風景如倒帶般倒回了從前。那些年應該發生卻未能發生的一切，現正從十八年前的某個時間點開始重新計時。

路子桓回過眼，樹木瞬時更矮了，磚牆換上了赤色，他問身邊的人：「你有沒有想過，如果我們高中的時候就在一起，會去哪裡約會？」

林勁專注在聖代上的眼隨之抬起，思考著說：「應該會像今天這樣吧？看個電影，到處晃。不然大概會去我家？因為我家沒人。」

最後這句讓他們兩人都笑了出來，路子桓睨起眼接道：「才不會這麼簡單。我會帶你從側門傾倒的那面牆翹課出去玩，也許躲去室內遊樂場打 GAME，不能就是騎腳踏車到更遠、我們沒有去過的地方。最後，最後才會回去你家。」

「怎麼可能？以前你每天不是念書就是彈琴，而且那時候我們要升高三了，哪能那樣出去玩？」林勁笑著回道。淡粉色的冰淇淋在他唇上留下青春的色彩及氣味，拉升著甜蜜。

「哪不可能？我們會在室內遊樂場，或者不管什麼地方啦，念書彈琴，彈琴念書。」路子桓說著笑出聲來，林勁也笑得更開心了，雙頰帶上深深的酒窩。與十八年前毫無二致的少見歡顏，教人心醉也心碎。

一會兒，路子桓將完食的聖代杯丟進路邊的垃圾桶，心一橫問了出口：「要去嗎？」

林勁也跟著一投進洞，問：「又要去哪裡？」

「去彈琴啊。」路子桓向林勁伸出了手。

日光穿透他們頭頂上高聳的樹蔭，一道道晒在腳前雕花的紅磚道上。琴聲不會騙人，這句往昔的話猛地打上林勁腦海。他霎時遲疑，卻仍搭上路子桓的手。樹影在他久未觸琴的手指上映出一圈圈痕，搖曳著斑斕的金光，他清楚知道這一刻終將到來。

下課時間結束，人聲散去，林勁與路子桓順著記憶走往音樂大樓。穿越籃球場粉筆畫似的粗白框線，學校溫室圓弧狀的透明天頂在眼前開展，裡頭依舊綠意盎然。打開溫室的門，映入眼簾的是爬滿黑紅瓢蟲的各式青綠植栽，嗡嗡喧囂的蜜蜂在天頂下轉啊轉，一旁忙碌的園丁已不見從前老奶奶的身影，全是看上去稚嫩的高一生，正專注地在為花草分苗。

回想起來，他們就是在這個時節認識的。當時林勁為了練琴來到音樂大樓，路子桓則想要逃避午休而躲到溫室，意外地聽見了林勁的琴聲。如果林勁的父母沒有離異，他就不會因為家裡沒了鋼琴而不得不在午休時間跑去演奏室彈琴；如果學校沒有決定耗資興建溫室，路子桓也就不會出現在此，不會聽到林勁彈琴，他們之間或許就不會開始。

林勁步出溫室，踏上老舊音樂大樓的長廊。現在校方已經加蓋更新、設備更完善的音樂教室供音樂班學生使用，但舊大樓沒有因此廢棄，仍是學生課餘練琴的好地方。

西晒的金陽灑在灰石地板上，隔著梁柱框出一方一方的窗影，微小的樂音從長廊一側小間琴室的門縫流瀉而出，是少年學子不樂意而不熟練、帶著緊張感的琴聲，和當年的他們完全不同。

他們熱愛彈琴，在馬上就要抵達的大間演奏室裡，無人拜訪的午後，林勁會與路子桓四手聯彈，一同譜曲、修改、試音再試音，直到將心裡的聲音譜成最美的樂曲。他們擁有彼此，也擁有彼此的琴聲，享受著這份沒有其他人能分享、也沒有其他人能明白的喜悅。

當聲音化為音符被林勁修長的手指彈出來，讓路子桓轉化成符號再畫上五線譜，又一僅屬於他們的紀念物便告完成。

年少的兩人透過琴聲互通情意，因為琴聲不會騙人，即使想要隱藏也起不了作用。那一年，在羽山高中音樂大樓的演奏室裡，林勁喜歡著路子桓，路子桓也喜歡著林勁，那是一幅帶了聲音、豐盛視覺以及最重要的，每一處都充盈著愛的景緻。

如今，長廊盡頭，路子桓推開演奏室的門，生鏽的鐵栓發出「吱嘎」一聲響，初春微暖的空氣搶先鑽進室內，交換陳腐潮溼的霉味。演奏室裡少了供觀眾使用的白色鐵椅，兩側染上汙漬的老舊紅絨窗簾半遮半掩，天花板上死白的日光燈閃了幾下才終於恆亮。偌大的空間裡僅餘前方舞台上一架黑色平台鋼琴，像是在等待最後一位琴師，為它作出最後一場表演。

路子桓一一打開窗戶，任午後逐漸暗去的紅日射進窗框，為室內鋪上一層光的薄紗。林勁則緩步走到黑色平台鋼琴前，拉開黑色皮革的琴椅，坐了下來。琴蓋上積了不少灰塵，他沒有拭去就打開，八十八鍵黑白乍現眼前，他接著抬起手，落上這熟悉的冰涼。

路子桓也走了過去，在林勁左側坐下，雙手沒有遲疑地放上琴鍵，對上林勁的眼。林勁點點頭，回以微笑。自他們走進演奏室後一直寂靜的空間裡馬上迸發琴音，路子桓的手輕快地彈奏起來。

五度音程的三十二分音符連續顫音開啟序幕，音階逐步向上爬升，左手則是落在主拍上極富自信的長音，作為右手顫音的定心軸，引領著雙手和弦不斷往前開闊。林勁在第十個小節加入右手高音部分的促音，緊跟著路子桓的節奏，反以左手在中層音階展開新的一段旋律，時而深沉，時而昂揚，似緊拉著又忽地鬆開的細繩，牽引出另一陣情緒更為強烈的和弦。

飽滿、堅定、喜悅也哀戚，無法定義的琴音分明十分動聽，林勁卻感到陌生而緊張起來。他太久沒彈琴了，以前都是他先譜曲，有了基本旋律之後，路子桓才幫他修改、定音。什麼時候路子桓也能自己譜曲了？還是這首曲子並非即興，而是這些年間路子桓早就寫好的樂曲？林勁在五個小節的急奏後琶音往下，轉換曲調，將方才無論任何情感都收攏進更隱密而悲戚的小調之中。他的心墜入了混亂的時間軸，無法辨明身在何方。

路子桓的琴聲即刻追了上來，為林勁收起情感的細繩，緊繫在他的琴聲之後。十六分音符的平衡和弦緩下了失速的琶音，樂聲再次明朗起來，然後是一個長休止——路子桓放林勁重新找回雙人聯彈的軸心，再次接上他的速度。更飽滿、更堅定、更加喜悅也哀戚，林勁在路子桓的引領下尋回熟悉的音律，得以在黑白琴鍵上安心地奏出心裡蔓生的旋律。同時，被太陽暖暖包裹著，自受傷中復原的靈魂集合體，嘩地一聲在懷抱裡散了開來，沒了畏懼。

這片刻，過去與現在，在他們一鍵一鍵奏出的音符之中，穿越了時空繚繞於此。

林勁更加即興地彈著，三度音程、五度音程、七度音程的雙手連音，任跳躍的音符自琴身裡流瀉而出，帶起又一波連綿起伏的音律。悠揚的樂聲不絕於耳，彷彿只要繼續彈奏，永遠都會有另一個琴音相伴。這兩副互為雙生的琴音，只能依附彼此存在下去。

正當林勁感慨著不能更盡興了，路子桓卻慢慢停下了彈奏，雙手落回琴椅，直直注視著殘留了熱切體溫的琴鍵。他倆十指的溫度交錯地暫留在黑白琴鍵上，此刻已一點都不冰冷。

路子桓眼眶顫動。

琴聲不會騙人。他明白了什麼。

「對不起……」路子桓盯著眼前逐漸朦朧的一道道黑白，開口說。

林勁在高音處落下最後一個音符，回問：「為什麼要道歉？」

路子桓沒有看向林勁，話聲顫抖起來，「對不起，十八年前沒有陪著你……讓你……」

「都過去了，我沒有怪你。」林勁急促地說。

「不是的，」路子桓說，看向林勁，「過去不會過去。如果真能過去，我現在就不會在這裡。」

林勁木然，想起了他一直深埋心底，與林少人最初拍照時關於遺忘的對話：

遺忘，就是允許你放在心裡。

「你為什麼要一個人承擔？為什麼不過問？為什麼不罵我？」路子桓不忍問道。十八年，沉積在腦海、身體、心上的所有痛苦，積滿路子桓整個人，蝕進神經、血液，吞食了肌肉、臟器，將他變成一個只能接收疼痛的受器，在每次思及林勁時就千針刺骨。還有琴聲，徘徊在心底無法褪去的林勁的琴聲，逼得他必須不斷彈奏新的樂曲，以成千上萬去蓋過那曾經美麗的、短短的旋律。

「因為我不想破壞跟你在一起的時間……因為我們從沒這樣過，我……」林勁想勉強擠出一絲笑容，眼淚卻倏地滑下臉頰。

他不只一次後悔遇上路子桓，不只一次後悔愛上路子桓，更不只一次後悔放走了路子桓。所以，十八年來他只能不斷幻想他們騎腳踏車去海邊私會，不斷幻想路子桓握著他手的溫熱，不斷幻想他們再一次坐在那台平台鋼琴前面合奏。

所有後悔都無可挽救，所有幻想都不會成真，所有的所有都只是每天夜裡的一場噩夢，一再又一再地在身上劃下傷痕。重複的、難看的傷痕，死也帶不走——所以林勁再也不彈琴了。不能白天黑夜都困於噩夢之中。

路子桓一把抱住林勁。

如今他們已經擁抱太多，但是對身體裡那個仍停留在十八年前的少年來說，這卻是他們的第一個擁抱。

「我愛你，勁。我第一個愛的人是你，最後一個愛的人也是你了……我不要再浪費十八年，不要再跟你分別。跟我在一起吧。」路子桓捧起林勁的臉，鹹澀到苦的淚水沾溼他雙手，「我十八年前就該告訴你的，就該跟你說我喜歡你……我喜歡你，勁。對不起，讓你等了十八年。」

眼淚自林勁眼中決堤。十八年來，他從沒想過要路子桓一句道歉或問候，他只是想聽路子桓親口說出這四個字而已。不是用彈的、不是用感受的，也不是聽別人耳語。我喜歡你，明明輕易卻無比沉重的四個字，讓他等了十八年。

林勁也環上路子桓，將太陽緊緊抱在懷裡。被灼傷也好，就此融化也沒關係，他觸摸著太陽，輕撫太陽，在路子桓耳邊應道：「你也是我第一個喜歡的人啊，可是……我現在已經喜歡別人了，對不起。」

對不起，我貪圖你對我好；對不起，我只是放不下過去；對不起，我無法回應你的愛——林勁沉穩而堅定的自白自路子桓耳畔飄散，一個個微小的音穿越琴身，潛進踏板底下，溢出窗框門縫，向更自由的世界幻化為風。

太陽更斜了，就要沉落天邊，覆蓋著一切的光之薄紗被時間一絲一縷地抽去，直到彷彿未曾存在。聲音、氣味、視覺都被削去，最後僅剩微小的耳語，沉至琴身底部，穿透木頭的層層年輪，牽引出十八年前便沉積在此的少年的琴聲。

美好而甜蜜、充滿了愛的琴聲，終於被拯救。

那年應該發生卻未發生的一切，被長大後的少年接了起來。

林勁緊摟著路子桓，在路子桓金色的髮頂輕輕一吻：「謝謝你喜歡我，但是……你就忘了我吧。」

「不要。我要一直喜歡你，讓你永遠不敢忘記我。」路子桓偎著林勁直搖頭。

「我不會忘記你的啊。」林勁說。熾熱將一切都燒透，餘燼是他們最後一次合奏的琴聲，「因為你永遠永遠，都在我心裡唯一的那個位置。」

21 回到你身邊

林少人在老舊的公寓外牆邊蹲下，一朵迎夜開展的黃色小花正綻放。月見草，這回讓他等到花季了。他抬頭看向墨黑的天色，月兒自雲縫間露臉，遠遠映著千里之下夜人的歸途。

紅色鐵鏽的大門鏗然打開，程令歡裹著睡袍探出身來，淡淡地說：「你怎樣才肯放棄？」

林少人趕緊起身，「拜託妳聽我說完。」

「我們沒什麼好說的了，」程令歡轉身要走，又回過頭：「你看起來很累，快點回去休息吧。」

「我求妳了，聽我說。」林少人想伸手留住程令歡，卻停在半處。

「如果我不願意呢？」程令歡看向林少人，「你要這樣等下去？前男友每天跑來公寓樓下等到半夜，你要把我下一個對象嚇跑嗎？」程令歡開起了玩笑，因為看到林少人較真的神情，她忍不住心軟。

「不是……」林少人有些尷尬起來，仍真摯地說：「我一定要跟妳說完，我不想要我們的關係結束在一個誤會裡。」

「我們沒有誤會吧？」程令歡說著嘆口氣，倚向鐵門，「好吧，你說吧。」

「對不起！我辜負了妳。」林少人馬上接道，「我知道說再多都不可能回頭，也沒辦法補償，可是我只能這麼說了，真的非常、非常抱歉。」他邊說邊九十度彎身鞠躬。

程令歡附和道：「對，你辜負了我大半青春，連個金錢賠償都沒有，根本就是渣男中的渣男！」

林少人忍著大氣不敢吭聲，將腰彎得更低了。

「好了啦，跟你開玩笑的。」程令歡撇撇嘴，不忍道：「你別這樣，快起來，等下被人家看到以為我把你怎麼了。」她故作四下張望，卻其實一個人也沒有。凌晨時刻，這一天的世界仍是初生。

林少人悄悄抬眼看向程令歡，女孩顧盼的臉上沒有怒氣。他這才緩下呼吸，起身靠上鐵門旁的石牆，回想起十年前向程令歡告白自己殺人緣由的緊張時刻，但此刻更加疼痛得多。

林少人說：「我以為我們會永遠在一起，我真的這麼想。從答應妳的那一天起，我就一直把妳當成唯一的家人，所以實在下不了決心。我喜歡他，我從沒有過那樣的感受，在意一個人、忌妒一個人、懊悔會傷害另一個人。我知道我不可能跟他在一起，應該忘了他，跟妳繼續走下去，但是……我做不到。」

「對不起，我應該說我不能愛著別人又賴著妳，或者說我不該辜負妳的愛，可事實就是我喜歡他，喜歡到我不想放下，所以選擇傷害了妳。全部都是我的自私造成的，我真的很差勁，一點藉口也沒有。」

林少人焦灼地吁著氣，程令歡卻細細笑了起來。這就是她喜歡的男孩，真誠、坦率，對於承認自己愛上另一個男人完全沒有逃避。他不愛她，所以必須放手。她好愛他，所以也必須放手。

程令歡轉身倚上石牆，與林少人併肩道：「真要說的話，我也一樣自私吧。我早就看出你喜歡他，但總覺得怎麼可能？拜託，那可是林勁欸。」

程令歡說著真笑了出來。回憶一幕幕掠過眼簾，包括她和男孩在沁涼的夏日夜晚，裹著涼被追上一整晚林勁主演的戲劇，激動聊著劇中的三角習題究竟該選擇哪位女主角。因此她實在無法置信，那個螢幕上遙不可及、她每個閨密都為之瘋狂的千萬巨星，如今竟也成了她喜歡的人的心上人。

程令歡接著說：「但是那天在 Vetus 看到林勁，我就知道了，他也喜歡你。真抱歉，我太衝動，覺得我真的要失去你了，就做了傻事。差點傷到他，也對周大哥很愧疚，造成那麼大喧擾。」

林少人想要駁回程令歡的道歉，卻選擇了說：「嗯，我們都做錯了。」他邊說邊轉向程令歡，問：「那妳願意原諒我嗎？」

程令歡帶著歉意的嘴角依然笑笑，「那當然。只能原諒你了吧。」接著遙望向星空上的一輪圓月說：「畢竟我可是林勁的情敵啊！」

「妳實在……這時候還開玩笑？」林少人不忍嘆道。

「我哪有開玩笑？我真的是林勁的情敵耶！」程令歡情緒一轉，笑得樂不可支。

林少人按捺不下，也笑了出來。

他們一直都是這樣相伴著，十幾年來，程令歡在林少人的生命裡已經超越太多，他們是最好的朋友、最親近的人、分享一切的存在。即使他現在喜歡別人了，他們相依的路仍似此刻天上的月兒是個圓，有時很遠，有時很近，但始終緊緊相連，這樣的感情永不會變。

程令歡呼口氣，停下笑意轉了話題道：「我聽緋姊說，有人把你坐牢的事情挖出來，讓你的工作受了很大影響？」

「對，工作幾乎都停擺了，我也主動拒絕了一些，因為怕業主被牽連。但這也無可厚非吧，畢竟是那樣的事。」林少人答得淡然。

「那你接下來怎麼辦？」程令歡擔憂地問。

「我打算好好準備決選的作品。」

決選，這兩個字自然地又連回那個男人身上，程令歡於是問：「你會去找他嗎？」

「會。不過，我會先把十二年前的實情告訴他。」林少人看向石牆邊的月見草，蹲了下來。

程令歡詫異道：「你要告訴他？不必吧？你不需要再對任何人解釋，更不要再去回想那件事了。過去都過去了，你好不容易走到現在，沒有必要因為別人的議論就挖深自己的傷口。他喜歡你就一定會明白的。」

「我知道。謝謝妳為我著想，」林少人輕撫黃色的花瓣，坦然地說：「但我不是為了跟他解釋而決定告訴他的。我想在他面前當一個透明的人。」

林少人一直都想錯了。

經歷九州實習、與程令歡分手，又被揭發了過去之後，一切終於清晰了起來。

林少人說：「最初遇到他的時候，我覺得他很像我爸，因為失去摯愛而痛苦得無法自拔，我怕他也會像我爸那樣枯死下去，所以就想拉他一把。可是我錯了。他那麼痛苦並不是因為他很愛尹懷伊。當然啦，他是很愛尹懷伊沒錯，但真正的原因是他自責害死了尹懷伊而強迫自己躲起來，壓抑內心的所有想望與對未來的期待，封死了自己，只能活在尹懷伊愛他的過去裡。」

程令歡不意開口道：「這不就是——」

「是我。」林少人說，揚起淡淡微笑，「所以我想把實情告訴他，試著向他伸出手，如果他願意……」

「可以的。」程令歡再次抬頭望向俯照大地的月，輕拍林少人的手說：「一定可以的。」

順著黃色花瓣綻放的方向，林少人也望向夜空，心想，此刻天際上高掛的黑幕，與深海的淵底，同是漫無邊際般黯黑。若是這樣，接得起來嗎？在寂寞冷清孤獨無依的深黑之中，能否就這樣串起天與地，串起不可能的我，和你。

■

春日中旬，松仁攝影棚裡第一次掛上了《小說家沒有告訴你》的拍攝告示牌。莊禮維、王彤、溫如夏三位主要演員，以及嚴苡緋、林勁兩位編導與拍攝、道具、服裝、梳化等所有工作人員齊聚現場，好不熱鬧。

這天要試拍三位主演的兩場重頭戲。眼下是莊禮維與王彤正在進行的第二幕，主角尹懷伊與邵宇希的第一次對話。場景是凌晨的便利商店，邵宇希是店員，尹懷伊是唯一一位客人。因為只是試戲，為求方便沒有出機去實際店家，而是選在攝影棚裡拍攝。

王彤嘆口氣道：「反正一期一會，以後也不會再見面了。這樣不是很好嗎？可以盡情地挖空彼此心裡的祕密。」

「但你怎麼知道對方說的一定是真的？」莊禮維捧著速食杯麵，啜一口麵湯。

「假的也沒關係吧？這種時候還說假話的人，應該怎樣都說不了真話了，很可憐的。」王彤眼裡揚起一絲笑，抬頭看向莊禮維問：「如何，你有祕密嗎？」

空氣凝結的瞬間，嚴苡緋從後頭喊了聲：「卡！」

場景外，編導與攝助一行人等全擠在螢幕前專注地看著。林勁瞥了嚴苡緋一眼，嚴苡緋對他聳聳肩，露出不甚滿意的神情以下巴指示王彤的方向。林勁望回場景內，又沉思了會兒才起身，招手喚王彤過去。

一退下戲裡的身分，王彤便恢復一貫的冷漠神情。但他已剪去長髮，並且染成和邵宇希一樣的淡粉色，眼睛戴著淺棕色的變色片，看上去和邵宇希真有幾分神似。王彤走到林勁面前，酷酷的臉上帶了點不安的神色。

林勁伸手搔亂王彤頭髮，玩笑地說：「不仔細看的話，還以為邵宇希復活了呢。」

王彤半睨著眼，撇了撇嘴道：「林勁哥別開這種玩笑，我可不想被你討厭。」

林勁不禁失笑，覺得王彤實在機靈，解釋道：「邵宇希是個很冷淡的人。你不要看原作裡他跟尹懷伊相處得很熱切，那是因為他對尹懷伊擁有非常特殊的情感。剛才那一幕他們才剛相遇，邵宇希不想讓尹懷伊發現他其實已經知道尹懷伊是誰，所以不能表現出情感，情緒要再收斂一點。」

王彤抿抿嘴，點了點頭。

「回去再重來一次吧。」林勁說，向遠方的莊禮維與工作人員示意重來。

「遵～命～」王彤孩子氣地說，轉身沉靜地走回場景裡。

林勁返回攝影機的螢幕後方，輕拍嚴苡緋的肩，示意她先看著，自己則走往後頭擺放了雜物的大桌，倚著桌邊稍事休憩，拿起咖啡啜飲。

路子桓也在大桌旁，見林勁過來便靠了過去，為林勁揉壓肩膀問：「你會不會累？」

林勁搖搖頭，又喝一口咖啡，放回桌上說：「王彤雖然冷漠，但很可愛呢。」

「可愛？」路子桓笑道，在林勁耳邊低語：「他擺明了在討好你。」

「這很正常啊，演藝圈講究人脈，他還年輕，總是會想跟前輩打好關係。」林勁看向前方再次對戲的王彤與莊禮維說，心思轉了起來。

在《小說家沒有告訴你》的劇情裡，尹懷伊的戲分並不難，對於年紀輕輕就已入圍過各大獎項的莊禮維來說，飾演這個角色只是錦上添花。他表現得相當如實，沒有因為是男主角就過分詮釋，也沒有平實到失去光芒，林勁非常滿意。而王彤原本就有股非同常人的氣質，加上令人捉摸不透的個性，邵宇希這個角色對他來說也不是多困難的演出。至於兩人之間的化學反應，林勁已經看出將由王彤主導。雖然莊禮維的演技更好，但化學反應需要的是非預期的彈性與變化，就這點而言，王彤更加擅長。

「卡，OK了！」片刻後，嚴苡緋愉悅地喊道，邊鼓掌邊走向對戲的兩人說：「你們都演得很棒，我太期待正式開拍了。」

「謝謝嚴導。」莊禮維說。

「謝謝緋姊。」王彤同聲道。

嚴苡緋拍拍他們肩膀說：「那就期待開拍囉！你們兩個，快趁這段時間打好關係啊。」

林勁從後頭走上前，向著嚴苡緋說：「妳別給他們壓力，他們可以的。」接著也拍拍兩人的肩，「後續就麻煩了。禮維，我們下場戲到旁邊的第五空間拍。王彤，你趕快下戲吧，很晚了，辛苦了。」

莊禮維與王彤分別離開後，攝影棚裡迴響起工作人員從大聲公裡傳出的廣播聲：「休息十分鐘！休息十分鐘！十分鐘後『小說家』劇組到第五空間集合！」

嚴苡緋臉上愉悅的神情很快暗下，她默默瞥了瞥林勁問：「你可以嗎？等下可是要試演那場戲。」

一旁的林勁已經沉默下來。

試戲讓林勁想起了太多事——四年前，尹懷伊因為邵宇希而開口跟他分手，他因此揭穿邵宇希在作男妓的這個驚人事實；他接著在網路上看到尹懷伊開始連載《小說家沒有告訴你》，把他們之間的事情全都改寫進去；為此，他跟尹懷伊在大白天人來人往的咖啡廳裡大吵一架，當晚就上了各大新聞報導；以及最終，他們在他三十三歲生日當天終於分手，尹懷伊給他最後一吻，卻是眼淚溼透了臉頰。

《小說家沒有告訴你》的原作中，林勁的戲分並不多，這些大概就是全部了，都是情緒飽滿的衝突戲。一般人或許不會深究，可林勁明白，這是因為尹懷伊在寫這部小說時，對他已經只剩下想要逃離的心情。儘管分手時尹懷伊說還愛他，但他不想當真，因為尹懷伊是個太過溫柔、想要頂下一切罪惡的人。

「試戲要考驗的不只是他們幾個演員……」林勁暗暗道。

「你沒問題的，我相信你。」嚴苡緋篤定地說，卻仍憂心地看向林勁，並非是對林勁的決心感到遲疑，而是有太多不捨。

她靜靜地牽起了林勁的手。

劇組一行人前往第五空間時，莊禮維與溫如夏已經在作最後準備。他們接著要試演的是第八幕，尹懷伊在家中向林勁提分手，卻沒料到林勁已經知道邵宇希的存在，兩人為此展開了激烈口角。

「Action！」與打板聲一下，整個攝影棚便安靜下來。林勁坐在嚴苡緋後方，默默吸吐，勉力保持平靜看著眼前場景，以專業的態度壓抑下回憶裡無論是恐懼、受傷或者惱怒的心情。

「我愛上他了，就必須跟你分手。」莊禮維按捺著情緒說。

「你沒有愛上他！你只是被他迷惑、被他給騙了！」坐在床沿的溫如夏說，雙眼圓睜，接著看向身下的一床灰白問：「你是不是跟他發生關係了，是不是？你說啊！」

莊禮維沒有應聲，咬著嘴脣垂下視線。

溫如夏即刻扯起枕頭扔向莊禮維，莊禮維仍無反應；溫如夏再拿起一旁床邊櫃上的電子鐘砸過去，但使力不對落到了地上。

劇組所有人霎時全洩了一口氣。

「卡！」嚴苡緋出聲道，「重來——」

話聲未落，林勁的手已輕搭上嚴苡緋的肩，越過她的人走上前，到溫如夏面前蹲了下來。

「林導……抱歉。」溫如夏緊張地說。

林勁洩口氣，平靜地說：「你跟尹懷伊交往了五年，結果他背著你愛上邵宇希，還讓邵宇希住進他家，這些你全都知道了，你不生氣嗎？」

溫如夏靜靜地點了點頭。

「還不夠生氣。」林勁說，嘴角牽起一絲似笑非笑，「你愛了五年的人不愛你了，你是什麼心情？」

溫如夏抬眼看向林勁，眼神游移著，片刻才說：「……我以為尹懷伊是喜歡你的。」

林勁不禁愣了下，笑嘆一聲，因為溫如夏用了「你」這個字。

「或許吧，他喜歡我，但他不想跟我在一起。」林勁應道。

溫如夏心知可能觸犯禁忌，仍說：「抱歉，林導，但我真的不懂，那是怎樣的心情？」

「如夏！」嚴苡緋站起來出聲制止。

林勁沒有看向嚴苡緋，而是對她比了個不要過來的手勢，依然向著溫如夏說：「對啊，那是怎樣的心情呢？應該是，什麼辦法都沒有，明知道對方不要你了，卻還是被他支配，沒有辦法截斷的那種無力感吧。」

溫如夏皺起眉頭，又問：「那你為什麼還要繼續被他支配？」

林勁嘆道：「因為他說他愛我啊。」

「那樣不難受嗎？」溫如夏沉下了眼說。

「難受啊，不過……」林勁邊說邊想起了那些明明喜歡他、卻又抗拒著他的人，而他想說：「你以後就會慢慢明白，有人愛過你，而你也愛過他，是一種奇蹟。」

「只是愛過，就是奇蹟了嗎？」溫如夏重複道，定定看著林勁。

「是啊。不過如果你想不透的話，這一幕只要表現出既憤怒又悲傷的情緒就夠了。」林勁看了看溫如夏問：「你需要休息一下嗎？」

溫如夏神色複雜，點了點頭說：「好，我想休息思考一下。對不起，林導。」

「沒事的。」林勁拍拍溫如夏的手，起身走向後方的嚴苡緋說：「暫停十分鐘，我出去走走。」

「勁，等等！」嚴苡緋馬上拉住林勁，想要跟他談談，但林勁旋即鬆開她的手，逕自往門口走去。

路子桓也試著攔住林勁，跟在他身後問：「你要去哪裡？」

林勁停下腳步，別過頭說：「抱歉，讓我一個人休息一下。」說完便打開第五空間的門，沒入走廊熙攘的人群之中。

松仁攝影棚這晚也一樣人潮洶湧。紛沓的腳步聲聽得人心惶惶，不時要眼觀四方，才不會撞到外送的小弟、視線被戲服遮住的服裝人員、急忙遞送東西的助理等各式各樣的匆忙。

林勁靠著牆走，淡漠地回應一路上向他打招呼的人聲，完全沒注意對方是誰。他想出去外頭透口氣，但繞去外面太花時間，不禁心情煩悶。

剛才明明對溫如夏說了從容大器的話，林勁不懂自己為何又心煩起來，繞著牆走了好幾圈。走廊死白的日光燈把牆壁照得蒼白，怎麼走都一個樣，就像個巨大且重複的迷宮，走到最後會讓人恍惚到以為身邊挨挨擠擠的人潮都不見一般，只剩下自己一人。

然而，林勁的餘光一瞥，看見了那個人——生著濃黑眉毛、內雙的眼與高挺鼻梁，林少人正站在他前方約莫十步的距離之處，直直注視著他。

一股酸楚和著溫熱湧上林勁胸口，心臟倏地束緊，什麼滿溢了出來。洶湧的、熱切的、飢渴的什麼，推著林勁走向林少人。他有多久沒見到林少人了？此刻他的心無法抑止地劇烈跳動起來。

「嗨。」林少人先開了口。

「嗨。」林勁應道。

「試戲還順利嗎？」林少人問。

「還可以。第一次都差不多。不過他們很敬業，都看完書了。」林勁毫無思考就回答，一雙眼緊揪著林少人看。

林少人轉移視線打量起林勁，蹙眉道：「你比我出國前那時候更瘦了。」

林少人關心的話語令林勁有些心驚，順著話題往身上看了看說：「是瘦了點，這陣子贊助的衣服都改小了，不過我沒事的，我只是……」只是比較忙？只是太想你了？林勁愣著又看向林少人，內心益發翻攪。

「對不起。」

「對不起。」

他們幾乎同聲道。

「我——」

「我——」

又一聲。

「你先說吧。」林少人柔聲說。

林勁突然感到尷尬，低聲問：「你怎麼會來這裡?」

「我是來找你的。」林少人簡潔答道。

「找我？」林勁被林少人的坦率擊中，木然應和。

「你願意當我決選作品的模特兒嗎？」林少人問。

「好。」林勁想也沒想就答。

似乎因為林勁的即刻應答，林少人的眼神更柔和了，再問：「你最快哪天有空？」

這時，走廊上再現人潮，掛滿戲服的長排衣架咻咻而過，將林勁更推向了林少人。林勁即刻往牆邊靠，林少人卻扶住了他的腰——就像在花蓮海邊那晚一樣。

林勁直覺要逃，卻杵著沒動。他們靠得太近，無法直視彼此，林少人的手向林勁腰間傳遞溫熱的體溫，和著彼此克制的吸吐，兩人之間散著一股就要一觸即發的氣息。

林少人重複道：「你最快哪天有空？」

「你……」這樣碰我會被看到的，攝影棚裡到處是人。林勁心裡這麼想，卻說不出口。

林勁已經等待太久，即使不斷告訴自己別抱期待，就像尹懷伊與他分手之後，再來就是死別，可他還是一直盼望著林少人會回來找他。

「下週二中午過後可以，週三好像也有空。」林勁答道。

四目對視的片刻，走廊上人潮已經散去。來來往往的人們依然匆忙，沒有人停下腳步，也沒有人的視線不在遙遠的前方。林少人沒有鬆手，圈著林勁說：「那我們就約這時間。」

林勁愣愣看著林少人，千言萬語卡在喉嚨，只能一心不二地感受這一刻。

22　定情這一刻

星期二——

林勁一把推開 BLANK 攝影棚的旋轉門，傍晚最後一道彩霞緊追其後，將他的身影映上開放式大廳的整片石英地板。

攝影棚裡悄無聲息，一個來去的人影也沒有，林少人坐在大廳一側的灰藍色沙發上看著相機，一邊拿著幾張放大的沖洗照比對，聽到旋轉門的聲音，瞬間抬起頭來。

林勁匆匆說：「抱歉，公司會議耽擱了，你攝影棚預約到幾點？」

林少人不疾不徐地將相機收進相機包，正是生日時林勁送的那只，說：「明天中午十二點前，這裡都是我們的。」

林勁詫異問：「這是私人攝影棚，租用費很貴吧？」

「你不用擔心，我跟這裡的老闆很熟，這陣子都是他一直在照顧我。」林少人說著站起身，自然地接過林勁手上的工作袋說：「走吧，在第一攝影棚。」

林勁出神地看著林少人拿走他的工作袋，一肩還揹著他送的相機包，想起上回來見王彤時正是在此看到林少人，感到安心了些，跟著邁步走往第一攝影棚。

短短的路程裡，林少人沒有開口，也沒有看林勁，只是持續地往前走。林勁則靜靜觀察著林少人。林少人看上去心情穩定，不似他們前一回在酒吧見面時那樣畏怯，反而流露出前幾天邀約他時的那股從容。

林勁很想說些什麼，滿滿的情緒堵在胸口，不知該從何開始，只能更定眼看向林少人。他很久沒有這麼靠近且平靜地看著林少人了，現在一看，發覺林少人有些晒黑了，肩背也厚實不少，更壯碩了。

林少人似乎感受到林勁過熱的視線，開了話題說：「還好我有直接去找你，不然你瘦了這麼多，我借的服裝尺寸都要不合了。」

「啊，嗯……你倒是變壯了，是去九州做了什麼嗎？」林勁說完自己都感到莫名其妙。林少人去九州是參與實習，能做什麼會改變體格的事？

林少人笑了起來說：「不是，我是為了今天的拍攝，鍛鍊了不少。」

林勁聽得一頭霧水，見第一攝影棚大門就在眼前，便問：「今天的拍攝有主題嗎？」

林少人走到門前，停下腳步看向林勁，眼神裡有股堅定，推開門說：「有啊，今天的主題是這個。」

林勁轉過身，向開啟的大門看去。穿過射出的光亮，攝影棚正中央是一塊接近兩層樓高的大型道具牆板，上頭爬滿植物——草綠、墨綠、橄欖、深綠色的葉子起伏成無數道生氣盎然的綠色漸層，在攝影棚強光的照耀下閃著露水霓虹的光澤。

林勁不自覺地往那片翠綠走去。越靠近，便能看見黃綠、藍綠、透明等不同光澤的水珠反光裡，倒映出牆板上植物的形狀。

林勁不禁向滿布的綠葉伸出了手，問：「是我想的那個嗎？」

林少人緩步從後頭走來，停在林勁身後說：「嗯，就是你想的那個。」

一片片四瓣心形的幸運草。

攀滿眼前數公尺高的植物牆。

「這些……都是你弄的？」林勁撫上一瓣又一瓣珍貴的綠意，不敢相信真是四葉幸運草。

「對，是我弄的。」林少人應道，看向林勁回眸的雙眼。

「幸運……」林勁低語，看了看林少人，又回看那片牆，美麗得教人不敢置信。

林少人接著走向一旁的道具區，推出準備好的服裝說：「你先換裝吧，我借了幾套不同的尺寸，你先試第一組，不合再換。」

林勁暗自咀嚼著那兩個字，邊思考邊開始換裝。林少人則在牆板前方架設相機之後，接著從各個角度進行測光。這一時半刻裡，兩人不斷交會錯落的眼神。

林少人注意著林勁，見林勁準備得差不多，便走過去為他整裝。

這天林少人幫林勁挑選的是 Moschino 米白色非正式的西裝外套，鈕釦右側是一顆正紅色大心，左側是湛藍色的塊裝拼貼，衣襬則是亮系的橘黃色，既復古也不失時髦的配色。外套直接當上衣穿，不再搭配內裡，下身則是亮藍色的合身長褲。

林少人喜歡將林勁打扮得很多彩、豐富、擠滿觀者的心，這就是他心裡最適合林勁的裝扮。而林勁來時已上好底妝，因此換好衣服後，林少人只再為林勁上了一點相應的眼妝與脣色，就告完成。

「你盡量靠近背後的葉子，對……再進去一點。」林少人指示著林勁拍攝的位置，「眼睛隨便看哪裡都行，不要看我就好……對，頭可以側一下嗎？往另一邊……對，左腳曲起來一點……」

喀擦喀擦的聲響迴盪偌大的空間，林少人從不同方向引導著林勁進行拍攝。可林勁心思紛亂，想看著林少人、與他對話，或者聽他講話，感到一股莫名的不自在——如今林少人已不只是攝影師，而是他朝思暮想的人。

一會兒，林少人頓了頓，突然中斷下拍攝問：「你還好嗎？身體不舒服？還是不喜歡植物？是不是那個牆太扎人了？」林少人說著走向林勁，稍微幫他理順頭髮，又摸了摸植物牆說：「我試拍過好幾次，應該不會扎人才對啊。」林少人邊說邊將林勁身後的葉子略略撥開，鬆出一點可以擠身的空間。

林勁默默看著林少人。林少人的舉止太過自然，好像不自在的只有林勁一人，令他更顯窘迫。

林少人對上林勁的眼，揚起淺淺微笑，拍拍林勁的頭，相視好幾秒才往後退開，回到攝影師的位置說：「這樣吧，我等下隨意問你一些問題，你不用回答，只要表現出那個問題帶給你的直覺就好了。輕鬆一點，不要緊張。」

林勁微微睨起眼，不太愉快。他覺得林少人早已看出他的心思，只是不願回應。

林少人再次拿起相機，開始提問：「你喜歡天空嗎？」

真是隨意的問題。林勁有些愣住，彆扭著沒反應。

「快要晚上了，喜歡星星嗎？」

搖頭。

「月亮呢？」

沒動作。

「所以比較喜歡白天囉。雲呢，喜歡嗎？」

沉思。

「雲邊有小鳥飛過，那是什麼鳥呢？」

視線向上飄移。

「啊，後頭有一道彩虹，喜歡嗎？」

淺淺酒窩。

「那……太陽呢？」林少人試探般問。

神情變化，若有所思。

「你喜歡誰？」林少人忽地說。

林勁不意回過了頭，看向鏡頭深黑的窗框——喀擦喀擦喀擦——裡頭是林少人含笑的眼。林少人當然是故意問的，因為他今天正是為此而來，不是為了決選作品，而是為了做一件事。

林少人第二度停下拍攝，從相機的觀景窗中移出視線，與林勁正對著眼走了過去。林勁俊美的臉上同時揚著期待與絲絲怒氣，這少見得讓人想多沉醉片刻的可愛神色讓林少人頻頻暗笑，舒緩了內心的緊張。

林少人走到植物牆邊，按下後方的開關，整面青綠的植物牆便緩緩向後傾倒，最終平鋪在地，成為草地般的另一幅景緻。

「請你躺上去。」林少人指示著林勁，又說：「不用緊張，牆板最上層是鐵網，不會壞的。我們有做過耐重測試，但可能不會很舒服。不好意思，要請你忍耐一下。」

林勁原以為林少人走過來會對他說些什麼，再度落空令他更加不耐起來，但也只能聽令照做，爬上幸運草與藤蔓雜生的綠地，側躺下來。

林少人從牆板邊沿靠上林勁，一手隔著參差的綠葉撐著鐵網，一手幫林勁整理衣服及頭髮。

米白色西裝V領在林勁白皙的胸前敞開，林少人溫熱的手指掠過他冰涼的肌膚，為他撥散髮絲，再突出他臉旁幾株鮮綠的葉子，可愛的心形葉瓣即刻映入眼簾。

接著，林少人冷不防地斜躺上林勁一側，小心地維持平衡近拍，開口說：「這些幸運草，代表了一個人的心。」林少人說著緩緩起身，離開傾倒的牆板，去工具區拿了梯子，爬上梯子從上俯拍。

林勁默默注視著林少人，有些緊張，心臟狂跳。

林少人透過觀景窗抿抿嘴，釋然地說：「那個人從沒打開過自己的心，因為很多事，過去的事……直到遇見了你。十幾年來，他一直過著什麼都沒有的生活。沒有家，沒有真正的家人，也沒幾個親近的朋友。他只想躲起來，不跟任何人接觸，所以躲到了鏡頭之後。可是，沒想到鏡頭卻帶他遇見了你。直到現在，這一刻，他仍覺得遇見你是一種幸運。」

林少人頓了頓，長吁口氣接著說：「你知道什麼叫作幸運嗎？幸運就是，每個人都想要，因此你從不覺得會屬於自己、隨時都有可能不見、根本不會降臨在你生命裡的東西。對那個人來說，就比如你，也比如他透過鏡頭所獲得的一切，新的人生、未來的可能，所以他一直告訴自己，這些有一天都會幻滅，畢竟他還拖著無法揮別的過去……」

整室寂靜，僅剩下喀擦喀擦的快門聲、時而急促時而趨緩的呼吸聲，以及林少人的自白，縈繞耳畔。

林少人閉上眼，下定決心般說：「可是……如今他只剩下這個了。幻滅的一天終於到來，如果所有人都將離他而去，如果這將是他能放到世人眼前的最後一個作品，那麼，他想要試著交出自己，給那個最重要的人——

「你。」

輕盈也濃重的一個字，似最初的一滴暴雨落在他們之間。與水量不成比例的雨擴散成一圈漾著綠意的圓，將他倆一同收進了水色溫柔的包覆裡。

林勁坐起身，幸運草在他周圍折射出澄澈的反光。白色、紅色、藍色、黃色，構成他衣服的炫彩，此刻似彩珠熠熠發光。

林少人走下階梯。漾著綠意的圓隨著他的腳步逐漸縮小，直到他與林勁之間僅隔兩個跨步的距離——伸手無法觸及，不會傷人也不會受傷，最恰好的距離。

林勁無法預測林少人的下一步，砰咚砰咚的跳動在胸口隆隆作響。他想上前靠向林少人，但手邊的袖釦被枝葉纏住，怕一移動便會整片掀起，只能靜坐原地，等待著林少人的動靜。

林少人感嘆這無心之過，隔著距離注視著林勁說：「別人曲解我、誤會我，我都不在意。但是，唯獨你，我希望你能自己判斷真正的我。所以我要告訴你十二年前究竟發生了什麼事。」他眼底流露出這晚的第一次閃爍，「然後，如果你願意，我會用現在這組照片向你證明，我是值得你選擇的那個人。」

23　交出我的心

滴答。

攝影棚外下起了雨。

滋生萬物的春雨，轟雷乍響的春雨，洗盡殘雪的春雨，在屋簷上敲出生機蓬勃的樂曲，但棚內是一片寂靜。

春晚微寒，房裡開著空調，維持植物保存合宜的溫度。被整片心形幸運草圍困的林勁，怔怔看著放下了相機、停駐兩步之外的林少人。

林少人一雙眼沉靜下來。

這是他人生第三次自白，第一次是十二年前判刑定讞後，與法官不列入紀錄的一次談話，第二次是程令歡成為他獄中輔導員兩年後的某一晚，因為太煎熬就說了出口。

如今，法官早已遠離他的生活，程令歡與他的關係也已改變。林少人又一次堅定地看向眼前的人——此刻僅屬於他的幸運，即使下一刻就會夢醒，他也要獻上自白。

「我是獨生子，」林少人緩緩開了口，「我爸在跨國企業工作，我媽則從我出生就作家庭主婦。家裡只有我一個小孩，所以父母特別疼愛，他們也非常相愛，我從沒看過比他們更相愛的人。」

每次提及愛這個字，林少人就不禁眼眶泛熱。那是一種再也回不去、卻又必須提醒自己不能忘記，無比難受的矛盾感。

「我跟爸爸關係很好，就像朋友一樣，媽媽則是我們的最愛。我總和爸爸爭執媽媽比較愛誰，媽媽是我的還是他的？媽媽就像我和爸爸的支柱，始終支撐著我們。可是，我小學的時候，媽媽突然生病，不到三個月就走了。我家一下子失去重心。爸爸為了照顧我而辭掉工作，轉到家附近的公司上班。但媽媽過世讓他傷心過度，整個人都垮了，成天喝酒，魂不附體……」

家裡徘徊不去的酒精味成了每晚噩夢，讓林少人在剛去 Vetus 工作時頻頻泛嘔，一晚上會吐上三、四次。他說著默默停了下來，試圖揮去從記憶深處湧上的更多回憶，只專注在遙遠的過去。

「後來，爸爸丟了工作，好幾年家裡完全沒有收入。眼看就要活不下去了，我開始找黑工做。晚上偷溜出門，裝成是爸爸出門的樣子，因為我不想讓別人發現我們家垮了，我媽不在了，我爸也等同個廢人，更不想看到別人同情的眼神。那時候我還太小，完全不知道該怎麼辦。」

林少人再次吁口氣，更試著緩下情緒說：「我爸精神崩潰。他最開始出現幻覺，把我認成我媽，會叫我我媽的名字。久了之後，他開始會對我做一些……很可怕的事。一發現我不是我媽，就大鬧說為什麼我們家剩下的是我跟他？為什麼他沒有隨媽媽一起去？那時候我真的常常想，是不是該讓他隨媽媽一起去？或者……是不是其實我死了會更好？這樣他就會好起來嗎？但不管他會不會好起來，至少我都能就此擺脫那個地獄。所以，我……」

林少人的眼神飄移起來，全身無法抑制地哆嗦。

林少人想起來了，無數個夜晚，向他伸來的那雙手，輕柔地撫摸他，然後變得殘暴，攻擊他，掐他的脖子、對他落下暴雨般的拳頭——彷彿能讓人看見死亡的力道。

林勁出聲阻止：「你不要再說了……」

「讓我說完！」林少人強忍著顫抖看向林勁，眼裡噙起淚水。

林勁蹙起了眉，緊咬雙脣。

林少人倏地懊悔，自己竟然對林勁大吼，根本就是父親的翻版。意識到此林少人雙腳一軟，禁不住就跪了下來，說：「所以我……準備了一把刀，想著有一天，不是刺向自己，就是刺向我爸……」

林少人記得那把刀有多冰冷，也記得從父親胸口湧出的血有多溫熱。他從不知道血液竟如此溫熱又生氣勃勃，卻其實已經正在走向死亡。

記憶裡，那個十五歲的少年，雙手顫慄地拿起刀子，一念就刺了下去。那一刻他心裡只想，終於把父親，送到最愛的母親身邊了。

林勁扯著被枝葉纏住的袖釦，心一橫脫去外套，爬到林少人面前。空氣很冷，植物生存的溫度不比人類，在林勁赤裸的身上激起細細寒毛。林勁想握上林少人的手，甚至擁抱他，卻無法動作，只是看著他眼淚潰堤。

林少人流著淚說：「從那之後，我就什麼都不明白了。到底是什麼把我們家毀了？為什麼我會選擇殺了我爸而不是自殺？更不知道接下來該怎麼辦……」他說著垂下視線，看向身下的實木地板，卻像是看到當年家裡的白色磁磚——父親的鮮血在地上慢慢擴散開來，積成一圈圓。

「我不敢再跟任何人接觸，因為我會忍不住想起刀子刺進身體裡的那個力度……也不敢再想望任何人，因為我不知道我還會做出什麼可怕的事。」

「就是這雙手……殺了我爸……我的親生父親！他是我唯一的依靠，這世上最愛我的人，我最愛的人。我根本就不可能贖罪，我罪該萬死，可是……」

林少人抬眼看向林勁。俊美的臉龐此刻為何如此哀傷？難道是因為他？

「可是我遇見了你。我明明什麼都沒有了，連作為一個人，還有拍照的資格都沒有了……我不懂我為什麼還是……」還是愛上了你。林少人實在說不出口。

林勁伸出手，停在林少人眼前，一根、兩根手指，撫上林少人的臉，帶起視線與他相對。

冰涼的手指，冰涼的眼淚，似花火在他們之間激出一閃不滅的火光，融化了一切。

「像這樣……可以嗎？」林勁的手在林少人臉上緩緩游移，然後滑落下巴，撫過鎖骨、肩臂，在林少人身上畫下一條恐懼與期待並生的愛的軌跡。

林少人雙眼隨林勁的手，看向自己身上依附軌跡而生的絲絲哆嗦，而後似一星火種細燒，發燙起來。纏綿而繾綣，灼熱難耐的心緒在兩副身軀之間繚繞。林勁抬起視線，眼前是男孩羞怯的臉。男孩過去也曾觸摸過、吻過什麼人吧，但因為是第一次付出真心而顯得生澀。

林勁跪在林少人身前，微微傾身，吻了上去——

畫面靜止般，溫暖的熱流自齒間攀上認生的脣。一下輕啄，再一下，水潤覆上乾燥，喚醒多年來始終抗拒著清醒的慾望。

「抱我。」林勁說。他知道這下林少人肯定會抱他了，按捺不住激動。

火種即刻迸發，林少人一把環住林勁的腰，完全貼向自己。結實的軀體摩娑著上衣，搓弄敏感的突起，隔著薄薄衣料更令人難耐。等候許久的雙脣緊密相貼，交融絲絲津液，分明是嘴裡的溫存，林少人卻感覺下腹一股狂躁蓄勢待發。

一切都發生得太快，林少人無法思考，只能順著燎燒的慾望沿林勁白皙的脖頸舔下，任舌尖帶至更遼闊的原野——柔嫩、光滑、跳著血液的脈動，愛人袒露的胴體絕美而銷魂。林少人試著閉上眼，放下視覺，以指腹及舌尖感受懷裡的人。這片刻，所有感官都更加飢渴起來。

「給我，更多。」林勁貼近林少人耳畔低語。

更多——炙熱的吻，急躁的撫觸，林少人將林勁放倒在纏滿心形葉瓣的牆板上，褪去上衣，俯身相貼，再次吻上。

唇舌深吮似兩極相吸，低吟自嘴角流瀉，林勁不自覺地弓起了身，緊依林少人熱切的體溫。如今他的心空了出來，人也空了，可以被任何東西填滿，譬如男孩身下已然挺立的慾望。

男孩的吻繼續向下遊走，舔過林勁肩頸薄薄的皮肉、瘦削的鎖骨、保護著心臟的胸肌，再側耳傾聽肋骨下方因他的吻舐而急速躍動的聲音。

一切都新鮮而甜美，與他們身下青綠的枝葉一樣充滿了生機。林少人從未如此感受過另一個人，難以言喻的燥熱自胸口滿溢，拉升了體溫，似發燒般恍惚不能自已。他拉下林勁下身的亮藍色長褲，褪去黑色底褲，勃起的陰莖霎時翹立眼前。他彎下身，想要含上此刻看來無比色情的肉棒——

「等等，」林勁嘴角揚起一絲羞澀也愉悅的笑，說：「不要。」

林少人釋出疑惑的眼神。

林勁更笑了起來，臉龐浮現可愛的酒窩，「不要，你等下還要親我。」

林少人頓了頓，只得伸手撫上品嚐不得的硬挺，上下套弄，溫柔地挑弄起來。這是林少人第一次幫另一個人手淫，怕把人給弄疼了，他不禁要看向臥倒在綠意之中的林勁。

然而，不看則已，一看更激起胯間燥熱的脈動。

林勁雙頰潮紅，手遮臉前，企圖掩飾連連喘息說：「你也一起，脫掉，跟我……一起……」

林少人再度流露疑惑的神情。

林勁再次笑了出來，忍著想要解放的衝動半坐起身，一舉拉下林少人的外褲和底褲——淫溢涔涔愛液的肉棒彈跳而出。

林勁接著向林少人靠去，雙手握住兩人熾熱的陰莖，相互磨蹭起來，引導著說：「像這樣，你可以嗎？」

「嗯、嗯……」林少人應得唯唯諾諾，接上林勁的指引，握住彼此勃發的陰莖，開始緩緩套弄。

生疏而怯怯，無法預期的撩逗激起新鮮的快感。慾望似海潮推送，即刻就攀上浪尖。林勁忍著高潮前的震顫，撐住鐵網，弓起腰身向林少人袒露更多。

林少人一手圈住林勁的腰，為他隔離背後突出的枝葉，接著蜷舌沾染唾液，舔上林勁胸前的突起，伴隨皓齒輕咬，帶起一觸一觸的刺激。

「哈啊……不行……我想射……」林勁忍不住低吟。

林少人加速另一手的動作，快速套弄林勁因興奮而漲大的陰莖，並再次吻上林勁的唇，感受他射精前的顫抖與一聲聲嬌吟。

「哈啊、哈啊……」林勁將林少人擁得更緊，忘情地咬上他厚實的頸肉。淫靡愛液隨著一陣哆嗦射出，濃白的腥羶沾滿男孩的大掌，與身上熱汗交融成灘。

林勁大口喘氣，偎在林少人身上。嫋嫋繚繞的荷爾蒙氣息在漸緩的吸吐間散溢開來，回神後是一股百分百擁有彼此的安定感。

林勁定眼注視著林少人。林少人緊張、興奮也耽溺的坦率神情太過可愛，林勁不禁要再次親吻他的脣，如飛鳥輕點池水，熄下狂燒的火焰。

溫柔也深情的吻將一切收於片刻的平息，結成一張廣袤而細密的無形的網，覆蓋上他們的身，輕柔地籠罩在心形的翠綠之上。林勁坐在林少人身前，拉開一點距離與林少人對視。植物純淨的氣味重回感知，似水的洗禮，帶走了汙穢。

「你很緊張？」林勁問，細撫林少人的手。

「……有點。」林少人答道。

「不喜歡嗎？」林勁垂下視線問。

「沒、沒有。」林少人即刻回答。

林勁失笑，問：「你想要我怎麼幫你？」

「幫？我沒想過……」林少人不知所措。嘴上這麼說，他腦中卻不自覺要閃過各種下流場景。

「你沒想過？」林勁睨起眼，逗弄般問。

「呃……不是，有……」林少人錯愕地近乎亂語。

「那你都想著我做什麼？」林勁又問。

林少人不禁吞嚥一口口水。

林勁瞥了林少人一眼，伸手抹了抹身上的溼滑說：「可以喔，你想要的話。」

又一口口水。

林少人當然想過——無數次，自己與眼前男人不可能的交合。即使堅守不碰觸、不愛上任何人的鐵律，認識林勁之後一切就急速崩毀，無論是內心因林勁而起的所有思緒，連同陌生的性慾，都令他期待也畏懼。

林勁纖長的手指爬上林少人胸膛，問：「你在害怕嗎？」

林少人隨林勁撫觸的手抬起眼，看向林勁說：「我害怕我自己。」

「你不可怕。無論你做過什麼，你一點都不可怕。」花蓮那晚，林少人告訴林勁自己和程令歡相識的過往時，林勁就說過這麼一句。此刻林勁更加篤定道：「你要相信我。」

林少人直直看著林勁。他至今仍不明白，林勁為什麼喜歡他？又為何能如此肯定？像林勁這樣願意包容他的人，卻——

「為什麼……尹懷伊要放棄你？」林少人不忍問。

俊美的臉龐流瀉一絲苦澀，林勁微微牽起嘴角說：「這樣，我們才會相遇吧。」說完，他再次吻上林少人，一邊將身上腥羶的黏稠塗抹到林少人身下依然挺立的肉棒上。

唇瓣吸吮著唇瓣，一手再一手來回套弄，漲大的陰莖被挑弄得更加硬挺而油滑。林勁靠向林少人耳畔低語：「讓我們把它做完。」

濃白愛液和著彼此身上的細汗，飄散出一股粗鄙而荒淫的氣味，重新撩人情慾。林勁跨坐到林少人腿上，以舌尖劃過他高聳的鼻梁，並親吻內雙的眼及刺刺眉毛，然後邪邪一笑，更張開雙腿——白皙的腿根裸露林少人眼前，連同射精後又逐漸恢復精神的陰莖，翹立搖晃。

林勁一手抵上身旁已然凌亂的藤蔓，一手握住林少人矗立的肉棒，抬起臀部，緩緩讓他從下向上插入。暴戾的摩擦為林勁帶來預期中的痛楚，他不禁蹙眉，以規律的吸吐平撫疼痛。

林少人一邊心疼，卻仍任其動作，傾身在林勁身上吻出一圈圈紅，再含吮撩逗乳尖，想藉著慾望的襲擊鬆緩插入的不適。

「哈啊……」林勁低聲喘息，扶住林少人的肩，一鼓作氣讓壯大的陰莖整根插入，禁不住要發出呻吟。一滴汗滑下林勁臉頰，沒入林少人的唇，帶上鹹澀的滋味。林少人將林勁臉前溼透的瀏海撥至耳後，露出滲著細汗的額頭，再次親吻。

林勁忍著疼痛，緩緩搖動起腰身，適應著被愛人填滿的充實感，那麼炙熱，那麼粗暴，他不禁要憶起過去所有的交合。平平都是烈火，將他整個人與心燒得滾燙，但林少人不一樣。林少人對他沒有半點強迫，分明是侵入的一方，卻讓人感覺溫柔又依順，像是被溫熱的大海包圍，不自覺地就被奪走了呼吸，奪走所有感官與注意，最後連心都交了出去。

林勁緊擁住林少人，加速抽插。

片刻，初始的疼痛被愛液舒緩，林勁感到一股舒適而疲了下來，交出性愛的主導權。林少人接過這份信任，讓林勁抓著肩背，扶住林勁結實的腰身，徐徐向小穴頂進。

一頂，再頂，進攻未知的深處。鼓脹的肉棒被小穴緊緊吸吮，啪嗒啪嗒，淫靡的交媾聲迴盪攝影棚，和著體內急竄而上的燥熱慾望，一波又一波酥麻教人無法自持。

林少人瞥向林勁，加劇了力道，向上衝擊。他們一躍一躍的身影被棚內拍攝的強光照上滿布幸運草的牆板，延伸到外圍的木板地上，映出一緊擁而相貼的長影。

林勁咬著唇，陰莖蹭著林少人厚實的腹肌，為他帶來絲絲愉悅。他不禁要看向林少人。林少人看來無比認真，像是在進行什麼終極比賽，百分百投入。

林勁笑了出來，將頭埋入林少人的肩窩，蹭著暗笑。

「怎麼了，還痛嗎？」林少人慌張地問。

林勁搖搖頭，揚起視線對上林少人的眼問：「你舒服嗎？」

林少人沒料到林勁這般直接，變得羞澀，含糊地說：「嗯、嗯……」

林勁覺得林少人這反應實在可愛，於是將林少人向後一推，取回主導權，雙手壓上林少人壯碩的身軀，夾緊小穴，擺動臀瓣更大力搖晃起來。

「你……這……太快了……」林少人應道。

林勁全然袒露的身姿伴隨嗯哼呻吟色氣爆發，無法預期的連續刺激讓肉棒更加壯大，任小穴緊實地吸著，一抽一抽迸發淫慾滿點的激烈水聲。

無可抑制的快感襲上，林少人握上林勁的手，使力交扣，像是隨時就要繳械，「慢點，我忍不了……」林少人緊抿著脣，破碎地說。

林勁眉眼綻笑，自然不依，蹭著林少人大腿越發猛烈搖動，說：「你剛才拍照時問我的問題，再問我一次。」

林少人頭腦發昏，眼裡只剩下林勁似幻也似真的晃悠人影，問：「什麼問題？」

「你問我喜不喜歡太陽的下一句。」

高潮前的激昂再次從胯下升起，林勁在林少人腿上摩出片片紅痕。

林少人想了起來，揚起淺笑說：「你喜歡誰？」

「我喜歡你。」林勁說完，趴上林少人，親上他青春而甜美的唇，纏捲、吻舐、使勁深吻。

兩人十指益發緊扣，一同迎接高潮如海嘯襲來——

熱液射進溫熱的體內。一道，又一道，腥羶的氣味隨愛液滿溢而出，自小穴汩汩潺流，沾上汗溼的肌膚，與歡愛時染上的碎碎綠末抹成一幅生機盎然的圖案。

林勁倒到林少人身上。交歡後的餘韻似藍火燎燒，在林勁心裡炸出絢爛的花火，他感到眼眶一陣熱，倏地就落下淚來。一顆鹹淚滑下林少人身側，落入一片綠海之中。

林少人輕撫林勁被汗浸溼的短髮，玩笑地說：「你這樣很像是我做得很差……」

林勁眨眨眼任眼淚流下，也玩笑回道：「以我第一次合作的對象來說，你算得上前幾名了。」

林少人忽地翻過身，將林勁壓到身下，再次蓄勢待發的模樣問：「多做幾次，就能變成第一名嗎？」

「等下！」林勁避開林少人就要吻上的脣，轉移話鋒問：「你照片拍完了？」

「拍完啦，還是我現在可以補拍？」林少人倒是變得靈活起來。

「你敢？」林勁自然不畏敵，翻身將林少人重新壓回身下。看著林少人熱切的眼神，林勁緩了下來問：「兩年前，你為什麼會抱我？」

林少人蹙起眉頭，擔憂林勁又要想起悲傷的往事，仍直白道：「就……覺得很心疼。雨那麼大，你一個大男人整張臉蒼白得嚇人，像是快昏倒了，所以我沒多想就抱你了。」

林勁淺笑起來說：「現在回想，你剛好是在懷伊離世的那天，出現在我的生命裡。」

「這樣說的確是……」林少人不禁感嘆，抓緊機會回問：「那你為什麼要答應我玩代替遊戲？」

「我根本不覺得你是認真的啊，」林勁側身倒回綠意之中，望向白光炙熱的攝影棚天頂說：「但你那天的神情好認真，我感覺好像所有寂寞、空虛、無可救藥都被你看透，所以就答應你了。」

林少人轉頭看向林勁，撫上林勁的臉，更定眼看著分明不可得之人說：「我會通過決選，拿回工作，成為可以待在你身邊的那個人。然後，我不要代替誰，而是真真正正地留在你身邊。」

24 最美的圖案

從十一樓望出去，整座城市背光的高樓黑影幢幢，白日浮在東邊蒼綠的山稜上，一縷縷手撕棉花般雲彩劃過天際，暗示著春的尾巴。

冥王娛樂面東最大間的會客室裡，時而響徹歡鬧笑聲，時而交織熱烈議論，陽光從半掩的百葉窗間透進來，照上畫了《小說家沒有告訴你》新戲宣傳主視覺的白板。紅、藍、綠、黑，各色白板筆線條聚成一個人型的模樣。畫家盧驛正在白板上速寫意象，一邊解釋背後的創作理念。

冥王娛樂難得露臉的大老闆葛姊、林勁、尹婕伊，以及盧驛的伴侶蕭文仁——尹懷伊的文壇前輩兼摯友都到了。每個人臉上都掛著愉悅也認真的神情，討論著首波宣傳的主視覺。

外頭已經流傳起各種風聲，猜測劇中角色將會由誰飾演，裡頭自然包括了確定的演員。但林勁不希望一開始就打出演員這張牌，而是以「究竟會如何改編？」的神祕感作為首波宣傳的主軸，因此找來盧驛操刀主視覺。盧驛的畫風現代而大膽，油彩用色強烈，十分吸睛。

「依照你們的時間規劃，我大概五月下旬提出更完整的視覺藍圖，這樣好嗎？」盧驛最後問。

尹婕伊看向平板上的戲程規劃表說：「莊禮維七月才能上戲，我們也把檔期往後延了一些，沒問題的。」

「那就這樣吧，」林勁說，起身隔著大桌與盧驛握手，「交給你了，盧驛。」

盧驛笑笑回握道：「謝謝你，林勁。」

一旁的蕭文仁也跟著起身，神色複雜地看著林勁，片刻也伸出了手說：「林勁，我對你是改觀了。如果懷伊還在，他一定會很放心把這部戲交給你。謝謝你們決定改編。」

「不必謝，我也只是了一樁心願。」林勁說，回握蕭文仁的手。

「這也是我們很多人的心願啊。」蕭文仁應道。

「那我們就告辭了。保持聯絡。」盧驛卸下方才嚴謹的神情，露出安心的模樣，收完資料便和蕭文仁一同離開。

會客室的門關上，林勁馬上拿起平板，翻看所有合作與贊助的狀況。如果首波宣傳能在七月前趕出來，前期宣傳的時間就更充足了，一邊這麼想，林勁一邊確認新進的電子郵件與訊息。

一旁的老闆葛姊不疾不徐地往杯中倒入熱茶，觀察著林勁的神情說：「勁，我聽苡緋說攝影師的團隊已經定下來了？」

林勁滑著平板應道：「對，主攝影師、副手，還有攝助都找得差不多了。」

葛姊啜一口茶，靠回椅背默默說：「抱歉啊，我撤掉了林少人的位置。我知道他是很好的攝影師，但如果啟用他，到時候他的新聞說不定比我們劇的新聞還大。我年紀大啦，不想冒風險，你可以理解吧？」

林勁依然滑著平板，笑著說：「沒事，我理解，而且少人如果通過決選，七月就要去日本了，也沒辦法幫我們拍攝。」

「這樣啊，那就祝福他了。」葛姊滿布絲絲細紋的眼笑著，喝完茶便起身說：「我先走啦。接下來幾個月我得去幫徐導的新戲宣傳，你跟苡緋要靠自己囉。」

「包在我們身上。」林勁承諾道，想起身送別卻被葛姊制止，揮揮手就此告別。

會客室裡只剩下林勁與尹婕伊兩人。

窗外的晨光更射了進來。白板上，盧驛剛畫的示意圖還未擦去，外頭冥王娛樂辦公室裡的人聲已益發喧鬧，想來是時間接近中午，媒體圈開始運作了。

尹婕伊看向白板上的畫，感慨地說：「每次看到文仁大哥和盧驛，我就不禁要想起哥哥。因為哥哥就是在他們的婚禮上，送戒指給宇希哥的。」說著她不禁停頓下來，「抱歉，我不該提起戒指的事。」

林勁放下平板，起身走到窗邊，將百葉窗整個拉了上去。

三年前，蕭文仁和盧驛在屏東的婚禮上，正是尹懷伊與邵宇希擔任伴郎。林勁沒有去，但當時他被尹懷伊背叛的新聞鬧得正熱，各家媒體都追著他們跑，他因此也在電視上看到了尹懷伊擔任伴郎的影片。

晚春的陽光為室內帶進幾許暖意，林勁倚著窗台，望向遠方起伏不定的山稜線說：「沒關係，我已經不會難過了。」

尹婕伊轉過身，看向背對著她的林勁。快三年了，尹懷伊的離世將她跟林勁牽在了一起，像是這世上唯一仍負傷的兩個人，不言語地彼此陪伴。

尹婕伊站起身，走到林勁身邊，看向山稜線上的白日說：「哦，你跟那個攝影師在一起囉？」

「還沒，」林勁露出一絲釋然的笑，「不過我已經沒有那麼常想起妳哥了。我沒有忘記他，只是我現在更常想起別人了。」

從哪一天開始的呢？是林少人說要代替尹懷伊的那一天，還是他收起家裡尹懷伊放大照的那一天？總之，當林勁回過神時，因為思念尹懷伊而感到悲傷的時刻，慢慢地都變成了因為想起林少人而開心的時間。

尹婕伊仰頭看向林勁。

太陽燦照的熱度將窗台、盆栽、百葉窗片與他們向陽的臉晒得發燙，溫暖異常。尹婕伊拿起手機，打開錄音程式裡的檔案往下滑，停在其中一段錄音上怔怔看著，一會兒後傳給了林勁。

林勁用手機接收檔案，疑惑地問：「這是什麼？」

尹婕伊收起手機，雙手撐著窗台向下眺望說：「我藏了快三年的，哥哥最後的遺言。」

「遺言？」林勁不禁睜大了眼，無比震驚。

「也不能說是我藏的，因為是哥哥說要等到現在才能告訴你。」尹婕伊說。

「現在？這是什麼意思？」林勁不解地問。

「到你有了下個對象的這一天。」尹婕伊俏皮地說，「好啦，我先走了。你很久沒聽到哥哥的聲音了吧，就讓你們相處這最後一刻，我不打擾了。」說完揹上包包就離開了會客室。

林勁杵著一動不動。陽光更炙熱了，連同手上的手機都熱得灼人。尹懷伊最後留下的遺言竟然是給林勁的，他萬分不可置信。

林勁緩步坐回椅子，看向手機螢幕上的錄音檔案。接著，指腹觸上光滑的鏡面，喀嗒喀嗒幾聲雜音之後，不能更熟悉的聲音傳了出來。

林勁木然地坐在位子上，被抽去空氣般的體感近乎真空。萬籟俱寂，寬廣的會客室裡迴盪起尹懷伊斷續卻清晰的話語，彷彿只要回頭，尹懷伊就在不遠處，像過去千百次那樣微笑著對他說話。

太陽躍上山頭，高攀天頂之上，近午垂直的日照讓射進室內的光變少了。陰影覆上林勁的臉，完全遮去白板上盧驛的畫。林勁紋絲不動地杵著，隨著手機裡傳來那一點也不悲傷卻被稱作遺言的話聲，止不住的淚水自臉龐流下。

另一邊，松菸文創園區的一號倉庫裡人聲鼎沸。

展區工作人員、媒體記者、主協辦單位、應邀貴賓及來觀展的人們將逾三百坪的大倉庫擠得滿滿。人像攝影大師常盤聰首次全球招募的決選作品，數十幅放大表框的照片掛滿白牆。每一幅旁邊都標示了作品名稱及攝影師姓名，各國文字似象形表符，宣示著比賽的全球性。

這天中午十二點，也是日本時間下午一點，常盤聰即將在東京的展場公布最後獲選進入企劃案的五名攝影師，並在全球展場同步轉播。

台灣只有一位代表，因此此刻場內所有目光都聚集在那幅台灣攝影師的作品上。嚴苡緋與路子桓也擠身人群之中，並肩注視著輸出後寬幅超過兩公尺的巨大人像。

「聽說他們交件時可以交很多張，但今天展出的一張是由常盤聰親自挑選的。」嚴苡緋說。

路子桓沒有應聲，興嘆於他從沒見過照片裡的男人那副模樣，一邊聽著四面八方討論的人聲：

「這是之前那個坐過牢的攝影師拍的嗎？」

「太美了……殺人犯不可能拍出這種照片。」

「模特兒是林勁耶，好帥喔，完勝其他作品啊。」

「那些幸運草是真的嗎，上哪裡去找那麼多？」

「確實很厲害，」路子桓淡淡開口道，「林勁看起來很……」他思索著該使用哪個詞，腦海不禁就浮上那兩個字。

「很幸福。」嚴苡緋順著接了說，看向路子桓問：「勁跟你說了什麼嗎？」

路子桓嘴角牽起一絲笑，仍看著照片說：「他說謝謝我回來找他，幫他完成十八年前的心願，跟我過上這段日子，他很感激。還說如果我沒有回來，他一個人絕對走不出來，應該還是會被過去困住，沒辦法好好再去愛人。」路子桓說著嘆口氣，「我是不是變成他們的助攻了啊？」

嚴苡緋噗嗤笑出聲，「那我也不遑多讓啊，最初可是我介紹少人去幫勁拍照的。」

「我們實在是……」路子桓說著又嘆口氣。

嚴苡緋淡淡笑著，又問：「你為什麼放棄了？我以為你會更不擇手段地得到勁。」

路子桓垂下眼，看向灰白的地板說：「不知道為什麼，總覺得我不是在跟林少人競爭，而是在跟勁競爭，然後就覺得……我是不可能讓他輸的。」想起林勁那任性的脾性，路子桓不禁笑了，「他說他已經喜歡別人了。聽到他親口那麼說，我就很想成全他。畢竟他是那個我們永遠都捧在手心，不想讓任何人傷害的人。」

嚴苡緋瞥了瞥路子桓說：「你會回去美國吧？跟范晴繼續在一起，也很幸福啊。」

路子桓搖搖頭，「我還是會跟范晴離婚，至於要留在美國還是去別地方，就再想想吧。」

「你跟范晴在一起一輩子了，又有小孩，何必非要離婚？」嚴苡緋問。

「就是因為在一起一輩子，該放彼此自由了。」路子桓說，「如果不是回來這一趟，我也不會想通這件事。我們都只是被過去困住了吧。因為過去太美好，讓人捨不得離開，可終歸是要放手的。」

「我可不想放手。」嚴苡緋開玩笑般說，「我要繼續跟著勁，當他的導演，跟他一起工作，永遠待在他身邊。」

路子桓斜眼睨向嚴苡緋，「妳才奇怪吧？明明有那麼多選擇，硬要纏著他。」

「能跟心中的男神在一起，是所有導演的夢想啊。」嚴苡緋笑著說，暗自瞥向路子桓心想：國王依然自信而耀眼，但歷練讓他更柔軟了。

場內人聲持續高漲。時近正午，電視台的記者與攝影機紛紛聚集到直播的電視牆前，等待十二點的全球轉播。據說常盤聽即將於暑假展開的新企劃也會與台灣合作，因此官方特別關注，希望能為台日友好更添一筆，這天也邀請到常盤聽的圈內好友張照新一起參與決選公布。

報導的人群與器材轉移陣地後，林少人才和周毅凡離開準備室，從連接的小門走進展區，朝嚴苡緋與路子桓並肩而立的方向走去。看到路子桓也來了，林少人雖不驚奇，卻隱隱有種強敵會面的緊張感。他們的腳步聲與碎語讓嚴苡緋與路子桓回過了頭。

「嚴導、路先生，你們都來了啊。」周毅凡周到地問候。

「少人！」嚴苡緋親暱地摟上林少人肩膀說：「哇，你什麼時候長了這麼多肉，這麼壯。」嚴苡緋毫不客氣地對林少人又摸又捏，一副吃驚樣。

周毅凡拉開嚴苡緋的手，抱怨道：「欸欸，導演，剛剛才整理好的衣服都要被妳弄皺了。」

林少人沒有理會兩人的嬉鬧，看向路子桓說：「上次在Vetus謝謝你出面幫忙。真是抱歉，讓你見笑了。」

路子桓撇撇嘴，無奈道：「這麼久了還謝什麼？我都是為了林勁而已。」

聽到林勁名字，林少人又忐忑起來，說：「如果我通過決選，你就能認可我跟林勁在一起嗎？」

一旁與周毅凡嬉鬧到一半的嚴苡緋停了下來，說：「我以為你們在一起了？」

「倒是……還沒有……」林少人頓頓答道。

路子桓不住蹙眉，吁口氣說：「林勁都喜歡你了，還需要我認可嗎？你到底是什麼意思？」

「我只是……覺得他應該還是很在意你的。」林少人說。

路子桓笑了出來，回道：「與其擔憂這個，你還是去煩惱如果通過決選，未來一年該怎麼辦吧！」

「……什麼意思？」林少人忽地感到一股森涼。

「你覺得你有辦法跟林勁異地戀一年？」路子桓語氣有些囂張，分明看林少人不起，又拍拍林少人肩膀說：「你加油了。」

周毅凡在一旁假哭鬧道：「你們都只在乎林勁！不想想如果少人去了日本，Vetus該怎麼辦？」說著緊拉住林少人，「嗚嗚嗚，不要離開我～～不要離開林勁～～」

「什麼啊。」林少人不甘地笑道，大夥兒也都笑了。

談話間，場內發出「嘰——」的高頻聲響，沉穩的男聲從喇叭中傳來，告知決選公布直播即將開始，請大家移步電視牆前，同時點名台灣唯一的入選者林少人儘速前去。

「走吧，在叫你了。」嚴苡緋催促道，邁出步伐又說：「怪了，勁怎麼還沒來？」

「勁早上去冥王辦點事，應該快來了吧。」路子桓看看手錶，也跟著往直播區走去。

人潮紛紛離開展區，林少人仍杵在原地，看著裱框裡自己的作品。

常盤聰說決選作品不限張數，要繳交幾張都可以，但每張作品皆會被列入評分考量。林少人和大家通訊討論，Eva 拍的是系列作，所以打算全部上呈；星野說只會選出自己最滿意的一張；金民俊那時還在遲疑，拿不定主意。

林少人最後挑出兩張照片，卻在送出時又多加了一張——就是現在掛在牆上，被常盤聰選中的這張。

照片旁邊大大的作品名稱寫著：《戀》。

林少人凝視著照片好一會兒，才在廣播聲再次的催促中，轉身走向直播區。

計程車裡的林勁看了看手機，取下無線耳機，平緩著心情。

車子在駛進菸廠路後停了下來。平日中午，文創園區裡的遊客與上班族來來往往，在寬闊的城市綠地裡享受悠閒的午休時光。林勁一下車便趕忙往一號倉庫的方向走，即使戴了帽子穿著低調，還是引來不少注目。

林勁抵達一號倉庫時，場內的電視牆前已聚滿人潮。直播影像中傳出常盤聰老邁卻仍高亢的嗓音，以日語公布著：「第三位通過決選的攝影師，定居巴西的日裔攝影師星野玲西。」

畫面接著放映星野的作品，並在底下以英文標註常盤聰的評語：「大膽，自信，展現堅不可摧的生命力。大自然神力盡現的一刻，背後是攝影師對瞬間之美的高度捕捉力。」

林勁向場內張望，很快就看見林少人與周毅凡等人站在記者區前。但林勁沒有走進去，只是遠遠地看著。林少人看上去神色自若，在聽到星野的名字時露出了愉悅的神情，熱烈鼓掌並側身與嚴苡緋耳語。相較之下嚴苡緋就顯得緊張許多，想來是還沒有叫到林少人的名字。

「第二位通過決選的攝影師是……」影像裡，常盤聰故弄玄虛般暫停，片刻才道：「來自西班牙的攝影師Rodrigo Goyo。」

嚴苡緋接著咬起了指甲，周毅凡也焦急得扯著路子桓的袖子，真正應該緊張的林少人仍只是專注地看著電視牆，眼神這才流露出一絲焦灼。而站在電視牆另一側的張照新則看著林少人，嘴角掛著淺淺的笑。

影像中，常盤聰再次拿起手中寫了名字的字卡，頓了頓說：「最後一位，也是這次決選的第一名。我很開心能把這個名次頒給他。他極具天分又非常努力，完美地實踐了我叮囑他的話。」

林少人閉上了眼，在心裡告訴自己，沒通過也沒關係，已經走到這一天，用盡了全力，就連星野也僅拿到第三名，自己是不可能超越她的。只不過，若是沒有通過決選，他就感覺自己當不起林勁的攝影師了，而這才是他最想得到的嘉許。

常盤聰的聲音平穩下來，肅穆地公佈道：「全球招募決選第一名的攝影師——來自台灣的林少人，恭喜他！」

林少人不可置信地睜開眼。禮炮的碎紙從天而降，正前方，是林勁燦笑著注視他的眼，不聞話聲的嘴形必定說著祝賀的話。林少人彷彿能聽見林勁的聲音就在耳畔，那個他想為他奉上一切的人，也是圓滿了如今的他的人。

還愣著時，身旁的人們已將林少人推上台前。林少人反射地從張照新手中接過獎座，任其熱情擁抱、在他耳邊送上鼓勵的話。但他什麼都聽不見了，只是直看著攢動人頭後方的林勁。

電視牆上——被過熱的歡騰搶去了鋒頭——映出林少人的決選作品：

那天拍攝終了時，林勁躺在不敵他們激烈歡愛、被摧殘得凌亂的植物牆版上，身上蓋著拍照時穿的西裝外套，手上拿著一縷縷交纏的幸運草藤蔓賞玩，一邊與林少人對話，一邊笑眼看向林少人的一張可說一點也不正式的照片。

林勁一邊笑著隨人群鼓掌，一邊反在內心揶揄林少人怎麼會繳交這張照片，也為常盤聰竟然選了這張感到荒謬，接著卻眼眶一陣溼熱——

照片裡的那人真的是自己嗎？

什麼時候自己又能露出那般熱切的笑容了？

林勁已經太久不敢直視鏡子，也不敢去看別人的觀景窗中自己不得不偽裝的歡顏。

溫熱的鹹水盛滿林勁的眼，眼底盡頭是螢幕上常盤聰給林少人作品的評語：

「大自然的奇蹟，生而為人的奇蹟，沒有第二位攝影師拍得出來的唯一作品。」

林勁逕自向林少人走了過去。

不間斷的鎂光燈在林勁身後閃著，兩旁喧騰無度。記者搶著朝林勁遞出麥克風，觀展的人們揚著無比驚喜的眼神，外頭散著晴天將萬物晒得乾燥而純淨的氣味。林勁鬆緩下一切感官，全心感受這不能重來的一刻，走到林少人面前。

「恭喜你。」林勁說。

「謝謝。」林少人答得不太好意思。

「我要跟你在一起。」

「咦？」林少人睜大了眼，比聽到通過決選更感到不可思議，「等等，這應該是我的台詞……」

「我要跟你在一起。」林勁又說，滿不在乎似的。

「不、不對……」林少人很想笑，見林勁微微噘起嘴，更感到自己要被擺弄了說：「重來，只有一次機會，你不要捉弄我。」

「那你吻我。」林勁說，脣角似揚非揚，也像在按捺著笑意。

「現在？」林少人低聲問，眼珠轉了一周，只能用人山人海來形容。

「對，現在。吻我。」

林勁閃著水光的眼流露過多期待，教人無法抗拒。

林少人一把摟住林勁的腰，吻了上去。

甜美而溼潤，很快就會更加熟悉的雙唇緊密相貼。輕啄，舔舐，深吻入頰。溼熱的舌尖為齒頰帶來溫柔的觸感，連同同樣深情的撫觸，林勁擁上林少人，雙手圈住林少人的脖子熱吻。

喀擦喀擦喀擦，瞬間爆發的連續相機聲和著驚嘆如海潮將他們沒頂，沒入另一個甜蜜、溫暖、只有彼此相擁的蔚藍世界。曾經攀附兩人身上，帶著血色的印記被無形的海潮拭去，沖散了開來。不可抹滅的傷痕化成一道涓流，在兩人心上聚出一塘新生的湖泊，以彼此的愛灌溉著幸運與生機。

從這一刻起，直到很久以後，人們會完全忘記兩年多前林勁因為失去尹懷伊而傷心落魄的愁容，取而代之的是，此刻綻笑的眼，以及與林少人真摯人方的一吻——襯著所有人身後充盈著綠意與愛意的那幅照片，這片刻，他們為彼此畫下了一生最美的圖案。

勁，是我。當你聽到這則錄音的時候，代表我已經不在，而你已經有了新的伴侶了。說出來你或許不會相信，但這世上唯一還讓我惦念的人，就只剩下你了。所以，我想在生命的最後，為你的未來寫下最後一段故事。希望有一天，即使我看不到，你的笑容也能再次綻放，將幸福渲染給所有人。

晨光清白，冬陽暖暖射進海邊獨棟的雙層別墅。落地窗前，你赤裸地裹著暖被，緊偎男孩寬厚的背，望著窗外淡藍的海色。

男孩沉沉睡著，幾輪盡歡後的身體散發淡淡的荷爾蒙氣味，和著冬日晨間乾燥的空氣，寬廣的室內盈滿清爽的氣息。從此展開新的一天，你感到特別興奮，親吻男孩的肩喚醒他，向他索取比昨晚更炙熱的吻……

林少人朦朧著眼，轉身親吻林勁，睡意迷濛地問：「……幾點了？」

林勁沒有回答，持續吻著林少人散著薄荷清新的唇。林少人知道林勁熱愛接吻，即使不梳洗也必會刷漱清潔，不時更換的牙膏口味也能為彼此帶上一點日常可愛的情趣。

「要走了嗎？」林少人半睜開眼，瞥向白牆上的鐘，「這時候回去台北可能要一小時喔。」

林勁仍沒有應聲，伸手觸上林少人的唇，要他別說話。林少人被吻起晨慾，耐著身下燥熱，微微翻動著身體。林勁不禁失笑，更炙熱地吻著林少人，吻著，直到遠方地平線被白日灑滿金光——

……你們會駕車繞著沿海公路旅行，他會帶你爬上高高的防波堤，任你被海水打溼，然後在無人的礁岩上忘情歡愛；你們會去山間露營，外帶食物上去，但早早入睡或者乾脆交歡不睡，因為你想半夜起來等待日出；你們會一起參加朋友的婚禮，一起進出你拍戲的攝影棚；他可能會住進你家，你會公開向大家介紹他，這樣就沒有人敢在你的生日跟情人節給你安排工作……然後有一天，也或許是每一天，你會漸漸發現你已經明白，他就是你這輩子等待的唯一。

（正文完）

番外（上）　幸運蛋糕

關西國際機場——

白色圓頂的大廳裡人潮洶湧，行李箱的吭愣輪聲、熱情相擁的戀人、尋找遺失物的播報、送別的嚶嚶離情，更多是外來旅客真情流露的興奮喧嘩。

林少人已十分熟稔這場景，只是這次多了分緊張，因為他一早從福岡出發的ＪＲ列車誤點，抵達關西機場時，航班告示牌上林勁搭乘的班機剛轉為「抵達」。

出關需要些時間，自己雖沒提早到，至少沒讓林勁等，林少人鬆了口氣，緩下腳步。正這麼想時，遠方就猛地傳來高分貝尖聲，日本女孩標準「キャーキャー」的尖叫聲響徹大廳——林少人也十分熟稔這場景，肯定是那個男人來了。

入秋的天光依然白亮，從天頂照落淺灰色地板，亮晃晃的前方是林勁拖著小登機箱的帥氣身影。橄欖綠色風衣外套、米白色麻料長Ｔ，加上黑色修身牛仔褲，林勁急促的腳步伴著身旁頻頻回頭的人群似風暴向林少人而來，視線甜美如蜜，林少人不禁吁一口長氣。

登機箱還在後頭緩慢滑著小輪，林勁已經一個勁地走到林少人身前，雙手圈上他脖子說：

「你到了。我好想你。」

「我也好想你。」林少人想忍著別笑，但忍不住，林勁開心的神情令他既不好意思又不忍得意。「可是我們才剛見面……」

「是嗎？」林勁偏過頭說。

「是啊，三天前才在九州見的面。」

「喔，對，已經三天了。」林勁甜甜笑道，「我等不及再見到你了。」

林少人著實忍不住笑意，覺得林勁可愛得過分，「好，人見到了，也來到你最愛的城市了，開心嗎？」

林勁笑迷迷的眼直盯著林少人看，像是沒聽到他的話說：「我要吻你了。」

還來不及反應，林勁已經吻上林少人的唇。

日本初秋的寒涼將林勁的薄唇凍得冰冷，但嘴裡炙熱如常。挑逗的舌探進林少人口中，繾綣舔舐，溫熱的津液攪動令人不禁垂涎更多。

不過三天沒見。

自從林少人加入常盤聰的企劃案，來到日本駐地工作，轉眼已三個月過去。加上之前兩人在一起後的一個月多，林少人已被所有人嚴正忠告：林勁談起戀愛就是個恐怖情人。

恐怖嗎？

林少人細品林勁熱切的吻，心裡揚著一股甜蜜想著：一般人可能會覺得恐怖吧？林勁三天兩頭就台北飛福岡，單趟飛行時間兩小時，有時只再待上兩、三個鐘頭就離開，還常常沒先通知，出發前一則訊息就算告知。

總之，只要林勁心血來潮，隨時都能出發，把九州當桃園似的，頭等艙坐到飽。

豈不是太可愛、太誘人了嗎？

林少人嫻熟地挽上林勁的腰，回應深吻。

剛開始林少人很不習慣這樣公開且激情的相處模式，眾目睽睽令他不免羞澀，但現在已成自然，且戀人的熱情足以推開一切，甚至在他胯間激起慾望的熱流，連同活生生的什麼也一起直漲高升。

「你硬了。」林勁在林少人耳邊柔聲道，問：「去旅館？你 check in 了嗎？」

「還沒，趕著過來接你。」林少人吻向林勁的脖子，蹭得林勁細笑起來。「而且今天說好要帶你在市區裡玩，絕對不能先去旅館。」

懷裡的人率性笑著，睨起眼說：「那就去那裡吧。」

正午機場的淋浴間裡十分空蕩，不聞水聲，只有男人嬌喘的低吟。

「你別一直弄那裡……」

「這麼柔軟，昨晚擴張得很好呢。」

「說什麼話……還不快獎勵我。」

「哦，可這是誰的功勞？」

「……是你啦。」

「那你知道該怎麼做嗎？」

林少人刻意放低了語調，嚴正裡帶著點邪，可內心強忍笑意。

昨晚他們視訊性愛到半夜，說激情是激情，畢竟視訊就有種任人窺視的羞怯與刺激，但林勁頻頻抱怨視訊性愛會超過實戰次數，所以他們每次見面就是不停地做，做到彈盡援絕。

而且，和林勁做愛哪次不是歡愉到死，直到——今早林少人在他們的性愛扮演小遊戲裡抽到了「強攻」，讓他感到一絲悶。

強攻跟林少人很不搭，他二十幾年的人生沒怎麼強過。心愛的東西就要捧在手心百般呵護，強勢而為聽起來很危險，一定會弄壞什麼，林少人有點排斥。

「路子桓就是強攻喔。」

可林勁這句不知是有意還是無意的話令林少人不禁發憤。

哪壺不開提哪壺，硬要用那個名字激他？於是此刻在這小小的機場淋浴間裡，儘管林少人內心仍帶了點遲疑——也戮力強攻起來。

林勁燥紅的臉蹭下林少人胸口，隔著薄薄白T囓咬乳尖，一邊熟練地鬆脫林少人的外褲，撫上已然硬挺的肉棒說：「這麼硬……你忍得了嗎？真的不趕快進來？」

才剛開始就要激他？

林少人一手幫著褪去底褲，一手使力按下林勁的頭，讓肉棒整根猛地深入林勁口中。

林勁不禁乾咳一聲，又睨了林少人一眼邪笑起來，賣力吸吮起漲大的陰莖。

如果顏射一定很棒吧？林少人暗自心想，看著自己濃白的精液濺上林勁俊美的臉，再抹上幾把要林勁從梅紅的脣吞入體內，簡直人間仙地。

可他們說好了在外頭不能隨便顏射，且顏射不過滿足自己性癖，說得上強嗎？

林少人思緒飛速運轉，不禁偷瞥林勁一眼。

微微嘟起的脣瓣一淺一深地含吮著肉棒。跪在林少人身前的男人像是鼓足了勁，奮力挑弄。

都說戀人認真的模樣最誘人，林少人順勢將林勁的頭更壓向自己，頂入喉嚨，猛烈抽插起來。

林勁完全被堵住了嘴，嗚噎難言，只能隨林少人一抽一抽地攻入深處，任肉棒流溢的淫水漲滿口頰。片刻，原本僅是燥紅的臉變得漲紅，林勁開始搖起頭來，抽咽想逃。

太粗暴了嗎？林少人心想，林勁從沒這樣過，邊想差點就要緩下來。可那句「路子桓就是強攻喔」又閃過腦海，林少人刻意道：「你想要我怎麼做？求我就答應你。」

一股奇異的感覺湧上心頭，林少人竟感到莫名舒暢。如果強攻就是這種感覺，他開始期待要弄壞什麼。越是沉迷於無度幻想，身下的肉棒越是漲大。林少人忍不住閉上眼，似要沉入無人之境。林勁原本就是口交高手，這下連一聲求饒都喊不出來，卻仍盡力地沒讓齒尖刮上他皮肉。

強烈感受到被愛著呢，太棒了啊！

快感隨思緒倏地就衝上腦門，林少人一把拉起林勁推上白牆，等不及緩口氣，堅挺的肉棒已經朝小穴猛插進去。

「啊～～～！」林勁沒準備地就喊了出來。

「爽不爽？看我幹死你！」林少人不意道，同時驚異於這句粗鄙的話究竟來自何方？可溫熱的肉穴夾得他死緊，粗鄙一下就從腦海消失。

林少人更猛力挺進，一再向溫熱不平的肉壁中插去，搗弄，衝刺，直到頂了個盡，讓林勁都隨之直起身來。

「太深、太深了……啊～！」林勁不忍叫道。

外頭忽地傳來輕微的開門聲，林少人即刻一手摀上林勁的嘴，另一手卻追加握上林勁的肉棒，圈住根部就是一陣強力擼動。

「嗚……要、不行……」林勁話聲破碎，狠咬上林少人手腕。

啊～～～太好了，疼痛更加劇了快感，林少人暗自讚嘆，低聲道：「到底行還是不行？求我啊，你想怎麼做？」

「會、會壞掉的……」林勁更直起了身，彷彿衝撞會一路逆上腦門，將人從裡爆碎。

「就要弄壞你！幹死你，幹幹幹幹幹！」林少人勉力細聲說，但從未出口過的辱罵為他帶來莫名力量，一個字就是一記撞擊，將他催向狂暴。

強攻？這樣夠不夠強？

「幹！」林少人低吼一聲，抽出黏滑的肉棒，將林勁轉身再度往下壓——顧不了這麼多了——全射在了臉上。

林勁拿著楓葉造型的木製小匙挖著眼前的百匯冰淇淋，一邊盯著林少人看。

林少人正拿著菜單與服務生用日語對話，內雙的眼瞥著林勁笑，一副溫柔男友的模樣。

不對，林勁默默想著，剛才在機場大戰時林少人說了什麼？喔，說要幹死他、弄壞他，還要他求他趕快插入。

好不真實。剛才那人真是現在眼前這隻小忠犬嗎？林勁邊想邊不由得笑了起來。

交往五個月了，不知是否因為林少人之前交過女友，對林勁萬般寵愛，呵護至極。雖然林勁總是提醒林少人男人跟女人不一樣，沒有女人那麼纖細，無論生理或心理——反正就是在暗示。但大概因為林少人殺過人，對暴力很抗拒。

林勁當然也喜歡甜美的性愛，可偶爾就想玩點特別的，好奇林少人還有什麼他沒見過的面貌，於是故意向林少人提議要玩性愛扮演遊戲。

林少人不會拒絕林勁，林勁也自認乖巧，剛開始就玩些簡單的：健氣攻、天然攻、忠犬攻、弱氣攻……林少人都表現得不錯，冷面攻也很可以。所以這天林勁第一次想要點小調皮加入強攻這個選項，沒想到竟然就被林少人抽中了。

林勁內心激動萬分，忍不住多嘴說了句「路子桓就是強攻喔」。果然，林少人原本看上去有些苦惱的神色馬上轉變，積極起來。

激一激真的有用呢！林勁回味著林少人死力壓著他的頭，沾滿淫液的肉棒在嘴裡頂著喉嚨抽動的快感，又挖一口冰淇淋吃下。

服務生點完餐離去，林少人轉向林勁問：「百匯好吃嗎？我幫你點了個熱茶，吃完再暖一暖。」

「好吃啊。」林勁邊說邊忍不住撫上林少人放在桌上的手。

就是這雙手，剛才把他大力推上牆，二話不說就插入。林勁能感覺後穴還在留戀林少人肉棒的形狀與猛烈撞擊的力道，光是想像就已經又細細抽動起來，好想趕快被那根火熱的肉棒填滿。

就在眼前！

林勁很想現在就去廁所來上一發。這種高級甜品店的廁所應該很乾淨。他不禁睨眼看向林少人，下身不自在地微微搖動。

林少人握上林勁的手說：「你在想什麼？今天這麼熱情，大家都在看我們了。」

想要你再幹死我。

就讓大家都來看。

林勁搖搖頭甩去思緒，說：「為什麼雙人座要這樣面對面？我想跟你坐一起。」

「這樣空間比較好運用吧？」林少人環顧四周，答得認真。

「可是我想坐你旁邊。」林勁靠上前，低聲說：「要不要吃完就去飯店？」

林少人笑了出來，不敢直視林勁的模樣說：「你急什麼？不行，等下要去東福寺，只開到四點。」

還不都怪你？林勁心想，十指緊扣林少人的手，想起曾看報導說男生大拇指到食指打開，之間的距離就是勃起的長度。嗯……他忍不住吞嚥一口口水，又感到身下一陣酥麻，索性低聲道：「你比路子桓強多了。」

林少人的臉瞬間炸紅，燥熱都攀上了耳根子。

林勁還想繼續追加、蠱惑男孩放棄行程回飯店時，服務生來了，端著一個四吋奶油小蛋糕和熱茶，沒注意他們在做什麼就向林少人說了起來。

林勁聽不懂日語，媚眼逗弄著坐在對面滿臉通紅的林少人，手指還勾弄著他的手。

服務生捕捉到這場景，快速說完便燦笑著離去。

「她說了什麼？」林勁問。

林少人從林勁的撩逗中回神般道：「說你太帥了，送你一個蛋糕。」

「怎麼可能，是你準備的吧？」

「不是我。」林少人笑道，「她說我們是今天的第一百組客人，所以送上店裡的特製幸運蛋糕。」

「幸運蛋糕？像幸運餅乾那樣嗎？」

林少人點點頭說：「對，她說蛋糕裡面有包東西。」

包東西？

不妙……一股不安與期待同時浮上林勁心頭。

雖然林少人說不是他準備的，但有這麼湊巧的事？如果蛋糕裡面出現什麼意想不到的東西……

林勁再次搖搖頭甩去思緒。

不可能，他們才交往五個月又聚少離多，不可能是他想的那件事。

真糟糕，慾火都軟下來了。

「不會是詛咒的字條吧？」林勁刻意開玩笑道。

「當然不會，頂多是些看不懂的玩意兒。」林少人神色自若，問：「你想先切開來看嗎？」

林勁瞥了瞥林少人，沒答就直接拿起手邊餐刀切了下去，不想讓真有可能是什麼的念頭填滿腦海。

一張紙條。

就像幸運餅乾那樣。

林勁鬆了口氣，隨即而來的卻是極大的失落。

明明自己就沒那意思，林勁不懂為何心臟揪得發疼，忍不住生起氣來，拿起紙條問：「這寫的是什麼？永遠什麼？」

永遠にともに。

林勁看不懂漢字後面的平假名。

「永遠在一起。」林少人沒有看向林勁，緩緩將熱壺裡的茶倒進林勁杯裡才抬起眼。

林勁手僵住人也愣著，失落感霎時消失，接著湧上另一股莫名情緒。他實在不懂這究竟是林少人準備的還真是湊巧？

「真好呢，」林少人拿過林勁手上的紙條說，「一定要留下來作紀念。」

林勁說不出話，這下連要自嘲還是感動一番都不得了，只能故作鎮定地又吃起冰淇淋。

林少人看似十分開心地將紙條收入皮夾，接著又拿起紙巾幫林勁擦拭嘴角說：「你喲，都沾著了。」

甜得林勁整顆心都融化。

化得比眼前冰淇淋更軟爛。

好吧，林勁默默心想，就讓林少人繼續當他的溫柔小忠犬吧。

番外（下）　穿上你送的禮物

京都橫貫東西的大道永遠人潮洶湧。

林勁喜歡這樣。

異國擁擠的街上沒人認得他，可以更自在地和戀人牽手、親吻。他碰碰林少人的手，對方馬上就牽了上來。他不禁要送上一記輕啄。

林少人還沒出國前，他們在外面這般親密總會被調侃還在熱戀期，只有嚴苡緋會不以為然地為林勁解釋，說他談起戀愛幾年都是這副模樣。而林少人看上去也挺能接受似的。林勁暗自欣喜，又蹭上男孩的耳鬢廝磨。

「你弄得我好癢。」林少人明顯忍著癢意說，沒有躲開林勁的磨蹭。

但林勁就愛耍性子，馬上拉開了距離道：「好，不弄你了。」說著連手也鬆開。

「你別這樣，」林少人又拉起林勁的手，更緊緊交扣，「好好好，給你弄。」

林勁按捺不住笑意，再次蹭向林少人時，餘光就瞥見街旁商店櫥窗裡的某樣東西。他拉著林少人直直往櫥窗走去。

「怎麼了？」林少人追著林勁的腳步，來到櫥窗前。

知名精品店的京都四條分店，素雅的展示櫃上陳列著一枚銀製男戒，全球極少量的限定款。

林勁看上眼好久了。

當初發售時他本可第一時間就下訂，助理都準備好幫他訂貨，但他自從跟男孩在一起之後，戒指這種東西就從裝飾品升級到更高階的位子，他沒辦法再像以前僅是喜歡就買下。

這股心情實在異常，彷彿在等待什麼似的。林勁不想讓林少人知道，所以就錯過了。沒想到此刻竟會在京都人手滿袋的大街上讓他遇見，這是什麼機緣巧合？不會剛吃了幸運蛋糕就真的變幸運了吧？

「要買嗎？」林少人靠向林勁問。

全球限量的戒指要價不斐，但林勁買得起，且不可能開口要林少人送。林勁嘆口氣，無望地承認自己就是在等待林少人送上一只戒指，在此之前其他戒指他都不要。

林少人開口道：「你很喜歡吧，那我送——」

「你看，」林勁搶著打斷男孩。

不要因為我喜歡就開口送啊！林勁內心矛盾，希望男孩是自己起心動念想送再送，而且——他說：「它旁邊標示了 Reserved，這戒指有人下訂了。」

林少人探頭向展示櫃裡看去，「真的耶，好可惜，我去問問能不能再預訂吧！能的話你之後來再拿就好了，我也可以幫你寄回台灣。」

林勁搖搖頭說：「這個是限量的，而且數量很少，應該沒辦法預訂了，可能是店家剛好拿到貨就放出來吧。不看了，我們快走吧。」林勁邊說邊挽上林少人的手，怕他為此苦惱，故作輕快地轉身離去。

初秋的風很颯爽，林少人的手很溫熱，林勁告訴自己他完全不缺一枚戒指。

公車隆隆往南駛離鬧區。太陽在右手邊直落天際，將古樸的城市晒得金黃。

他們的目的地東福寺是京都賞楓的第一名所，這天雖不到楓葉最盛放的季節，但青綠中夾帶了一點黃紅，也十分美麗。

接近參拜結束的時間，遊客沒有想像中多，林勁也不是第一次來，挽著林少人隨意走。東福寺寺內幅員廣大，參拜路線比起市區裡的寺院遼闊得多，迎著涼風散步很宜人，加上林少人就在一旁，林勁感到既放鬆又愉快，心情難得得好。

可身旁的人有些蠢蠢欲動。

「你能讓我拍個照嗎？」林少人瞥向林勁，小聲問。

林勁自然料到了，答：「不能。說好了這趟旅行不拍照。」

「我們都在這裡了，你要我不拍你太強人所難了吧？」林少人看上去很是為難。

畢竟是攝影師嘛，林勁暗自心想，確實有些折騰林少人了，卻仍說：「又不是以後都不來了，可能三天後我又飛來了。」

林少人拿林勁沒轍，默默說：「我不是駐地京都，我是在九州工作。這次是因為明天的拍攝對象堅持要在京都拍，我們今天才會在這裡。你也知道我的休息時間很少，之前都沒機會陪你去別地方。對，我答應你了……但我真的很想拍！抱歉，讓我拍一下，一下就好。」林少人難得多話，還請求起來。

……

真是的！

林勁一把將林少人拉到簷廊後方，推上石牆抵上他的身說：「你今天一直打破規則！說好在外面不要顏射你就要射，說好這趟不要拍我你就要拍，我要回去飯店也不讓我回去。」林勁邊說邊伸手探進林少人的褲襠，一路摸向下，「好，我現在就要在神明面前弄得你慾火焚身，看你怎麼辦！」

林勁嘴硬得很，心裡倒不是真想怎樣。而林少人被他這麼一弄，竟硬了起來。

欸……不是，他不過是在光天化日，身後有些……樹叢？一旁還聽得見明顯人聲……的地方，摸了林少人的那裡……而已？

晃悠之際，林少人猛地轉身將林勁壓上牆，臉上混雜了無奈也有些愉悅，像是在思考什麼或只是在試圖平緩身下激動，緊壓著林勁不放，片刻才說：「好，你說得沒錯。是我不對，我太失控了，因為你今天實在——」林少人說著笑了出來，「太可愛了。」

可愛？

林勁忽然不好意思起來，睨眼道：「你不要拿那種騙女生的話來呼嚨我。」

「我不是。」林少人手抵上牆，眉眼依然笑笑，柔聲說：「你一見面就說要吻我，趕著在機場裡辦事，又在甜點店說什麼我比路子桓強、狂摸我的手，剛才還說要把我……怎樣？男朋友這麼主動誰受得了？而且我的男朋友不是別人，是一個叫作林勁的——」

「你別說了。」林勁不禁打斷道。

真糟糕，再說下去他真的要推倒男孩了。

「你離我太近了。」林勁邊說邊推開林少人，兀自走回簷廊上。

「是誰剛才那麼熱情的？」林少人跟了上來，又拉住林勁的手，將他轉向他說：「好好好，我們去參拜完就走，我想許個願。」

「……那還不快走。」林勁移開視線，邁步往本堂的方向走，餘光瞥見林少人微笑的臉，心又軟了下來。

日本的參拜方式和台灣不一樣，以神水淨手後，許願前要先兩拜兩拍手，許完後再一拜即可。有的神社有鈴可搖，或者投五圓日幣的香油錢已示和神社結緣，如果購買御守，一年後也最好回來還願，延續守護力。

林勁對於向神明祈願沒有興趣。他不是信神的人，覺得世人每天禱告那麼吵，神明怎麼願意聽？於是默默跟在林少人身旁，見林少人做什麼就跟著做，就算了了敬意。

林少人認真的神情很迷人，彷彿這刻他們眼前的木造本堂裡真的有神明存在，距離他們如此近，只要虔誠訴說就能被神聽見。林勁好喜歡林少人這副模樣。

參拜時間接近尾聲，遊人紛紛散去，寺內更顯寂靜。他們前方幾名遊客無聲地拜完後，林勁跟著林少人的腳步走上台階，靜靜地看著。午後的風掃過落葉，吹上木造的台階，他想問林少人要許什麼願，自然之力卻像在低訴要他別叨擾林少人與神明對話。

林少人兩拜兩拍手後，出聲道：「我想跟林勁永遠在一起。」

林勁有些驚訝，隨即又湧上一股笑意——願望在心裡默念就好，把求神的話都說出來，很像上了年紀的人才會做的事。林勁暗自低笑，自言自語道：「哪有人說出來的？」

林少人仍一臉認真，再一拜完成步驟後，轉向林勁牽起手，緩步走下台階才說：「神明有沒有聽見都沒關係，我是要說給你聽的。」

林勁不忍轉向了林少人，而林少人只是更握緊他的手。

紅日斜斜落下遙遠的山峰，在寺內滿丘楓樹上照上金黃的餘暉。林勁想告訴林少人他已經很久不再信任永遠，卻竟感到如今什麼都說不定了。

林勁從未見過林少人的腳步如此之快。

電梯、房間樓層、飯店燈光、房門是什麼顏色他一點印象也沒有，人就已經被推進了房間。

房門砰地一聲關上，林勁感受著男孩溼滑的舌在口中攪動，捲舔齒顛，蛇溜般抵進深處，像是要把張口能食的一切都吞下，沒入火燒的身。

「先洗澡……讓我先洗澡。」林勁試著推開林少人說。

說來慚愧，林勁平時其實沒有那麼計較衛生，以前拍戲在野外隨處都能做，沒時間時也管不上用這套那。可這天浮躁了一下午，又是他第一次跟林少人來到京都，開窗就能看見古城美景，他很想盡情地享受這一次。

「讓我洗澡。」林勁重複道，以為林少人會不依，沒想到林少人竟爽快放開他，說：

「好，你去洗吧。我準備了禮物給你，放在浴室裡了，你要穿上才能出來。」

穿上才能出來，什麼意思？

感覺有詐，林勁不知該驚喜還是害怕，只想快洗快回，回嘴道：「有什麼不能穿的？」

「你說的喔。」林少人嘴角流瀉笑意。

「對，我說的。」

林勁轉身走進浴室，後頭是林少人忍不住燦笑的臉。

林勁拉著腿上緊繃的黑絲襪，感到極度不自在。

女生是怎麼穿這玩意兒的？腿都不知道該怎麼動了。

林勁又不太情願地打開洗手台上的衣物：一套深紫紅花的豔色浴衣，旁邊是一條黑色腰帶。

這是什麼性癖……林勁腦子這麼想，穿上身卻出奇地合適。紫色緞面浴衣在胸前交疊，隱約露出底下的肌膚，並且，他又看了看下身，與黑絲襪搭配更顯出他膚色之白。

林少人身為攝影師的眼光當然很好。

林勁拉弄著衣服，儘管不樂意還是走了出去。

客房內，林少人坐在國王尺寸的床上直盯著林勁看，明顯在打量自己寶物的眼神，越看眼角與嘴角都揚得越高，不止十分滿意。

「你過來，坐我腿上。」林少人說，開心得要笑出聲來。

平時林勁都很熱情，可今天他卻覺得好羞恥，噘著嘴走到林少人身前，摸著腿上絲襪說：「我不要穿這個，很不舒服。」

「是喔……」林少人瞥著林勁，撫上林勁擱在絲襪上的手，「可是你這樣好美，我想看你穿。真的不舒服嗎？」邊說邊露出充滿慾望的眼神。

林勁拿林少人這眼神沒輒，想答也答不上話。

林少人看出林勁的彆扭，勾著林勁的手說：「那你這樣讓我拍一張照，就可以脫下來。」

「什麼……？不行！如果不小心流出去怎麼辦？」林勁機警起來，「而且你拍下來要幹嘛？」

林少人的嘴角揚得更高了，「還能幹嘛？」邊說邊扶上林勁臀部，一把就將他整個人抱起來。

「欸！」林勁趕緊圈住林少人脖子，小腿也勾上他的腰，「我跟你說過多少次了，我是男生，不要隨便就抱我。」

「你又不重，我抱得動你。」林少人不意看向林勁裸露出來的大腿——被黑絲襪緊束著。這視線可火熱了。

林勁硬是把林少人的頭扳正了說：「那麼喜歡絲襪的話我送你一雙！自、己、玩！」

不知是否林勁語氣有些生氣，林少人的眼神一下就熄了下來，從火熱變得溫柔道：「我喜歡的是你。」

林勁扭捏地移開視線，「……我也喜歡你啊。」

「我不只喜歡你，我愛你。」林少人接著說。

實在肉麻的告白，但林少人一點也不害臊，眼神更是認真，緊揪著林勁的視線不放，又說：「我真的好愛你，你知道的吧？」

「……我知道啦。」林勁不敵林少人的柔情，聲音越來越小。

林少人流露萬分憐愛的神色，將林勁放倒在大床上。

林勁還沒意會過來，炙熱的舌已經舔上他鎖骨，林少人的短髮蹭得他脖子發癢。他忍不住笑出來，想要推走林少人，但林少人的手接著便玩弄起他的乳尖，透著浴衣十分有感地搓磨，一會兒嘴也吸了上去，一咬一咬逗得人情慾攀升。

「等……等……」嘴上這麼說，但林勁也不知道究竟要等什麼，只覺得身體一下就燥熱起來，心跳怦怦鼓譟，被絲襪緊緊包覆的硬挺很快便隨之挺立。

林少人熾熱的視線緊盯著林勁，像是要用盡五官感受眼前私密的、情色的、逐漸變得淫亂的情人。接著一手自林勁敞開的衣領間撫下胸口、腹部，在肚臍後深入黑色腰帶，再一個輕撥將腰帶散開，袒露出底下的黑絲襪，以及林勁寂寞不耐的肉棒。

林少人憐愛的手摸上林勁大腿，然後整個人探下身去，隔著絲襪輕咬林勁翹立的陰莖，又捲舌自腿根一路舔舐。

林勁很瘦，但身材結實，一雙長腿在絲襪底下隱現誘人的線條，任林少人疼愛地抱著，前前後後吻得林勁滿腳溼滑。冰涼的唾液沾上絲襪膩進肌膚，溫熱的唇舌一離開就是空氣襲上的涼，在林勁身上激起粒粒哆嗦，肉棒也更加挺立起來。

林少人鑽身林勁兩腿之間，細吻抵著絲襪的勃勃硬挺說：「我幫你鬆開囉。」邊說就邊從接縫處扯開絲襪。

原本的緊繃猛地鬆開，林勁感到一陣舒緩。然而，與林少人對視的距離間僅剩下自己赤裸的慾望，直直矗立教人好生羞恥，林勁不禁撇開視線。

林少人迎著面前的堅挺，以食指在小傘頂端輕畫，笑著說：「你要我幫你口，還是你自己來？」

什麼……？

林勁奮力瞪了林少人一眼。

挑逗的食指在小傘頂端持續畫著小圓。不聞林勁回答，林少人語氣失望地說：「……那我幫你口囉？」

就要含上的瞬間——

「我自己……」林勁忍不住開了口。

林少人馬上揚起視線，看向林勁問：「你自己怎樣？」

「……我自己來。」林勁嘴嘟得像隻塞滿向日葵種子的天竺鼠，很是不甘。

其實並非林少人技巧很差，林勁也喜歡林少人幫他口交，但更想接吻，卻不想沾上自己的什麼。林勁不情願地往後靠向枕頭，坐起身，握上身下的硬挺，完全不知道眼睛該看哪裡。這一身浴衣、絲襪和扯開的襪洞間直率地嚷著什麼的肉柱令他恥上加恥。

而且，林勁撐起身後才發現，大床正對的牆是一整面落地鏡。

他這副模樣全映在鏡子裡了。

林少人注意到林勁的視線，整個人往他身上爬去，側身看向鏡子說：「你喜歡嗎？我為我的小騷貨準備了這麼多禮物，可他今天上哪兒去了呢？」邊說又邊撫上林勁大腿，「快嘛……做給我看。」

真是……什麼時候林少人也會說這種調情的話了？是絲襪的作用？還是他這幾個月真把男孩從小忠犬教導升級了？

林勁微微挪動大腿，牽動身軀，讓浴衣的帶子更往下鬆；再將腿輕輕一伸，衣襬便掀了開來，露出細嫩的腿根。

林少人從旁湊上去，熱切的氣息貼著林勁耳畔說：「你好性感。」

肌膚一被蹭上，體內慾望就更往上攀升一節。林勁不禁緊握住熾熱的硬挺，透明小流馬上自傘頂溢出。他反射地套弄起來，發出「哈啊，嗚……」的嬌吟。

林少人坐到林勁身後，將他的大腿更加掰開，讓撕裂的襪縫與他自慰的模樣——雙頰潮紅、唇瓣微開、胸膛袒露、聳立的乳尖針著浴衣，以及挑弄著肉棒的白皙的手，毫無掩飾地映進落地鏡中。立刻激起林勁更淫蕩的呻吟。

「你看你，這麼色情。」林少人舔上林勁耳骨，舌尖溜進耳窩攪弄，一手搓玩起胸前小粒，完全掌握林勁的所有敏感帶。

「你……不要……這樣玩……」快感自下腹湧上，推得林勁弓起了身，雙手不禁套弄得益發劇烈。林少人貪婪的舌舔下林勁脖子，往後頸大口吸吮，發出啵滋聲響猛種草莓，弄得林勁整副肩背溼滑也疼。

林勁感覺渾身要融化成泥。

「別玩了……快點……」林勁嬌聲催促道。

「快點什麼？」林少人嚙著林勁肌膚，手在胸上一邊捏啊轉得他連連顫抖。

「我會射……」林勁耐不住這快感，整個人哆嗦得厲害。

「好棒喔，這麼快就要射了，叫出來，大聲點。」林少人不知何時褪下了褲子，巨大的肉棒一下就往林勁半裹著絲襪的臀瓣間嘟去。

「啊～～～！」

精液猛地就噴射而出，隨著叫喊濺得林勁一身白稠。

絲襪跟浴衣都沾上了，腥羶的氣味繼之而來。林勁想停會兒醒下腦袋，林少人卻馬上搬高他的腿，粗暴地扒開襪縫，任穴口大開在鏡裡清晰可見，接著便從後抬起他的臀部，一舉插入。

這突來的刺激讓林勁剛射完精的陰莖更湧出涔涔淫液，飢渴的肉穴緊吸著林少人的肉棒，隨撞擊發出啪嗒聲響。

林少人像是一股作氣用上積了整天的氣力，不斷頂入、抽插再搗弄，一下就肏得林勁不成人形，只能嗯哼啊哈地吟喘，破碎稱道：「你今天好厲害，我還要……更多……」

林少人被激得咬上林勁的腿，扯破絲襪，黑線一拉就直往洞口裂開。林少人又扳過林勁的臉，正對鏡子說：「你看，你的洞吸得好熱情，好淫蕩。」

落地鏡中一收一張的肉穴被肉棒攪得發顫，連同身前陰莖也跟著抖跳晃動，林勁急喘著氣，前方鏡中的無盡倒影似千隻眼窺視著他們，下流極了。

「你好色，你好美，」林少人在林勁肩胛、手臂落下更多吻痕。魯莽的吻激起凸凸快感，林少人喃喃道：「我好想把你弄壞……可以嗎？」

早就全壞了。

林勁感覺腦子都糊成泥，浴衣掛在半身，白皙的肌膚完全裸露，腿上絲襪也裂出好幾道痕，擴成數個大洞。

「快……弄壞我……」

林少人的吻爬上林勁臉龐，迎上林勁的唇說：「真乖呢，這就成全你。」說完便將林勁拽著直往後倒，讓林勁躺上他的身，從腋下銬緊雙手鎖住林勁身軀。

完全赤裸的肉體、敞開的雙腿，連同交合著激烈抽插的私處，無所遁逃地暴露於外。並且，這坦蕩姿勢令肉棒更直衝穴底，猛烈的撞擊像是要將林勁整個人從後穴爆裂。

林勁欲仙欲死幾乎失語，「這姿勢……太、太深了……」

林少人也沉醉在這銷魂蕩魄的時刻，吻也不得，只是竭力鎖著林勁的身軀，要與他百分百交融般不斷更往深處頂入——

頂入，再頂入，衝破存在的什麼，成為彼此的一部分。

「我好想……好想永遠這樣和你在一起。」林少人說。

林勁已渾身被酥麻沒頂，失笑道：「好啊……幹我，不要停下來……」

「如你所願。」林少人說著又吻上林勁後頸。

無盡的吻，無盡的吸吮、愛撫、衝撞、揉玩……林勁感覺身心似融化飄升甜美的天堂，一道快感就是一束煙花，打在純白的雲上，不知何時身旁已滿是潺潺濃白的津液，色情也純情。

不要停下來，林勁一心想著，隨著無度的交歡潛進了夢裡。

幾輪激戰後，京都的星辰已然高掛夜幕。

智慧型手錶微微震動，林少人頂著倦意勉力睜開眼，眼前是林勁睡著的臉，整個人窩在他懷裡，一手還勾著他手臂，呼吸很輕，睡得甚沉。

林少人輕輕撥開林勁額前的瀏海，細看那張精緻的臉，又伸手隔著一指節的距離撫過，就像攝影師在感受著他的繆思那般，心裡集滿感謝與深愛。

林少人真心好愛眼前這個男人。

關掉手錶的來電震動，林少人裹好睡袍起身，往房門走去。

門打開，星野正在門外倚著牆把玩著什麼，一見林少人出來便轉身道：「嗨！」

「東西呢？」林少人沒打招呼便問。

「喏。」星野遞出手上綁著藍色緞帶的小盒說：「這麼貴重的禮物，你要跟他求婚啊？」

「不是。」林少人笑道，心裡倒有點衝動。

「你沒這意思他也要當你有了吧。」星野玩笑般說，「買個戒指從九州買到京都，你還真厲害。」

「他已經看上很久了。我在福岡時請櫃姐幫我留意，上個禮拜她突然說京都這邊會進貨，但只有一個，我就馬上預訂了。」林少人說著打開小盒，裡頭是下午他和林勁在櫥窗看到的那只戒指。

「那你還演那一齣，故意帶他經過店外是怎樣？」星野笑問。

「我想在送他之前，再看看他的反應。」

林少人想給林勁一個驚喜，刻意請京都的櫃姐把戒指擺上櫥窗，並標示已預定，然後晚上再請星野去取回戒指，於是現在送回到他手上。

「你們真的很熱戀耶，」星野睨起眼，抱怨似地說：「做一整晚不累嗎？我在隔壁被你們吵得不得安寧。」

「呃……抱歉了。」林少人帶林勁回房後就完全忘記其他攝影師也住在同一層樓。但這飯店牆壁也太不隔音了吧？林少人默默心想，總不會是他們真有那麼吵……

「玩成那樣，明天還拍得了照嗎？」星野幽幽地說。

「拍個照而已，有什麼不行的？」林少人應道。

「我不是說你，我是說他。」星野說。

「他，林勁嗎？」林少人不明白了，拍照跟林勁有什麼關係？

星野看看林少人，神色驚訝起來說：「你不知道嗎？明天我們要拍的模特兒就是林勁啊！」

「什……」林少人簡直石化。

「常盤老師邀請他來日本當我們的模特兒，答應讓他自己選地點，他就選了京都。」星野邊說邊往房門打開的細縫看去，「他睡了吧？明天可是一早就要拍攝了。」

「睡是睡了……」林少人也不禁往房門裡頭看去，想著：晚上自己都做了什麼？嗯……在那位沒有告訴他自己就是明天要拍攝的模特兒的男人身上，特別是脖子，種了超多草莓與齒痕，又吻又咬，就是要留下歡愛的痕跡。

這下子……

「明早見啦。」星野拍拍林少人的肩膀道別，輕快地走了，留下林少人愣在原地不知所措。

片刻後，林少人拿著綁了藍色緞帶的小盒回到房裡，坐上床。這下他不得不看向林勁白皙的肌膚上一圈圈深紅的小圓。

林勁喜歡他吻他，每個地方，那是他們互訴愛意的方式。一個吻，輕輕的碰觸，或者熱切的深吻，那麼平凡，卻充滿了最多的愛。

林少人傾身又在林勁臉龐留下一吻，將戒指放到林勁的枕側，心想明天的事，就留給明天去解決吧。

（番外完）

作者的話

哈囉，我是小藍。

又到了最後，真是傷感呢。

大家喜歡這部作品嗎？希望無論是一直支持的讀者，或是第一次閱讀我作品的讀者，都能從這個故事裡帶走一點什麼。如果能是溫暖最好了。

最後的開始，我想用這個最重要的時刻來感謝陪伴我寫完這部作品的朋友們：

曠生雨（《青春之後》作者）、桑蕾（《羊羊》作者）、喵芭渴死姬（《見鬼的小黃文》作者）、非逆（《脫衣舞男的等價交換法》作者）、潘大衍（《副業是外包抓鬼》作者）、相對之下（《我厭世關你屁事》作者）、懶懶／L. C.（《死神先生的自殺契約書》作者）、蝕語（《妖怪逸聞錄》作者）、奏凪（《夏鳥與傳說之詩》作者）、飄遙（《冬寒豔夏》作者）、橙海（《老攻總是想口我》作者）、吳墨（《離水》作者）、C. J.（網路小說作者）、黑心柳丁（《這個英雄壞事做盡》作者）、雨墨濂（《男妓》作者）。

謝謝曠生雨在我第一版故事還沒寫完時就當我的第一個讀者，一路給了許多鼓勵與建議，以及最多的陪伴；謝謝桑蕾一直支持我的創作，讓我在每次挫敗時都能找回寫作的初衷與堅持；謝謝上述每一位文友大方給予回饋、建言與心靈上的支柱。他們都是比我更厲害、更資深、更投入於寫作的創作者，如果有任何一位的作品名稱打動你，請不吝花五秒鐘輸入文名搜尋，你一定能在他們的作品中找到更多感動。

最重要的，感謝沒有列名，在我於網路上連載期間就總是為拙作轉噗、收藏、貢獻愛心的其他文友們（我愛你們），以及光是閱讀就能給我最多動力的讀者們（我也愛你們），是你們的每一個1構成了這部作品。

最後感謝我最有力的戰友，繪師心河老師，她美麗的封面插畫讓這部作品更加立體也完整。也十萬分感謝秀威出版社的要有光品牌給予出版機會，沒有他們，這部作品就沒辦法呈現到讀者眼前。感謝這一路以來所有的收穫，大家都好棒，而我還很需要努力，由衷地感謝。

回到這部作品。

二〇二二年八月，我開始寫這部作品時，只是個寫作齡剛滿十一個月的小文手，默默決定把這部作品當成我寫作一週年的挑戰與紀念。在此之前，我出版了第一本小說、也是我個人的第一部創作《十六一生》，接著連載第二部長篇作品《小說家沒有告訴你》，林勁這個角色便是在此誕生。他的設定是一個恐怖情人，卻對背叛他的前男友尹懷伊念念不忘。最開始，大部分讀者都很不喜歡林勁，可最後卻許多人被他打動。

我也是其中之一。因此，我想為林勁寫一個「重新找回愛」的故事。

林勁失去了尹懷伊，自責害死了他：少人則殺死了最親的人，覺得罪該萬死。背負傷痕的他們作了同一個決定：放棄去愛。

但他們都還活著。

只要願意活下來的人，就已經拿到了重新再愛的門票了不是嗎？可是，再多的愛都無法讓他們重新找回愛，因為接受愛並不困難。讓他們重新找回愛的關鍵——在我投身這個故事數個月後的此刻，我才深深理解到——答案是「付出」。付出包含了，你願意再為了另一個人做另一件傻事，完全交出你的人與心，還有其他更多……可能你害怕的、難受的、害羞的事情，但因為愛著那個人，就願意把一切拿出來、攤開來——這就是愛最大的力量吧。

我想在此將這個故事獻給世上所有求愛之人，願你們都能得己所愛，足此餘生。而我會將每一次的創作當成手上最後一束打上夜空的花火。也許短暫，也許它只是平凡的燦爛，但可能某時某地某個人會永遠記住這一刻。

如果它能留在你心裡，謝謝你。我們下次見。

小藍

寫於二〇二三，初夏深夜

林勁與尹懷伊的故事
《小說家沒有告訴你》

林勁高中的故事
《林子晴——我們相愛的名字》

要彩虹6　PG2930

讓我代替他愛你

要有光 FIAT LUX

作　　者　藍冬雷
責任編輯　尹懷君
圖文排版　黃莉珊
封面插畫　心河
封面設計　藍冬雷、王嵩賀

出版策劃　要有光
發 行 人　宋政坤
法律顧問　毛國樑　律師
印製發行　秀威資訊科技股份有限公司
114台北市內湖區瑞光路76巷65號1樓
電話：+886-2-2796-3638　傳真：+886-2-2796-1377
http://www.showwe.com.tw
劃撥帳號　19563868　戶名：秀威資訊科技股份有限公司
讀者服務信箱：service@showwe.com.tw
展售門市　國家書店（松江門市）
104台北市中山區松江路209號1樓
電話：+886-2-2518-0207　傳真：+886-2-2518-0778
網路訂購　秀威網路書店：https://store.showwe.tw
國家網路書店：https://www.govbooks.com.tw
總 經 銷　聯合發行股份有限公司
231新北市新店區寶橋路235巷6弄6號4F
電話：+886-2-2917-8022　傳真：+886-2-2915-6275

出版日期　2023年6月　BOD一版
定　　價　380元

讀者回函卡

Printed in Taiwan

國家圖書館出版品預行編目

讓我代替他愛你 / 藍冬雷著. -- 一版. -- 臺北市
: 要有光, 2023.06
面； 公分. -- (要彩虹 ; 6)
BOD版
ISBN 978-626-7058-89-3(平裝)

863.57 112007909